完黙の女

前川裕
YUTAKA MAEKAWA

新潮社

目次

完黙の女

改めて無罪主張　福岡の児童殺害事件で弁護側最終弁論【九州】

一九八四年一月十日に福岡市中央区の小学生篠山照幸《しのやまてるゆき》君（当時九つ）が行方不明になった事件で、殺人罪に問われた元ホステス田上響子《たのうえきょうこ》被告（四五）に対する第三十六回公判が十九日、福岡地裁（鈴木始《はじめ》裁判長）で開かれた。最終弁論で弁護側は「検察側の主張は机上の推論。有罪を立証する証拠はまったくない」と、改めて無罪を主張。完全黙秘を続けてきた田上被告は「一生懸命審理していただき、有り難うございました」と裁判官席に向かって頭を下げた。約二年に及んだ篠山君事件の公判は結審し、判決は五月三十日に言い渡される。

二〇〇一年三月二十日　『日陽《にちよう》新聞』朝刊

〈プロローグ〉

棚橋淳三《たなはしじゅんぞう》の一日は、午前六時の犬の散歩から始まる。棚橋が飼っているのは、ボーダー・コリーと呼ばれる牧羊犬だが、すでに十歳を超えていて、人間で言えば六十を過ぎた年齢らしい。従って、そろそろ体力の衰えを感じ始めている棚橋にとっては、ちょうどいい散歩相手だという。

棚橋は十年前に福岡県警を退職してから、三つの職場を体験した。退職後の三年間は地元の警備会社の警備課長を務め、その後は大型スーパーの警備主任、それから最後は公民館の受付係だった。

しかし、昨年の十二月で七十歳になった棚橋は、今年の四月から年金だけの生活に入っていた。妻と二人の子供がいるが、子供はすでに二人とも社会人となって独立しており、他に扶養すべき人間もいないから、経済的に特に困ることはない。福岡市郊外にある３ＬＤＫの自宅のローンも終わっており、二つ年下の妻と二人で、その家で平穏な日々を送っている。

趣味は将棋で、犬の散歩が終わり、妻が作ってくれる純和風の朝食を摂ったあとは、将棋雑誌を熱心に読む。特に最近は、若い藤井聡太の活躍が何よりも楽しみだという。ネットテレビでタイトル戦の中継があるときは、見逃すことはめったになかった。

「平和ですよ。昔のことはみんな忘れました。そのほうがよか」

十畳程度のリビングの、小さな木製テーブルで対座する棚橋は、私に向かって笑いながら言った。語尾に交じった博多弁には、いかにも実感が籠《こ》もっていた。

大柄で肩幅が広く、黒縁の眼鏡を掛けた生真面目な表情は、いかにも元警察官という印象だが、口調は穏やかで、威圧的なところもない。剣道七段の腕前で、福岡県警時代の若い頃は、全日本剣道選手権にも出場経験のある、有力な選手だったらしい。

飛び抜けて姿勢がいいのは、その謹厳実直な性格のせいだけではなく、長年に亘る剣道の修練のたまものなのかも知れない。

「そんなときに、昔のことを思い出させてしまって、申し訳ありません」

私は棚橋の妻が出してくれた冷たい麦茶のグラスを口に運びながら言った。私も棚橋も、すでに三回目の新型コロナワクチン接種を済ませており、二人ともマスクを外していた。裏の小さな山林では蟬しぐれが喧騒を極め、正面に見える白いカーテンの隙間から盛夏の午後の陽射しが差し込み、フローリングの床に淡い日だまりを作っている。

取材は二日目に入って、私と棚橋の間にあった当初の緊張感も和らぎ、凪《なぎ》のような穏やかな雰囲気が漂い始めていた。棚橋の妻は私に麦茶を出したあとは、近所のスーパーに買い物に出かけ、家の中にいるのは、私と棚橋だけである。

「完黙《かんもく》の女なんて言われてるけど、彼女も本当は苦しかったんだろうね」

棚橋が不意につぶやくように言った。私は意表を衝かれた気分になった。前日の取材で、福岡市の警固《けご》で起こった小学生誘拐事件に関する一通りのことは聞き出していたが、取材二日目のその日、棚橋が本線中の本線から話し始めることは予想していなかった。

「と仰《おっしゃ》いますと、棚橋さんは、やはり彼女にも罪の意識はあったとお考えなんですね。私も、彼女が篠山君の遺体や骨を何年も手放さなかったのが、犯罪の隠蔽のためだとはどうしても思えないんです」

「それは分からんね。本人にしか分からないんじゃないですか」

棚橋は私の急《せ》いた口調に巻き込まれることもなく、冷静に言った。かつての敏腕刑事を一瞬彷《ほう》彿《ふつ》とさせた、その鋭い視線は、どこか遠くに注がれているように、私の目には映った。

確かに、その通りだった。本当のことは、あの女にしか分からないのだ。こんな当たり前のことに、今更のように得心がいったことが不思議だった。

それにしても、奇々怪々な事件だという思いが、改めて蘇った。完黙の女が永遠に口を閉ざしている限り、真相もまた、永遠の闇の中に沈んでいる他はないのかも知れない。

私は東京の私立大学で教鞭を執りながら、作家としてもいくつかの長編小説を発表していた。今回、大手出版社『流麗《りゅうれい》社』の担当編集者と話し合い、いわゆる「篠山君事件」に基づくノンフィクション・ノヴェルを書くことになっていた。

担当編集者の話では『流麗社』が発行する週刊誌が、篠山君殺害の容疑で起訴された、元被告の女性を捜しているという。彼女が見つかれば、インタビューを申し込み、私も同席できる手はずになっているらしい。

しかし、彼女が見つかるのがいつになるかは定かではなく、また仮に見つかったとしても、週刊誌のインタビューに応じる可能性は、きわめて低いように思われた。

外の蟬しぐれが、私の耳奥から消えた。裏の犬小屋に繋がれている、棚橋の愛犬がどこか悲しげに吠える声が聞こえている。

第一章　骨

1

警固小学校は、福岡市の地下鉄七隈《ななくま》線薬院《やくいん》大通駅から、徒歩五分くらいの位置にある。警固は、天神や中洲などの福岡市の中心地からけっして遠くはない。だが、福岡空港へのアクセスがよいことで知られる地下鉄空港線の天神駅から、二〇〇五年に開業した七隈線の天神南駅までの間がかなり離れていて、徒歩で十分くらい掛かる。

二〇二三年には、七隈線は博多駅までの延伸が決まっており、現在、その工事が進められている。しかし、この事件が起こった頃は七隈線も開通前で、周辺の地理環境は相当異なったものだったと想像される。ただ、古い歴史を持つ警固小学校は当時からその名称で存在しており、その地域の地理的メルクマールの役割を果たしていた。

天神の総合病院に勤める医師篠山重治《しげはる》は、警固小学校のすぐ近くにある二階建て住宅で、妻と子供三人と暮らしていた。その篠山家の運命を変える、固定電話のベルが鳴ったのは、一九八四年一月十日の午前十時頃である。

その電話には、当時小学校四年生だった、次男の照幸が出た。照幸が通っていた私立の小学校は、まだ冬休みが終わっていなかったのだ。

照幸が電話に出たのが、ただの偶然だったのか、それとも電話が掛かることを予想して、あらかじめ電話機のそばで待機していたのか、はっきりしない。ただ、篠山家では電話は一番近くにいる誰が取ってもいいことになっていたから、この行為自体が特に普段と違っていたわけではない。

しかし、その電話に出たあとの照幸の態度がおかしかったことは、家族の誰もが認めていることである。照幸は「はい、はい」と繰り返すばかりで、まるで誰かに叱られているような様子だったという。「お母さんに代わりなさい」と母親の泰代《やすよ》が横から口を挟んだが、照幸は受話器を離そうとしなかった。

「タナカさんのお母さんに貸していた物を返してもらうから、出かけてくる」

照幸は電話を切ったあと、若干上ずった声で言ったが、この言葉を理解した者は、家族の中に一人もいなかった。そもそも、「タナカさんのお母さん」というのが誰のことか分からなかったのだ。

家族全員の交友関係で言えば、平凡なタナカ姓の知人はいないことはなかったが、照幸と直接結びつくように思われる人物は、思い浮かばなかった。当然のことながら、不審がった泰代が、もう少し詳しい説明を求めて問い質したが、照幸はますます意味不明な説明を繰り返すばかりだった。

ただ、「タナカさんのお母さんが車で久留米に行く途中で、その借りた物を持って来るから、それを受け取らなければならない」という意味のことを言ったのを、泰代は記憶していた。それでも、慌ただしく出かけようとする照幸を止めることができず、白とグレーのセーターの上から、紺色のフード付きレインコートを着せた上で、玄関から送り出している。

下半身は、紺色のジーパンという服装だった。外は小雨だったが、傘は持って出なかったという。

泰代は同時に、当時小学校六年生だった照幸の兄、信次《しんじ》に命じて、照幸のあとを尾行させた。

信次は、自宅の左手に見える警固小学校前の大通りを直進して、公民館と根本病院を通り過ぎ、「薬院六《む》つ角《かど》交差点」近辺まで、照幸を追いかけた。

しかし、そのあと照幸の姿を見失っていた。その交差点は交通量が多い上に、外形的にも複雑で、まるで木の枝が分かれるように、六方向への道路が不規則に伸びていた。

信次は照幸が一番手前の右折道路を進んだことだけは視認していた。だが、その後ろ姿が十メートルほど先で、突然消えたのだ。左の細い道に入ったような気がしたのだが、視力の悪い信次は本当にそうだったのか、確信が持てなかった。

信次は普段、眼鏡を掛けていたが、このときは、突然母親に照幸の尾行を命じられたため、眼鏡を家に置き忘れたまま、外に出ていたのだ。信次はひとまず家に引き返し、母親に事態を告げている。

この報告を受けた泰代は心当たりの家に電話した後、自ら、今度は眼鏡を着けた信次と一緒に六つ角交差点まで足を運んだ。さらに、照幸が進んだと思われる一番右寄りの道を歩き、照幸が入ったかも知れない一軒家の入り口までたどり着いた。

その道の真ん中付近に、実際に田中姓の二階建て住居があったのだ。一階が車庫《ガレージ》で、外階段を上がった二階が玄関になっている構造の家である。その田中家のすぐ先には「三幸荘《さんこう》」という二階建てアパートがあり、そのアパートにも外階段が付いていて、一戸建てとアパートの差はあるものの、どことなくたたずまいは似ているように思われた。二つの建物の周辺には、いくつかの住宅が並んでいたが、道のどこにも照幸の姿はなかった。

泰代は改めて、照幸が左に曲がったのは、その田中家の辺りかと信次に尋ねたが、返事はやはりあいまいだった。実は、そこからさらに十メートルくらい進んだところにT字路があり、視力の悪い信次が、眼鏡なしで見た照幸の背中が、そのT字路で左方向に消えた可能性も否定できなかったのだ。

ただ、泰代はこの時点では、不吉な胸騒ぎを覚えていたものの、事態をそれほど深刻に受け止めていたわけではない。外に遊びに出ることを親から止められるのを恐れた照幸が、友達から掛かってきた遊びの誘いの電話を、あのように説明したという解釈も不可能ではなかった。仮に照幸の説明が嘘だったとしても、泰代にしてみれば、そういう結末がもっとも望ましいものであったのは間違いないのだ。

現にそのとき、たまたま病院が非番だった父親も在宅していたが、事態を知りながらも、その一時間後に知人と会う約束があったため、車で外出している。その際、信次を車に同乗させて、照幸が辿ったと思われる道を流してみたが、照幸の姿は見つからなかった。そこで、途中で信次を下ろし、そのまま、出かけていたのだ。

篠山家の人々が本当の意味で異常な緊張状態に置かれ始めるのは、夕方になっても、さらに夜になっても照幸が帰って来ないという事態に立ち至ったときである。

「水面を平和に泳いでいた稚魚を、不意に降下してきた鷹が一瞬の隙を衝いて、さらっていったのかも知れない。そんな不吉な予感が胸を締め付けたんです」

後年、泰代は新聞の取材記者に対して、そんな言葉を口にしている。

確かに、正月明けの日常的な風景が、突然の舞台の暗転のように、家族の神経を切り苛む悲劇に変貌《へんぼう》することは、篠山家の人々にとって、けっして容易に想像できることではなかっただろう。

2

当時高校三年生だった田中冴子《さえこ》は、その日の午前十時半頃、照幸の母親から電話を受けている。「照幸はお邪魔していないでしょうか」と訊かれたため、「来ていません」と答えた。

すでに冬休みは終わり、その日はたまたま高校の始業式だったが、授業はなく、一時間目のホームルームを終えたあと、早々と帰宅していた。他の家族は全員朝早くから外出しており、冴子一人が受験勉強をしながら、留守番をしていた。

泰代が田中家の電話番号を知っていたのは、照幸には中学校一年の姉がいて、その姉と田中家の次女が中学校の同級生だったからである。つまり、冴子の妹と照幸の姉が同級生であれば、田中家の電話番号は連絡網の電話番号一覧で簡単に調べることができるのだ。

それに照幸は姉と共に、田中家に遊びに行ったこともあり、親同士の交流はなかったものの、両家はまったく知らない間柄ではなかった。電話のあと、二十分くらいしてから、泰代が信次と共にやって来て、「たびたびすみません。照幸はやはりお邪魔していないでしょうか？」と丁寧な口調で尋ねた。

実は、信次とともに三幸荘の近くまでやって来た泰代は、信次を執拗に問い質した結果、新たな発言を引き出していた。照幸を見失った位置から推測すると、照幸が田中家の階段を上がっていったような気がしたので、信次は階段下で、照幸が出てこないかとしばらく待っていたらしい。

そこで、泰代も出がけに田中家に電話して確認していたものの、念のため、信次を連れて二階に上がり、田中家の玄関のインターホンを鳴らしたのだ。

こういう執拗な行動を取った泰代の頭には、当然、照幸が出がけに口にした「タナカさんのお母さん」という言葉があったはずだが、このときはそんなことには触れていない。従って、冴子にとっては、いかにも不可解な訪問だったに違いない。

照幸は、妹の同級生の弟というだけで、一人で冴子の家を訪ねてくることなど考えられなかった。道ですれ違っても視認できないような、希薄な関係なのだ。冴子は電話のときと同じ返事を繰り返すしかなかった。

この訪問の趣旨がよく分からなかったこともあり、その時点では冴子に何か特別な事件が発生したという認識があったわけではない。

しかし、夕方七時近くになって、泰代が再び、制服警官と共に訪ねてきたとき、冴子もさすがにただならぬ気配を感じ始めていた。このとき、両親は未だに帰宅しておらず、中学生の妹が帰宅していただけだったから、実質的に冴子一人で応対することになった。

泰代の態度は、この時点ではかなり緊張したものになっていた。照幸が出て行ったとき、「タナカさんのお母さん」という言葉を口にしたことを、冴子はこのとき初めて、泰代の口から聞かされている。

「照幸がご飯も食べずに朝出て行ったきり、こんな時間まで戻ってこないのは、明らかにおかしいんです」

言葉遣いは丁寧だったが、その表情は強張っており、どこか冴子を疑っているようにも聞こえた。しかし、冴子にしてみれば、照幸が訪ねてきた事実はなかったし、訪ねてくる理由もない。

それに、タナカなど日本でもっとも多い苗字の一つなのだから、「タナカさんのお母さん」というのが、自分の母親であるはずがないと思っていた。だいいち、昔一度、照幸が姉と共に田中家に来たときも、両親は留守で、母親は照幸の顔さえ知らないだろう。

泰代には切羽詰まった焦りと同時に、田中家に対する遠慮も見られたが、交番勤務らしい若い制服警官はかなり露骨だった。

「ちょっと家の中を見せてもらえませんか。本当に子供が訪ねてきていないんだったら、隠す必要もないでしょ」

冴子が高校生なので、見くびっている口調にも感じられた。当然、むっとしたが、確かに照幸は来ていないのだから、部屋の中を見せない理由はない。

「どうぞ調べてください」

「見てください」ではなく、「調べてください」と言ったのが、せめてもの抵抗だったが、その言葉が皮肉に響いたかどうかも、冴子には確信がなかった。事態の思わぬ展開に、冴子自身が呆然としていたのだ。

冴子の案内で、警察官と泰代は、一階と二階のすべての部屋、それから車庫の中まで見て回ったが、もちろん、照幸は発見されなかった。

「本当にご迷惑をお掛けして申し訳ありませんでした」

泰代は田中家を去るとき、冴子に向かって深々と頭を下げた。ひどく憔悴しているのが、傍目《はため》にも分かった。その母親の姿を見た途端、冴子の怒りは和らぎ、照幸が何事もなかったかのように、篠山家に戻ってくることを願った。

冴子が、壁の時計に目を向けると、すでに午後七時半を過ぎていたから、泰代と警官は三十分以上、田中家に留まっていたことになる。

「そのときは、ただ呆然としていたので、気づかなかったんですが、警官が家捜しに近いことまでしたのは、ただタナカという苗字が一致していたという理由だけじゃなかったんです。実は、うちの近所にタナカという家は他にもあったんです。でも、その家には警官もお母さんも行かなかったみたいです」

冴子は、後に成人してから、マスコミにこんな発言をしている。その冴子の推測は間違いではなかった。警察と泰代が冴子の家に注目したのは、冴子の言う通り、それなりにしかるべき理由があったからである。実は、ある女が冴子の家と照幸を結びつける証言をしていたのだ。

3

三藤《みつふじ》響子は、当時二十八歳で、二歳になる娘志乃《しの》と二人で三幸荘の二〇一号室で暮らしていた。響子は西中洲にある高級クラブ〈マドンナ〉のホステスだったが、志乃が風疹に罹ったため出勤できず、その頃は休業状態だった。響子は、午後五時過ぎに訪ねてきた交番勤務の制服警官に対して、次のような証言をしている。

午前十時と十一時の間頃、響子は志乃を居間のベッドに寝かし付けたあと、部屋の空気を入れ換えるために、自宅アパートの扉を開けた。冬だったが、響子のアパートは風通しが悪く、気分転換も兼ねて、そうすることは、よくあったという。すると、外階段を上がってくる足音が聞こえ、紺色のレインコートを着た、小学生らしい男の子が響子の目前に現れた。

その子供は扉を半開きにして、外を覗き込むようにしていた響子に向かって、「タナカさんの家を知りませんか？　階段を上がったところが、タナカさんの家だと聞いたのですが――」と尋ねた。

子供にしては、しっかりした、丁寧な口調だったから、躾《しつけ》の良い家庭に育った子供だろうと響子は感じたという。

実際、三幸荘の一つ手前にタナカという姓の二階建て住宅があり、そこがちょうど一階が車庫で、外階段を上がった二階が玄関の入り口になっている家だった。響子が「その家じゃなかとね」と教えると、子供はうなずいて、立ち去った。

その制服警官がやって来たのは、響子に何らかの疑惑を抱いていたからではない。泰代が照幸の行方不明を交番に届けたため、近隣に聞き込みを行っていたからに過ぎなかった。時系列的には、この響子の証言を受けて、泰代と警官が当該の田中家を訪問し、すでに述べた通り、たまたま在宅していた高校生の冴子に立ち会わせて、家捜しに近いことを行っているのである。

こういった流れを考えると、照幸が行方不明になった当初の段階では、警察の関心は、響子よりはむしろ、田中家のほうにあったと言うべきかも知れない。少なくとも、警察が響子の証言を疑っている様子はほとんどなかった。

響子の証言がそれだけ自然だったとも言えるが、やはり決定的だったのは、照幸が出がけに口にした「タナカさんのお母さん」という言葉だったのだろう。

しかも、響子が住む三幸荘と田中家の構造が似ていたことも、結果的に響子の証言の信憑性を高めることになったのは否定できない。照幸を電話で呼び出した女性が階段を二階に上がった家に来るようにと指示したとしたら、照幸が三幸荘を田中家と勘違いした可能性も出てくるのだ。

夜になっても照幸は帰宅せず、警察は誘拐という重大事件発生の線も考えざるを得なくなっていた。ただ、身代金を要求する電話も掛からず、脅迫状も届いていなかったことや、出がけの照幸の不可解な言動を考えると、警察が家出の可能性も依然として排除できなかったのも、やむを得ないところがあったのだろう。

何しろ、当時の日本における行方不明者の数は、十万人を超えており、その中には自らの意思による未成年者の家出も相当数含まれているのだ。

実際、全国紙の一つは、一九八四年二月十日の地方版で「小4不明から一ヶ月」というタイトルの記事を掲載し、事件発生から一ヶ月間の警察の動きをかなり詳細に伝えている。その記事によれば、警察は河川や倉庫などの徹底捜索をしただけではなく、空港やカーフェリーなどの乗客名簿まで調べているのだ。

それは取りも直さず、警察がこの事件を必ずしも誘拐事件と決めつけていたわけではなく、事故や家出の可能性も視野に入れていたことを物語っていた。第一審の第十七回公判に証人として出廷した所轄の福岡中央警察署の刑事課長も、正直に「当日は事故の可能性がまったくないとは思えなかった」と証言している。

つまり、誘拐というのは、家出、事故、誘拐という均等に提示された三つの選択肢のうちの一つに過ぎなかった。そうは言っても、所轄署としては、誘拐事件という想定の下に、しかるべき措置を取らざるを得なかった。県警本部の指示に従って、篠山家の電話に逆探知装置を取り付け、二十四時間体制で私服の刑事を篠山家周辺に張り込ませていた。

同時に、問題の時間帯に照幸の姿を見た者はいないか、大規模な聞き込み捜査を開始していた。不確かなものまで含めれば、複数の目撃情報があった。しかし、そういう目撃情報が、警察の捜査をかえって混乱させた面があったのは否めない。

およそ十五年後、響子が照幸の殺害容疑で逮捕されたとき、一部の新聞や週刊誌が「照幸君は、三藤響子容疑者のアパートに入っていくのが目撃されている」とはっきり書いている。照幸が訪ねて来たことを響子自身が認めているのだから、この種の目撃証言があってもおかしくはないだろう。

だが、実際には、その事実を裏書きするような、信憑性の高い目撃情報はなかったようなのだ。後に一審の裁判官が「被告が照幸君の最終接触者」と認定しているのは、照幸が道を尋ねるために、響子のアパートにやって来たことを響子自身が認めていることが大きく、特定の目撃証言に厳密に基づいているわけではないのである。

むしろ、意外に知られていないことだが、それとは逆の目撃証言に関する調書が、裁判では公開されていた。実は、三幸荘から道路を挟んだ反対側に小さな公園があり、小雨の中でサッカーをしていた小学生三人が、三幸荘へ上がる階段下で、レインコートのフードも被ることなく、ぼうっとした表情で立ち尽くす照幸の姿を目撃していたのである。

ところが、照幸はこのあとその階段を上ることはなく、「三幸荘を通り過ぎて、ヒカリコーポ警固の方に歩いて行った」と三人は証言していた。確かに、その場所からさらに十メートルほど進めば、T字路にぶつかり、その道路を左に少しだけ入ったところに、「ヒカリコーポ警固」という二階建てアパートがあったのだ。

ただ、サッカーに夢中になっていた三人は、常時照幸に視線を注いでいたわけではなく、ごく断片的に照幸の姿を捉えていたに過ぎなかった。

従って、この証言は、照幸が三幸荘には向かわなかったことを示唆しているとも取れる一方で、照幸が道に迷い、そのときは直進したものの、再び引き返し、三幸荘に入った可能性を全面的に否定するものではないだろう。

それに三人は照幸と同じ小学校に通っていて、通学時に照幸の姿を見かけることはあったものの、学年の違う五年生だった。そのため、照幸と口を利いたことはほとんどなく、見間違いだった可能性もゼロとは言えない。

しかし、照幸を実際に目撃したという証言で、それなりの信憑性を保っているのは、実質的にはこの目撃証言だけなのだ。そして皮肉にも、このことは響子に対して必ずしも有利に働いたとは言えず、二律背反の微妙な状況を生み出していた。

つまり、この証言が正確で照幸が三幸荘には向かわなかったとすれば、一見、響子に対する嫌疑は薄らぐように見える。だが、同時にそれは照幸らしい子供が訪ねてきたという響子の証言の信憑性を否定し、別の角度から響子に疑惑の光を当てることになるのだ。

4

早川孝夫《はやかわたかお》は〈マドンナ〉の客で、響子とは同伴出勤を繰り返す関係だった。しかし、本人の言によれば、二人の間に特殊な関係があったわけではなく、「店を介した通常の客とホステスの関係」に過ぎなかったという。

その早川の元に、響子から電話が掛かってきたのは、一月十日夜の八時頃だった。

「部屋が狭いけん、いろんな物を整理しとるっちゃけど、古いアルバムなんかがたくさん入った大きな段ボールを吉塚《よしづか》の実家に移したいけん、車で運んでくれん？」

早川はこの響子の頼みを気楽に引き受けていた。運送会社を経営する早川は、車の運転には慣れていた。吉塚は警固から車で二十分程度の場所で、たいした手間も掛からない。

早川は、午後八時半頃、自分のワゴン車を三幸荘の前に停め、響子と一緒に段ボール箱をワゴン車に積み込んだ。この光景を、近所の何人かの人々が目撃していたが、響子は娘の志乃も連れており、怪しげな様子もなかったという。早川自身も、その段ボール箱に特に不審な点は認めなかったと、後に警察やマスコミに証言している。

「確かに、かなり重かったけど、俺一人で車に積み込めたよ。それに、梱包用のガムテープが少し緩んでいて、段ボールに隙間が空いていたので、アルバムか本みたいなものが入っているのが見えたんだ。だから、子供が入っているなんて、想像もしなかったよ。もちろん、俺はそのとき、篠山君が行方不明だなんてまったく分かっていなかったから、知っていればまた別の印象を持っただろうが」

これもまた、何とでも解釈できる発言だった。早川が言う通り、中にアルバムか本が入っていたのは確かだろうが、偽装のために死体の上からそういう物を置いた可能性も否定できない。

だが、早川にとって、いささか不安の暗雲が胸奥に垂れ込めてきたのは、むしろ、響子の実家を見た瞬間だった。響子の実家は、山道と呼んでいいほどの、細い土道をかなり進んだ心淋《うらさび》しい集落の中にあった。しかも、その集落の中で、一番奥の行き止まりにある小さな平屋だった。

すでに、夜の九時近くになっていたので、暗闇の中で家の様子はほとんど分からなかった。両親が住んでいるという割には、明かりも点《とも》っておらず、人の気配はなかった。

「何て言うか、その家を見た途端、とても嫌な気分になったんだ。その集落自体が誰も住んでいない村みたいな印象で、その中でも響子の実家というのが特に廃屋みたいだった。ただ暗いだけじゃなくて、何か不吉で得体の知れない雰囲気が漂っていたんだ」

結局、響子は早川に手伝ってもらって、その段ボール箱を玄関の三和土《たたき》まで運び込んだ。奇妙だったのは、玄関に入ったときでも、響子が明かりを点《つ》けなかったことである。薄暗がりの中で、玄関奥の畳部屋が見えていたが、やはり誰かがいる雰囲気はまったくなかった。早川はふと、響子の実家は料金未払いで、電気を止められているのではないかと思ったという。

そのあとの展開も、早川にとって、おそらく不本意なものだったに違いない。段ボール箱を響子の実家に置いたあと、早川は再び、響子と志乃を三幸荘まで送り届けた。志乃は車の中ですでに眠っていたので、早川にしてみれば、志乃を響子の部屋に残したまま、響子を飲みに連れ出すつもりだった。飲んだあと、車の代行を使うことなど日常茶飯事だったので、自分が車の運転をしていることなど特に気にしていなかった。

ただ、アパートに戻った響子は、あっさりと早川の誘いを断った。眠っている娘を部屋に残したまま、外に出ることはできないというのだ。真っ当な理由だったが、店の営業とは無関係な中年男との飲みなどしたくないのだろうと、早川はいささかひがんで考えていた。もともと、そういう合理的なところがある女だったのだ。

実際、早川はその後、響子と会うことも、電話で話すことさえなかった。驚いたことに、それから二週間後、響子が〈マドンナ〉を辞めて三幸荘から転居したことを、人づてに聞いたのである。

「実は、その家は響子の実家ではなかったんです」

5

「えっ、それは決定的な事実ですね」

「いや、そうでもないですよ」

　ここでも、棚橋はあくまでも冷静で、私の興奮気味の口調に釣り込まれることはなかった。

　実際、警察の後の捜査で、その家は響子の実家ではなく、知人女性の家であることが判明している。その女性は当時の国鉄博多駅近くのマンションに住んでいて、その家は空き家状態だったので、響子が自由に荷物などを運び込むことを許していたという。

「響子が、自分のアパートに置ききれなくなったものをそこへ運び込むことは、そのときだけじゃなく、前にもあったようなんです。だから、その女性にしてみれば、そのとき段ボールを響子が運び込んだのは、特別なことじゃなかった」

　棚橋は件《くだん》の女性について、実名はもちろん、職業も明かさなかった。事件とは無関係な人物なので、人権的配慮を優先させたのだろう。響子が早川に実家と嘘を吐《つ》いたのは、響子自身の説明では、そう言ったほうが面倒な説明をする必要がないからであり、それは嘘というより、ホステスが客と話すときに使う営業トークのようなものだという。

　だからと言って、問題の段ボール箱に照幸が入っていなかったと断言できるわけではないが、同時にそういう経緯を知ると、確かに響子がその家を実家だと偽ったこと自体は、それほど決定的だとも思えなくなってくるのだ。警察は、当然、その女性についても当時相当に調べたはずだが、おそらく不審な点は何も出てこなかったのだろう。

　響子はそのあとすぐに、段ボール箱をその家から運び出した形跡があり、以後、何度か転居を繰り返している。転居先で、異臭がしたという複数の証言があったのは事実だ。ただ、それらの証言には響子が逮捕されてから出てきたものも含まれており、完全に先入観のない客観的な証言だったかは、判断が難しい。

「篠山君の様子がひどくおかしかったのは、彼が電話の主が誰であるかを認識していたからだと、警察は考えていたんでしょうか？」

照幸が、見ず知らずの女性から掛かってきた電話に動揺していたとは考えにくかった。そういう電話であれば、いかに異様な内容であっても、すぐにそれを正直に親に伝えるはずなのだ。ところが、照幸の言動はいかにも言い訳しているように、あるいは何かを隠しているようにさえ見えたのである。

「それも分からんですよ。ただ、両親はかなり時間が経ってからだけど、電話の内容があまりにも変だったので動揺してただけで、知り合いじゃなかったんじゃないかと言ってますよ。それに、所詮子供のことやけん、客観的に見ればまったく取るに足らんことでも、大人が大げさな言葉を遣って脅せば、照幸を怯えさせることはそぎゃん難しくはなかったでしょ」

ここで博多弁の濃度が増したのは、棚橋なりの自己主張に思えた。しかし、私は口にこそ出さなかったが、この点では棚橋の言うことには納得していなかった。照幸が怯えて、電話の声の主の指示に従った、それなりの深刻な事情があったと考えていたのだ。

実際、この事件の最大の謎で、裁判においても明らかにされていないのは、犯人がどういう口実で照幸を呼び出したのかということだった。これについては、子供の人権にも関わるため、新聞やテレビなどのマスコミもあまり触れていない。

だが、ＳＮＳなどのネット上では、さまざまな臆測が飛び交っていた。もちろん、事件が起こった一九八〇年代においては、今と違ってＳＮＳは存在していなかったから、書き込みの多くは後年、事件オタクなどが単なる推測として書いているもので、具体的な根拠があるものではない。

ただ、その中でかなり多くの人々が書き込んでいたのが、照幸と響子が顔見知りで、照幸が犯した何らかの性的な逸脱行為を口実にして呼び出したのではないかという推測だった。照幸が電話で叱られているような様子だったという情報が、マスコミを通して流れたため、そんな想像が働いたのかも知れない。

確かに、九歳の男子児童であれば、すでに性的な目覚めが起こっていてもおかしくはないし、覗きなどの痴漢行為に小学生が関わっているケースも珍しくはない。照幸が以前にそういう行為に及んだところを響子に咎められたことがあり、そのことを口実に響子が照幸を呼び出した可能性も排除できない。私は、そんな趣旨の質問を棚橋にした。

「もちろん、我々もあらゆる想定をしていましたから、篠山君の御両親には、誠に訊きにくいことだけど、と断った上で、そういった質問もしましたよ。しかし、二人の見解としては、照幸は性的な目覚めは遅いほうで、そういう痴漢行為に走ることは考えにくいということだった。実際、響子のアパートの構造から言っても、室内を外から覗くことは難しく、あるとしたら外階段を上がって行く響子のスカートの奥を覗くくらいだが、成人の男性がすればともかく、九歳の男の子だったら、そんなのただのいたずらで片付けられてしまいますからね。仮に、それをネタに脅そうとしても、彼がそこまで動揺するのは、やっぱりおかしいでしょ」

それはそうだった。照幸がそこまで動揺した、もっと決定的な理由があるはずである。

「となると、響子のほうが何か積極的に性的な誘いを仕掛けたのでしょうか？」

「そういう推測は捜査本部内部で囁かれてはいましたよ。篠山君は写真のモデルになるくらい可愛い男の子だったらしいから、響子のほうが性的関心を持っていたんじゃないかという意見すらあったくらいですよ。しかし、私自身は、そうは思えなかった。響子には当時二歳の娘がいたし、ある知人女性が言ってたように、響子には他人の子供の鼻水を拭いてやるような優しい面があった。実際、逮捕当時も、自分の子供だけでなく、近隣の子供にも優しいという評判だった。それは取り調べ中でも、分からなくはなかったですよ。子供の話になると、目を細めるんです。自分の子供だけじゃなくて、他人の子供の場合も同じだったな」

「取り調べというと、響子が逮捕されたときの話ですか？」

「いや、そうやなか。逮捕後の取り調べでは、雑談にさえほとんど応じんかったですたい」

「すると、最初の任意聴取のことですよね」

ここでの私と棚橋の会話は、事情を知らない人間には分かりにくかったに違いない。棚橋の言葉遣いは、厳密に言えば、正確ではなかった。「取り調べ」というのが、一九八八年の八月に、棚橋が静岡県の浜松中央署に出張して行われた事情聴取を指しているとすれば、それは任意だったのだから、「取り調べ」という言葉は適切ではないのだ。響子が逮捕されるのは、それからさらに十年後の一九九八年のことである。

だが、そんな枝葉にこだわっても意味がないだろう。私は小さくうなずく棚橋の表情を見据えながら、これから棚橋がもう一つの重要な事件について話そうとしていることを意識して、再び強い緊張感に襲われていた。響子の浜松時代に起こった事件も、照幸の行方不明事件と同様、謎だらけだったのだ。

私は響子の不可解な結婚と、その後に起こった火災死亡事件のことを思い浮かべていた。

6

「それじゃまったく何のための結婚なんだ。女房の体にも触れられないなんて、体に悪いら」

小崎欣弥《こざききんや》は、高校時代の同級生の橋本一樹《はしもとかずき》の言葉に、思わず顔を顰《しか》めた。二人は、浜松市最大の歓楽街である有楽街《ゆうらくがい》のスナックで話していた。橋本は笑いながら言ったのだが、小崎にしてみれば、揶揄とも冗談とも取れる橋本の言葉を聞いて、一緒に笑っていられる立場ではなかった。

小崎の妻加奈江《かなえ》には喜美夫《きみお》という三十八歳の弟がいて、何しろ、今、話題に上っているのは、その弟夫婦のことなのだ。つまり、小崎は喜美夫の義兄に当たるわけだが、家が近いこともあって、小崎家と喜美夫の間にはかなりの交流があった。

「初めから、こうなるのは分かっていただに」

小崎は、ハイボールのグラスを一口飲むと、真剣な表情になってぽつりと言った。そのリアルな反応に驚いたのか、橋本は一瞬笑いを止めて、小崎の顔を覗き込むようにした。

カウンター席とボックス席三つだけの小さな店である。すでに暮れも押し詰まっている上に、早い時間帯だったので、店は空いていて、ボックス席には小崎と橋本がいるだけだ。他にはカウンター席に男性客が一人座り、店のマスターと話していた。バックグラウンドミュージックとして、瀬川瑛子の「命くれない」が流れている。

花村《はなむら》喜美夫は、浜松市神立町《こうだちちょう》にある織物問屋「遠州織物ハナムラ」の跡取り息子だった。「遠州織物ハナムラ」はかなり大きな店舗を構えていて、基本的には小売店に生地を卸す問屋だったが、小売りも行っており、特に綿織物の質の高さでは有名な老舗店の一つだった。

喜美夫はおっとりとした優しい性格の男だったが、それが小崎には妙に歯切れの悪い優柔不断に映ることがある。いや、妻の加奈江の前では直接的な表現は避けていたものの、ときにその優柔不断には、愚鈍という語彙を当てはめたくなることさえあるのだ。

「あれで、大きな問屋の仕事の差配ができるのか」

喜美夫が結婚する前から、心臓の悪い父親が入退院を繰り返していたため、母親も看病に忙殺されることが多く、問屋の仕事はいつの間にか喜美夫が取り仕切るようになっていた。中小企業と言っても、従業員は二十名近くいるから、その人数を差配するには、それなりの能力が必要である。

「大丈夫だら。あれで、仕事にはまじめなんだから」

加奈江は笑いながら答えた。小崎も、その評価を否定するものではなかった。しかし、小崎の気持ちとしては、そのまじめさが無防備にも見え、だからこそ心配だったのだ。

やがて、小崎の危惧が現実になることが起こった。一年前に実施した会社の忘年会の二次会で、喜美夫は男性従業員に誘われて、有楽街にある〈テソーロ〉というクラブに出かけ、そこでホステスをしていた現在の妻と初めて出会ったのだ。

その後、たった三回の店外デートを重ねただけで、喜美夫は結婚することを家族に告げたのである。優柔不断のはずの喜美夫にしては、信じられないような決断力だった。

その話を加奈江から聞いたときの小崎の直感は、はっきりしていた。喜美夫はそのホステスに騙されているに違いない。ホンダ系列の中古車販売会社のやり手営業課長である小崎から見れば、それはそこら中に転がっている、よくある話の一つに過ぎなかった。

どう見てももてるとは思えない中年男の喜美夫に、〈テソーロ〉では売れっ子と言われているホステスが本気で惚れるはずがない。喜美夫の実家の金が目当てなのは、明らかに思われた。

すでに肉体関係ができているのであれば、何がしかの金を渡して、別れさせるのが最善の策だろう。加奈江から相談されたとき、小崎はそんな趣旨のことを言ったのを覚えている。しかし、それほど深刻には考えていなかった。どうせ喜美夫の両親や親戚が反対するだろうから、小崎が口を出すまでもなく、この縁談は破談になるだろうと高をくくっていたのだ。

ところが、事態は意外な展開を見せた。心臓病で弱気になっていた父親は、四十近くになっても結婚できない息子のことをひどく心配しており、ともかくも結婚相手が見つかったことを歓迎したのだ。母親は内心反対であることを加奈江には伝えていたらしいが、喜美夫同様におとなしく、優しい性格だったので、自分の気持ちを公言することはなかった。

むしろ、はっきりと反対したのは、従姉妹の加賀久子《かがひさこ》だった。久子は当時三十二歳で、母親の姉の娘だったが、偶然、喜美夫の後の結婚相手に会ったことがあった。久子は国鉄浜松駅近くの婦人服のブティックで販売員として勤務していたが、そのとき一緒に働いていた田上総子《ふさこ》がたまたまその結婚相手の実姉だったのだ。

久子は総子と特に親しかったわけではない。ただ、シフトが同じ早番だったある日、仕事帰りに総子のアパートに立ち寄ったことがあった。そのとき、同居していた総子の妹の三藤響子と顔を合わせたのだ。

この時点では響子と喜美夫は知り合ってさえおらず、久子にとって、響子はさして関心を惹く存在ではなかった。それにも拘わらず、響子についての久子の印象は、いい意味でも悪い意味でも、かなり強烈だった。

「背が高くて、一六五センチ以上はあったでしょうね。確かに垢《あか》抜けていて、いかにも高級クラブのホステスって感じだった。十分程度しか話さなかったけど、性格がいいとは思えなかった。冗談っぽくだけど、女を知らない男を騙すなんて簡単だ、みたいなこと言ってたもの。でも、そのときは、まさかその人がキミちゃんの結婚相手になるなんて思っていなかったから、私も一緒に笑って聞いてたけど、こうなってみると、ぞっとする話でしょ」

久子が自宅にやって来て、加奈江にこう話すのを、小崎もそばで聞いていたのだ。その頃には、喜美夫と響子の結婚が現実問題となっていたから、小崎もかなり真剣に耳を傾けていた。

久子によれば、総子と響子の姉妹は、福岡県の久留米市の生まれだったが、響子はかなり若い頃から長い間、福岡市内で水商売をして自活していた。その後東京に行き、上野のクラブで働いたあと結婚した。だが、やがて離婚し、福岡市に戻ったあと、姉のいる浜松市にやって来たのだ。

実家の姓は田上だが、響子が三藤と名乗っているのは、離婚した前夫の姓をそのまま使っているからだという。ただ、法的にはすでに離婚が成立していて、本来なら田上響子と名乗るべきなのだ。しかし、知人の多くは三藤という苗字に慣れているため、便宜上三藤姓を使っているに過ぎないと、響子は説明しているらしい。

「離婚が成立しているかも、怪しいもんだ」

小崎が口を挟むと、久子は大きくうなずいた。

「総子さんまでが、本当に離婚が成立しているかは分からないと言ってる。元の夫は、東京の実業家で、結構大きなクラブなんかを経営しているらしいけど、やっぱり水商売だら」

ただ、そんなことを本人に確認すれば、むしろ、結婚を促す結果になり、かえって状況を悪化させることにもなりかねない。それよりは、そんな事情は一切訊かず、手切れ金を与えて入り口で遮断したほうがいいというのが、久子の意見だった。それはまさに、小崎が考えていることでもあったのだ。

「今更言っても始まらないが、喜美夫もあんな女と結婚すべきじゃなかったんだ」

小崎は橋本とは昔から仲がよく、たいていのことは包み隠さず話ができる間柄だった。橋本も、小崎に紹介されて一度喜美夫と響子に会ったことがあり、結婚の事情もよく知っている。

「だけど、金を渡して別れさせるのも、難しい相手じゃなかったの。あの女、けっこう頭がいいんじゃない?」

それは橋本の言う通りだった。確かに、そんなに生易しい相手ではなかった。結婚直前に入院中の父親の見舞いにも行き、父親からはすぐに気に入られたらしい。同じ頃、小崎と加奈江が他の親戚と共に初めて会ったときも、それなりに礼儀正しい態度で接し、スタイルや美貌を鼻に掛けているという印象もなく、控えめだった。紺の上下のスーツを着ていて、スカートの丈も長めで、結婚相手の親族との顔合わせの場であることをわきまえた服装だった。

小崎もさすがに、その場では大人の態度を取り、口では祝意を示すしかなかった。だいいち、喜美夫自身が響子と別れる気などまったくないのだから、どうしようもない。

結局、響子の態度が謙虚だったのは、ほんの一ヶ月足らずで、そのあとは一変した。結婚式は挙げず、籍だけ入れたのだが、小崎の耳に入って来るのは、悪い噂話ばかりだ。一番驚いたのは、二人の寝室が一階と二階で分かれていることだった。

「遠州織物ハナムラ」の店舗では、両親と一部の住み込みの従業員が寝泊まりをしていたが、喜美夫と響子は、浜松市西南部の一軒家で暮らしていた。結婚のために新築したものではなく、昔から花村家の別宅のような機能を果たしている、二階建ての古い住居だった。

喜美夫はそれまでは、両親と共に、店舗のほうに住んでいたが、結婚を機に空き家状態になっていた別宅に移り住み、店には車で通っていた。どうやら、両親と同居しないというのが、響子の結婚条件の一つだったらしい。

ただ、近くには親戚も多く、小崎の自宅も、そこから徒歩十分くらいの場所だった。しかし、小崎は喜美夫が別宅で響子と同居を始めてから、響子には二度会ったことがあるだけで、ほとんど顔を見ることさえなかった。他の親戚でも、響子と顔を合わせたことがある者は、ごく限られていた。

「あの女は俺を煙たがっているんだ。頭がいいというより、悪い女の動物的勘だら」
「一階と二階に分かれて寝ているっていうのは、異常だよな」

「ああ、それもそうだが、未だに肉体関係さえないらしい」

小崎は、二人が一階と二階に分かれて寝ていることは、以前にも橋本に話したことがあった。だが、橋本は結婚後夫婦仲がうまく行かず、ベッドを共にしていないという程度の意味だと解釈していたはずである。

「えっ！　未だにって、初めから肉体関係がなかったってこと？」

橋本の驚きの声に、小崎は再び、渋面を作った。

「ああ、そうみたいなんだ。何しろ、体を触ると回し蹴りされるらしい」

喜美夫は加奈江とは仲がよく、電話ではかなり踏み込んだ会話をしているようだった。小崎とも良好な関係で、会えば長時間話し込むこともある。

しかし、血の繋がっていない義兄には、ある程度遠慮があるのも当然で、喜美夫は小崎には響子についてそれほど踏み込んだ話をするわけではなかった。ただ、一週間ほど前、喜美夫は路上の立ち話で、結婚する前から今に至るまで、接吻《キス》も含めて、肉体的接触は一度もないことを、初めて小崎に打ち明けていた。

その顔はいかにも恥ずかしげだったが、喜美夫がそんな閨房《けいぼう》の秘密について話したことはこれまで一度もなかった。もっとも、そのあと二度ほど顔を合わせることがあったが、響子の話に水を向けても、喜美夫はあいまいな返事しかせず、一言で言えば、元気がないという印象が際立つばかりだった。

実際、喜美夫はかなり切羽詰まっていて、姉の加奈江には「殺されるかも知れない」とさえ言っているらしい。正式に結婚してから一年足らずで、そんな状態になることも異常だが、喜美夫の言っていることにも、まったく根拠がないわけではなかった。

響子の要求で、総計一億九千万円となる複数の死亡保険の受取人名義が、すべて喜美夫の母親から響子に変更させられたというのだ。それを考えれば、喜美夫が危機感を抱くのは当然だろう。

加奈江も相当深刻に考えていて、離婚をしきりに勧めていた。こんな最近の状況が小崎の頭を巡っていたが、いくら親しいと言っても、親族内の事情すべてを橋本に話すわけにはいかない。橋本は依然として、二人の間に肉体関係がないことにこだわっていた。

「だとすると、ひでえ女だが、喜美夫みたいなうぶな男が響子に惚れるのも分からなくはないよ。いい女だもんな。この前、バスで響子と乗り合わせて、軽く挨拶を交わしたが、すごいミニスカ穿いていて、白くてつやのいい太股なんか、本当にムチムチしていただに。背が高くて、大柄な女だけど、ああいう格好してもけっこう様になってんからな。でも、俺の印象じゃあ、そのでかい体を自分でももてあましているって感じだったな。誰か精力を吸い取ってやったほうがいいんじゃないの」

こう言うと、橋本は破顔一笑して、生ビールのジョッキを大きく傾けた。当然のことながら、橋本にとって、それは所詮、他人事なのだ。小崎は苦笑して、橋本の若干赤くなった顔を見つめた。

響子が頻繁に、自宅からバスを使って浜松市内の繁華街に出かけることは、近所でも噂話のネタになっていた。娘の志乃のことは可愛がっているらしく、一緒に出かけることが多かったが、喜美夫も含めた親子三人で外出する姿は、最近ではほとんど見かけなくなっていた。

むしろ、響子一人で出かけることがあり、そういう場合、喜美夫が志乃の世話をしているようだった。近隣に住む人間が市内の繁華街で、たまたま響子の姿を見かけることもあり、若い長髪の男と一緒に歩いていたという噂話までが、まことしやかに囁かれていた。

もちろん、そういう噂話には悪意、いや悪意とまでは言えないにしても、負の期待が織り交ぜられ、尾ひれが付くのが普通だから、その真偽を見極めるのは難しい。しかし、小崎にとって、一層深刻に思われたのは、やはり身内である久子の、直接的な目撃情報だった。久子が高校時代の友人と有楽街を歩いていたとき、響子がその若い長髪の男と一緒にいるのを遠目に見たというのだ。

　小崎にとって、そしておそらくはそれを話した久子にとっても、一番衝撃的だったのは、若い男のことより、そのとき響子が五、六歳くらいに見える男の子の手を引いていたという情報だった。しかも、その男の子は、左足を軽く引き摺っていたのが、妙に印象的だったというのだ。

「志乃ちゃんは、前の旦那の子なんでしょ。でも、あの人に他の男がいてもぜんぜんおかしくないだに。その男の子、きっとあの若い男との間にできた子供じゃないのかしら。わりといい男だったけど、長髪の遊び人風で、働いているようにも見えなかったから、あの人が食べさせてあげてるって感じだった。というか、キミちゃんのお金が、響子さんから結果的にその男に渡っているとしたら、キミちゃん自身がその男を養っていることになるだら」

　久子の言葉に、悪意の混ざった過度の推測が含まれていたのは間違いない。三人が歩いているのを見ただけで、そんなことまで分かるはずがなかった。しかし、小崎自身は、加奈江と共に久子の言葉に耳を傾けながら、ひどく暗い気持ちになると同時に、義憤にも似た怒りが込み上げてきたのを記憶している。だが、さすがにそんなことまで橋本に話す気はなかった。

「お前、まさか響子に手を出そうと言うんじゃないだろうな」

　小崎はあくまでも冗談めかして、不意に橋本に訊いた。橋本が女としての響子に強い関心を持っているのは確かに思われた。

「そんなの、とんでもないら。俺は職業柄堅実なんだ。怖い女は御免蒙りたいな」

　橋本は、不意に正気を取り戻したように真顔で答えた。橋本は浜松市役所の職員だった。貧しくはないが、特に資産家であるわけではない。

そもそも、響子が狙いを付ける相手ではないだろう。それに比べて、喜美夫は響子の標的となるあらゆる条件を備えていた。

響子が搾取する男と、貢ぐ男を巧みに選り分けている可能性はある。小崎は依然として、久子の話を頭の片隅に思い浮かべながら、そんなことを考えていた。

しかし、差し迫った現実問題で言えば、小崎も加奈江と同じ意見で、離婚が最善の策と思えるのだ。昨夜も喜美夫から電話があり、最初に出た小崎が挨拶程度の話をしただけで、加奈江に代わった。そのとき喜美夫は、現在の響子との夫婦関係についてかなり詳しく話したらしい。

ここ三日ほど、響子の態度が急に優しくなり、かえって戸惑っているという意味のことを言ったという。その話を聞いて、小崎は安心するよりは、むしろ妙な胸騒ぎを覚えていた。

店内では、小泉今日子の「木枯しに抱かれて」が流れ始めていた。

7

喜美夫は、その夜、響子と志乃と一緒に、自宅一階の居間で夕食を摂った。ここ数日、響子の態度は明らかに変化していた。喜美夫に対する物腰が奇妙なほど柔らかくなっていたのである。

その日の夕食のメニューは焼きそばで、麺以外はベーコンとキャベツが入っているだけだった。六歳になる志乃が焼きそばを好きだったこともあるが、響子が夕食を作る場合でも、それ以上に手の掛かるものを作ることはほとんどない。

しかし、前の週などすべて商店街で買った弁当で、それも喜美夫自らが、響子と志乃の分も含めて、買ってきていたのだ。従って、ともかくも手作りの焼きそばを用意したということは、大きな変化の一つだった。しかも、数日前からしきりにアルコールを勧め始めたのだ。

喜美夫はアルコールが嫌いではないし、もともとかなり飲めるほうでもあった。しかし、新婚一日目から、響子に「酔っ払いは嫌い」と言われて、家で深酒をするのは控えていた。アルコール以外でも、スープを飲むとき、下品な音を立てるとなじられ、金属のスプーンからプラスチックのスプーンに変えさせられていた。

　喜美夫にとって、響子はますます理解できない存在になっていた。結婚前から、気性の激しさは分かっていたが、感情の起伏の激しさがこれ程極端だとは考えていなかった。神経質な側面と無防備な側面が同居していて、それを見極めて響子の機嫌を取ることは、ほとんど不可能に近いと感じていたのだ。

　テーブルマナーや外出時の服装にうるさい反面、自分が一階にあるトイレに入るときは、扉にロックも掛けなかった。一度、喜美夫が中に響子が入っているとは知らず、扉を開けたことがあった。黒いジャージのズボンを下げて、和式便器にかがみ込む響子の真っ白な尻が喜美夫の目に飛び込んで来た。「ごめん」と思わず言って、すぐに扉を閉めた。

　五分後に外に出てきた響子の興奮ぶりは、異常だった。喜美夫の頬を右手で思い切り張り飛ばしたあと、「この変態！　うちがうんこしとる格好ば、そげん見たかと？」と博多弁丸出しで叫んだのだ。

　顔は真っ赤で、その目には涙が滲んでいた。喜美夫は、思った以上に響子の羞恥心が強いことに驚いていた。そんな格好を見られたことに激怒しているだけでなく、本当に恥ずかしがっているように見えたのだ。

　トイレは一階にしかないため、それ以来、喜美夫は自宅でトイレに行くのさえ臆病になり、響子と志乃が寝ているときに、できるだけトイレを済ませる癖が付いていた。

　だが、喜美夫にとってもっとも苦しかったのは、やはりその性欲が満たされないことだったのだろう。何しろ、新婚夫婦だというのに、夜の夫婦生活は一切ないのだ。

「結婚とセックスは違うとよ」

これが響子の口癖だった。この凝縮された言葉をどう解釈するかは難しいが、結婚したからと言って、セックスすることに同意したわけではないという意味なのか。少なくとも、喜美夫はそんな風に解釈しており、そのことを小崎にも話していた。

ただ、数日前からその点についても、喜美夫が電話で加奈江に話していたように、響子の態度は明らかに変化していた。結婚以降、夜はほとんど黒いジャージを着ていて、喜美夫の目には、それはまるで防護服のように映っていた。

ところが、不意にスカートを穿き始めたのだ。たいてい紺のデニムのスカートで、上は白い厚手のセーターだった。そのスカートの丈がかなり短く、太股も露わになっていたため、喜美夫の目に映る響子の肢体は、抑圧された喜美夫の性欲を刺激した。

何しろ、響子が志乃を遊ばせているときに、床の上に跪《ひざまず》くだけで、白やピンクのショーツがかなりはっきりと見えるのだ。喜美夫にしてみれば、「このままでは、蛇の生殺しだ」と思いながらも、それでも響子の体に触れることができない自分が惨めだった。

実際、響子の腰に手を回しただけで、響子の長い脚で回し蹴りを受けたことがあり、それ以来、気の弱い喜美夫はそういう行為は一切しないようになっていた。だからこそ、響子の服装の変化は、セックス解禁の暗示にも思えたのだ。

しかし、そんなに単純な状況でもなさそうだった。響子は相変わらず、直接的な体の接触を許しているわけではない。喜美夫は響子の意図が分からず、情欲と不安がない交ぜになった複雑な感情に駆られていた。

いや、意図がまったく分からなかったわけではない。むしろ、その意図を顕在化させることを恐れていたと言ったほうが正確だろう。

響子の金銭欲が強いのは確かだった。ただ、響子が金に執着するのは、金を貯めたいからではなく、使いたいからなのだ。

　喜美夫名義の預金も、響子がいつでも自由に引き出せる状況になっていた。まず二千万円の定期預金を普通預金にするように響子に要求され、そのあと、響子は頻繁に普通預金を引き出していた。

　印鑑と通帳を使って引き出す際は、あらかじめ夫である喜美夫に委任状を書かせる用意周到さである。その結果、残高は見る見る減少し、すでに七百万程度になっていた。すなわち、ほんの二、三ヶ月の間に一千三百万円ほどの金を使ったことになる。

　しかも、響子には借金があるようだった。一ヶ月ほど前に掛かってきた電話に喜美夫が出たとき、男の声で響子に代わるように求められた。電話に出た響子は、しばらく相手の言うことを聞いていたが、「少しくらい待ってくれんね。あんたと私の仲やない」と言い出していた。相手もそれほどしつこい様子はなく、すぐに電話を切ったようだった。

　しかし、さすがにこのとき喜美夫が問い質すと、響子はさほど動揺した様子もなく答えた。

「たいしたことやなかと。昔、東京の上野でホステスしてた頃の客たい。勝手に私に入れあげてお金を渡しておいて、今頃返せって言ってきとるとよ。無視すればよかと。また、掛かってきても私に繋がんといて」

　後に、この借金相手の男は特定され、実際は響子が正式な借用証書を書いて、かなり長期に亘って、この人物から借金を繰り返していたことが判明している。四十代後半のごく普通の会社員で、響子と一緒にいるところを浜松市内の繁華街で目撃されていた若い長髪の男とは、別人だと推定された。

　それはともかく、喜美夫の預金通帳から引き出した金を、響子が借金の返済に使った痕跡はほとんどない。その金の大半はネックレスや指輪などの宝飾品や衣服に注《つ》ぎ込まれていたのだ。

「あんた、まだ飲み足りんのと違う」

夜の十一時過ぎに、二階に上がって来た響子の手には、日本酒の一升瓶と大きな白い湯飲みが握られていた。それまでは、こんな遅い時間帯に響子が二階に上がって来ることは、めったになかった。喜美夫は、夕食のとき、まず缶ビールを飲み、そのあと日本酒をコップ一杯飲んでいたが、それ以上飲むのは、自主的に控えていたのだ。飲み過ぎて響子の顰蹙を買いたくはない。

しかし、響子の態度の変化に、喜美夫にしては珍しく警戒心が湧き起こっていた。「殺されるかも知れない」と加奈江に告白したのは、半ば本気だった。酒に酔って正体を失うのは危険と感じていたのだ。

「響子さんこそ、飲みたいだら」

思わずこう言った瞬間、喜美夫は響子の逆鱗に触れるのを恐れた。すぐに、遠州弁禁止という言葉が思い浮かんだのだ。特に、語尾に「だら」や「だに」を付ける言葉遣いを、響子は毛嫌いしていた。

ひどく田舎くさく聞こえるというのだ。そのくせ、響子が喜美夫と口を利くとき、博多弁丸出しになることがあった。喜美夫が響子を呼ぶときは、「響子さん」以外は、「響子」も「お前」も厳禁だった。

「付き合って欲しいんちゃろ」

いつもとは違う反応だった。逆鱗に触れるどころか、響子はにっこりと微笑《ほほえ》むと、一升瓶と湯飲みを自分の目前に置き、喜美夫から五十センチくらいの至近距離に、膝を折って対座したのだ。

階段の降り口から窓際に沿って伸びる廊下の板敷きを除けば、あとは畳スペースで、全体的に殺風景なガランとした印象の部屋である。

すでに押し入れから、夜具が引き出され、部屋のほぼ中央に敷かれていた。もちろん、喜美夫が一人で寝るための準備だった。階段の降り口から二メートルほど離れた廊下には、大型の石油ストーブが置かれ、不完全燃焼気味の赤と青の炎が揺らめいている。

「たまには、注《つ》いであげんとね」

響子は上半身を乗り出すようにして、湯飲みを喜美夫の前に置き、両手で一升瓶を持ち、なみなみと注《そそ》いだ。その瞬間、両足が大きく開き、スカートの奥の白い小さなナイロンショーツと股間の膨らみまでが艶めかしく覗いた。響子は注ぎ終わって、姿勢を元に戻しても、割った下肢を閉じようとせず、スカートの奥は無防備に喜美夫の視線に晒されたままだ。

「早《はよ》う飲まんね？」

響子はにっこりと笑って言った。だが、喜美夫はその尖《とが》った目が笑っていないことに気づいていた。

「響子さんは、飲まないのか？」

喜美夫は、若干、上ずった声で訊いた。

「あんたが、それをぐっと空けたら、同じ湯飲みで飲んじゃあよ。今日は、どっちが先に酔っ払うか競争や」

甲高い、どこか威圧的な大声だった。喜美夫は言いすくめられるように、小さくうなずいた。

喜美夫の視線が再び、響子の下肢を捉えた。石油ストーブが一瞬、煌々と燃え上がり、白いナイロンショーツの奥にある黒い影さえ、僅かに映し出していた。

8

一九八七年、十二月三十日午前三時頃、浜松市佐鳴台《さなるだい》一丁目で火災が発生した。一一九番通報があったのは、午前三時十六分と記録されている。

玉豊《たまゆたか》という品種の干しいもを作る野村勇作《のむらゆうさく》は、午前三時過ぎ、玄関のチャイムが鳴る音を夢うつつの中で聞いた。妻に起こされて、寝ぼけ眼《まなこ》で玄関口に出てみると、外にはきれいなピンクのオーバーコートを着込んだ女が小さな女児の手を引いて、うつむき加減に立っていた。女児のほうも、お揃いのピンクのコートを着ており、時間が時間でなかったら、「母娘《おやこ》してお出かけかい？」と声を掛けたくなるような服装だったという。

「どうしたんだ？」

野村がこう言って問い質したとき、二人が何者かすでに気づいていた。その界隈では、何かと有名な母娘だったのだ。

「父さんが、大変なんです」

女は小声でつぶやくように言った。それだけでは、意味が分からなかった。

「父さんって？」

野村が聞き返したとき、女の後方の闇に、まるで花火のような真っ赤な炎が噴き上がるのが見えた。それはまさに、女の住む家の方角に見える光景だった。野村にはピンと来るものがあった。「父さん」というのが、誰のことか分かったような気がしたのだ。何度か、その女について、良くない噂話を聞いたことがあったからである。

「おい、一一九番通報しろ。火事だに」

野村は後方に振り向きざま、妻に向かって叫んだ。妻が電話機のほうに走るのを確認したあと、もう一度、女のほうに振り向いた。女はかがみ込み、玄関口の石畳の上に置いた中型の黒いビニールバッグのジッパーを開いて、何やら中を調べているようだった。貴金属類や預金通帳らしいものが覗いている。

野村は女と子供に、家の中に入るようには言わなかった。野村自身、火災現場に行くことを考えていたが、その前に知人の小崎欣弥に連絡しなければならないと思っていたのだ。

9

朝の八時過ぎ、小崎は呆然として、焼け跡に立ち尽くしていた。一階と二階が全焼し、ほとんどの部分が黒い残骸となって焼け落ちており、この家屋の元の形を想像することは難しかった。消防隊員や警察官に交じって、十名近くの近所の人間も集まっており、そこかしこでひそひそ声が、小波《さざなみ》のように聞こえていた。

小崎の横にはうち沈んだ表情の加奈江がいて、さらにそこから数メートル離れた位置に、この火災のことを最初に電話で伝えてきた野村が、やはり緊張した表情で立ち尽くしている。

「本気だったんだな」

小崎はつぶやくように言った。一時間ほど前に、黒焦げになった喜美夫の死体を加奈江と共に確認したばかりだった。当然、響子もその確認には加わっていた。加奈江はその場で泣き崩れたが、響子は涙一つ流さず、ただ一言、「はい、父さんです」と答えただけだ。

響子はそのあと事情聴取を受けるために、パトカーで警察署に連れて行かれたが、特に嫌がっている風でもなかった。むしろ、喜美夫の親族と顔を合わせるより、警察に行くほうがましだと言わんばかりの表情にさえ見えた。

「この火事、おかしいですよ！」

小崎は近づいてきた野村に向かって言った。野村は、小崎より一回り年上で、五十六歳だったので、小崎は丁寧語で話しかけた。ただ、いたって常識人の野村は、当惑の表情を浮かべた。

「さあ、おかしいかどうかは分からんが、何故木内《きうち》さんではなく、うちに来たのか」

木内というのは、響子の家から五〇メートルくらい離れた隣家だった。確かに、野村の家は響子の家から見れば、二番目に近い家だが、それでも二〇〇メートルほど離れているのだ。

佐鳴台地域はもともとは農地や森林の多い過疎地だったが、一九七〇年代からは開発が進み、多くの土地は住宅地に変化していた。ただ、一部には農地も残っており、木内家はすいかなどを栽培する農家だった。

「通報を遅らせたかったんですよ」

小崎の言葉に、野村はますます当惑の表情を深めた。「何のために」と訊かれれば、小崎は詳細に響子に対する疑惑を説明したかも知れない。しかし、野村は沈黙したままだ。

「どんな様子だったんですか？　彼女が野村さんのところに来たとき――」

小崎は話題を変えるように訊いた。

「どんな様子って言ったって。『父さんが、父さんが』って言うばかりで、火事だってことさえ言わなかった。ただ、俺の家からもここの炎が見えて、それでようやく火事だって分かって、女房に一一九番通報させたんだ」

「動揺していた様子はあまりなかったんですか？」

「さあ、それは分からんね。むしろ、俺のほうが動揺していたから、彼女の様子がどうだったかよく分からないだに。ただ、火事から逃げ出してきた割には、二人とも、随分よそ行きのきれいな格好をしていると思った。それに、手回し良く、貴重品や重要書類をバッグにまとめて持ってきてたしね」

ここまで言って、野村は自分の発言の危険性に不意に気づいたように、言葉を止めた。

「絶対におかしいだに。警察にきちんと話してやる」

ここで初めて、加奈江が口を開いた。涙声だった。

「その前に、俺たちも親族として、直接、彼女から話を聞く必要があるな」

小崎の言葉に、加奈江は大きくうなずき、野村は渋い表情で、沈黙を決め込んでいた。

10

小崎と加奈江が親族として、響子から事情を聞く機会は、一週間後の通夜に訪れた。家が焼け落ちていたため、通夜は近くの公民館を借りて行われた。喜美夫の遺体は行政解剖されていたが、警察から漏れ伝わってくる情報では、他殺の痕跡は認められなかったという。多量の煙を吸い込んでおり、直接の死因は、火災による一酸化炭素中毒であるのは明らかだった。

何らかの方法で殺害したあとで放火したような場合、被害者は煙をほとんど吸い込んでいないことが多い。そもそも喜美夫の死体には、外傷と思われるものも一切なかった。問題は、火災の原因だった。

火元は石油ストーブの可能性が高いと消防署は判断しているようだった。二階の廊下に置かれていた石油ストーブが横倒しになっていて、その床の周辺部分の燃え方が特にひどかったからだ。

驚いたことに、喜美夫の体内からは、血中濃度〇・四パーセントのアルコールが検出されていた。これは異常に高い数値で、喜美夫はほとんど泥酔状態だったと推定される。

そうだとすると、一番あり得るのは、酔っ払った喜美夫が石油ストーブに足を引っかけ、倒してしまい、そのため火災が発生したという見方である。

実際、これは、石油ストーブを未だに使用している地域では、よくある火災原因の一つだった。

しかし、他人《ひと》が喜美夫を故意に泥酔させ、石油ストーブを倒すことも不可能ではないから、こういう状況が、事故か他殺かを決定的に言い当てているわけではなかった。

通夜が終了して、弔問客の大半が引き上げたあと、祭壇の一番前に座る響子を小崎らの親族八名が取り囲んだ。響子の娘は、公民館の玄関近辺で遊んでいて、その場にはいなかった。

その八人の中には、もちろん、加奈江、それに久子も含まれていた。橋本は、通夜には来ていたが、焼香を済ませたあとは、足早に引き上げていた。

事態がここまで深刻になると、さすがに好奇心よりは心理的な防御反応が強く働き、本能的に事件に巻き込まれることを避ける言動を取るのかも知れない。

「親族として、聞きたいことがあるんだが――」

こう切り出したのは、親族の中でこういう対応能力が一番高いと考えられていた小崎だった。

「警察に全部話しましたから」

響子はそう言い捨てて、立ち上がり、その場を引き上げようとした。

「警察は聞いたかも知れないけど、俺たちは聞いてないよ。俺たち親族にも知る権利があるんだから、お願いしますよ」

小崎は毅然とした口調で、響子を引き留めた。響子も、強引に振り切るのは不可能と感じたのか、結局、立ったまま、小崎らの質問に答えることになった。

実は小崎は、こうなることを予想して、知り合いの弁護士にある程度事情を話して、名誉毀損罪に問われないようにするために注意すべきことを聞き出していた。

名誉毀損罪は、指摘されていることが事実であっても、普通は成立するという。例えば、不倫の噂を流され、それが事実であったとしても、名誉毀損罪は成立することが多いらしい。

ただ、政治家の汚職や、政治家でなくても殺人罪が絡んでいるような場合、指摘内容が事実だと判明すれば、公序良俗に著しく反する事案であるため、名誉毀損罪は成立しない。

しかし、この事件は事故か他殺かは現時点では確定しておらず、他殺であってもそれを立証するのはかなり困難に思われる事案なので、名誉毀損罪で訴えられれば、それが成立してしまう可能性が高い。従って、特に言葉遣いには気を付け、響子が喜美夫を殺したという意味に取れることは、親族の側からはけっして言ってはならないと忠告されていた。

それに万一名誉毀損罪で訴えられる場合に備えて、会話は録音しておいたほうがいいとも助言されていた。そこで、小崎は加奈江の喪服の袖の中に小型録音機を忍ばせ、響子とのすべての会話を録音する手はずを整えていた。

「どうして、喜美夫君を助けられなかったの？　あんなにきちんとした服装で母娘が脱出する時間の余裕があったとしたら、二階の喜美夫君に声を掛けるチャンスくらいあったでしょ」

小崎の質問に、響子はさして動揺した様子も見せず、冷静に答えた。

「気が付くと、白い煙が大量に二階から一階に下りてきたんです。私は、すぐに逃げなければ、一酸化炭素中毒で死んでしまうと思って、慌てて娘を起こし、急いで着替えて、咄嗟に貴重品や重要書類だけを外に持ち出したんです。それに、二階からドスンという音がしたので、父さんは二階から庭に飛び降りて、脱出したのだろうと思い込んでしまったんです」

「庭に行って、確かめなかったんですか？」

この質問をしたのは、久子だった。響子が喜美夫と結婚する前に、久子は響子に会ったことがあったが、響子はまったく初対面の人間に対するような反応だった。

ただ、結婚前の親族との顔合わせに久子は都合があって出席しておらず、結婚後も響子とは一度も会っていなかったので、響子が久子のことを忘れていてもそれほどおかしくはない。久子が、有楽街で男と見知らぬ子供を連れて歩く響子の姿を一方的に目撃したことはあったが、そのことに響子が気づいているとも思えなかった。

「すみません、それはしませんでした。私も子供を連れて慌てていましたので、動揺していて、そこまで頭が回りませんでした」

「でも、響子さん、正直に言って、おかしいことだらけなんですよ」

今度は、加奈江が切羽詰まった口調で切り出した。

「喜美夫から聞いていたんですが、二億円近い死亡保険金の受取人をすべて響子さんの名義に変更したそうじゃないですか？　それって、不自然じゃありません？」

「そうですか。私はそうは思いません。私、前に離婚を経験して経済的に苦労していますから、妻としての経済的な権利関係をはっきりさせておきたかったんです」

小崎には、このやり取りでは、響子のほうが勝っているように思えた。やはり、相当に手強い相手だ。まだ室内に少し残っていた親族以外の人々の目と耳を意識しているのか、言葉遣いもきちんとしていて、いかにもまともに見せる術を心得ているようだった。

それに小崎は、相談した弁護士の言葉を思い出して、冷や冷やしていた。響子を保険金殺人の容疑者のように決めつけて話すのは、危険だ。

「喜美夫君は、亡くなる直前に、相当アルコールを飲んでいたようだけど、結婚後はあまり飲んでいないと本人から聞いていたんだが――」

小崎は再び、会話を引き取るように言った。もちろん、無理矢理飲ませたのではないかという暗示的表現だったが、この程度の言い回しが今の段階では、名誉毀損罪に問われないギリギリの線に思えた。

「このところ、かなり飲んでいたみたいですけど、私が勧めたわけじゃありません。でも、一人前の大人なんだから、アルコール量は自分でコントロールすればいいことで、特に飲むなとも言いませんでしたけど――」

「嘘です！　弟は亡くなる三日前に、あなたが急に優しくなってアルコールをしきりに勧めてくるから、かえって怖いって、私に電話で話していたんですよ。今までは夜二階に上がって来ることなどなかったのに、最近は、夜寝る前に必ず二階に上がって来て、無理に飲まそうとするとも言ってました」

　加奈江が涙声で叫んだ。

「そうだよ。やっぱり、あんたのしていることはすべておかしいんだよ！」

　加奈江の発言に被せるように、喜美夫の大叔父に当たる男がたたみ掛けた。すでに八十近くに見える、白髪《しらが》の老人だった。怒りのためか、その顔は赤く上気している。

　喜美夫の父親は、喜美夫の死を知って心臓病を悪化させ、母親も夫の看病のため、通夜には出ていなかった。しかし、実際のところは、響子の顔を見るのも嫌だったため、病気を口実に通夜を欠席したとも考えられた。

「みなさんは、私を悪者にして気が済むのでしょうが、証拠があるんですか？　私には、やましいところは何もありません。これで失礼します」

　響子は毅然として言い放ち、突然、自分を取り囲む人垣を押し分けるようにして、歩き出した。気の強さが剥き出しになった言動だった。喪服ではないが、通夜の場にふさわしい黒のワンピース姿で、首からは一連の真珠のネックレスを着けている。

　小崎は、その背中を見送りながら、その服装でさえ、喜美夫の死を予想して、響子があらかじめ用意していたのではないかという疑惑に駆られていた。

11

喜美夫が焼死してから六ヶ月が経った、一九八八年六月十九日日曜日の午前中、小崎は加奈江と共に火災現場に来ていた。そして、加奈江に頼まれて、喜美夫の家の納屋の整理を行っていた。母屋はほぼ完全に焼け落ちていたが、母屋から二〇メートルほど離れた納屋には延焼しなかったようで、まったくそのままの形で残っていた。納屋の真横にある駐車スペースに置かれたホンダシビックシャトルも、無傷のままブルーの車体を淡い初夏の陽射しに晒していた。

響子は、通夜の席で小崎らの親族に追及されたあと、葬式と四十九日には出席していたが、その後はまったく姿を現していない。久子の情報では、姉と共に福岡に戻ると知人に話していたらしいが、実際に帰ったかどうかは確認されていなかった。警察の事情聴取は一度では済まず、その間、何度か行われたようだった。

だが、結局、他殺の証拠もなく、火災も石油ストーブを倒したのが原因だろうと推定されたものの、それを倒したのが誰であるかは特定できていなかった。いや、実際のところ、ほとんどすべての物が焼失している以上、それを特定するのは、不可能と言うべきだろう。放火という憶測が、火災現場の界隈では相変わらず飛び交っていたが、それを立証する術はないように見えた。

小崎が納屋の中に入ると、外の光は遮断され、薄い闇と埃の臭いが相まって、何か得体の知れない自律神経の乱れを感じ、恐怖にも似た不吉な予感が立ち上がるのを覚えた。反物の切れ端や梱包用の縄や紐に交じって、近くのホームセンターのロゴが付いた半透明のビニール袋が目に留まった。

その中に、夥《おびただ》しい数の灰色の破片が入っていたのだ。しかし、薄闇の中で一見しただけでは、何の破片かは分からなかった。

小崎は思わず、そのビニール袋を持ち上げてみた。ずっしりと重い。納屋の外に持ち出し、陽射しの中で目を凝らした。心臓の鼓動が激しく打ち始めた。

親族の葬式などで見たことがある、火葬場で焼かれた遺骨にそっくりだった。違っていたのは、それが普通の骨壺にはとうてい入りきらないと思われるほど大量だったことと、一層細かく砕かれている上に、一部はすすけて炭化した状態で、骨というより灰に近かったということである。

小崎は警察への通報をためらっていた。それが正確に何であるか分からない以上、いたずらに警察の捜査を混乱させることを恐れたのである。だが、加奈江がひどく気味悪がり、自ら通報した。

午後になってやって来た浜松中央署の刑事は、そのビニール袋を発見した経緯を聴いた上で、さらに詳しく調べるために持ち帰った。その噂は、瞬く間に、近隣に広まったようだった。

警察が帰っていったあと、小崎も引き上げようとしていたとき、隣の木内家の中年の主婦が焼け跡の庭に立つ小崎に近づいてきて、辺りを憚るような小声で話しかけてきた。

「さっき、警察の人に訊かれて、話しちゃったんだけど、私、言っちゃいけないことを言ってしまったかも知れないんだよ」

その主婦の話によれば、一年ほど前、喜美夫と響子が住み始めてから間もなく、響子が納屋の近くの草むらで、古着等と一緒に段ボール箱を丸ごと焼いているのを見たというのだ。その際、なにやら経験したことのないような嫌な臭いがしたため、「すごい臭いだね」と話しかけると、響子は平然と「古着の臭いよ。うちの父さん、虫食いのある服まで着ているので、こうやって私が処分しているとよ」と答えた。

「でも、それって、服の臭いというより、何かの動物を焼いたような臭いだっただに」

その主婦の言葉に、小崎は絶句していた。ぞっとしていたことも確かだが、それ以上に、下手なことは言えないという判断が、咄嗟に働いたのだ。

だが、先ほど警察が持ち帰った骨片らしい物がまさか本物の人骨だとは思っていなかった。そもそも喜美夫の焼死体はすでに収容されているのだから、他に人間の遺骨が出てくる可能性は考えられなかった。

一週間後、小崎の家にやって来た静岡県警の刑事が驚くべき情報をもたらした。どうもそれは子供の人骨らしいというのだ。そのとき、久子も来ていて、小崎と加奈江と久子は、その刑事から一葉の子供の写真を見せられ、「この子を見たことはありませんか?」と訊かれたのである。

小崎も加奈江もその子供が誰なのか分からなかったが、久子は「この子、テレビで見たことがある」と答えた。そこで、その刑事が説明した。四年前に福岡市で行方不明になった篠山君という小学生の写真だというのだ。

小崎は、すぐに木内家の主婦の言葉を思い浮かべた。響子が本当に、その子供の死体を古着と一緒に焼いたのだとすれば、火災が発生する前に、子供は小崎が発見したビニール袋の中の状態、つまり骨と灰になっていたことになる。しかし、木内家の主婦の目撃証言は、決定的なものとも言えなかった。古着を燃やすことで、そんな異様な臭いが絶対に出ないとは言い切れないだろう。

小崎は同時に、響子が自宅に放火することによって、保険金目当てに夫を殺害しようとしただけではなく、その火災に乗じて、過去に殺した子供の死体をも燃やそうとしたのではないかという途方もない想像を巡らせていた。いや、これは必ずしも根拠の希薄な妄想とも言えなかった。

実は、警察はほぼ一ヶ月前の五月にも、火災現場の捜索を行っていて、焼け落ちた家の庭先や納屋の前で、数個の骨片らしいものを発見していたのである。ただ、その数があまりにも少なかったため、それが何かの動物の骨という程度のことしか分かっていなかった。今回の大量の骨片の発見で、それが人間の骨である可能性が高まり、五月に発見された数個の骨片は、火災現場で焼いた人間の骨を納屋に運ぶとき、漏れ落ちたものとも考えられた。

ただ、冷静に考えてみると、火災と共に子供の死体が焼かれたとすると、どうしようもない疑問が生じてくる。死体がどういう状態だったかにもよるが、火災で焼けた死体が、まるで火葬場で焼いたような骨と灰の状態になるとも考えにくい。

それに、仮にそうなったとしても、消防隊員などが火災現場に入り込んでいる中で、それを取り出すことなどほとんど不可能に思われた。

小崎の頭の中で、同じ思考がメビウスの輪のように循環していた。やはり、響子は火災が起こるずっと前に子供の死体を焼き、それを納屋の中で保管していたと考えるべきなのかも知れない。あるいは、死体があのような骨と灰だけになるためには、時期を隔てて、何回かに分けて焼かれた可能性もあるだろう。

そうなると、別の疑問が浮かんでくる。そんな危険な物証を、何故響子は納屋の中に残したまま、花村家を去って行ったのか、まったく不可解としか言いようがないのだ。

この時点で小崎は、響子が保険金目的で夫の喜美夫を殺害したことをほぼ確信していた。だが、あれほど用意周到に準備していた響子が、まさかそんな致命的な物証を納屋に置き忘れていったとは信じられなかった。この説明不能な事象は、事件の得体の知れなさをますます際立たせているように思われた。

小崎は呆然として、心の中でつぶやいていた。あの女はいったい何者なのだ。喜美夫はとんでもない魔物を自分の家に呼び込んでしまったのかも知れない。心臓を錐《きり》で突かれるような疼痛《とうつう》が、小崎の全身を走り抜けた。

第二章　沈黙

1

一九八八年、八月四日午前八時。

浜松中央署三階の刑事課取調室の窓枠に嵌められた鉄格子に雨の滴《しずく》が降りかかり、フローリングの床を薄暗い陰影が覆い尽くしていた。浜松市内の天候は不順で、盛夏というのに三日間、雨の日が続いていた。

この雨にもめげず、窓下の庭に入り込んだ写真週刊誌のカメラマンが、中にいる響子と棚橋の顔を撮影していたことが後に判明し、物議を醸すことになる。

だがこのとき、棚橋自身が極度の緊張状態に置かれていて、窓外の異変に気づく余裕などなかった。棚橋は、当時、福岡県警刑事部捜査第一課の警部で、三十六歳の係長だった。福岡県警と静岡県警の幹部が協議した結果、棚橋の浜松中央署への出張が決まったのは三日のことで、その日の夜、合同捜査会議に参加するという慌ただしい日程だった。

福岡県警側で、この合同捜査会議に参加したのは、棚橋以外には呉正隆《くれまさたか》という福岡中央署の刑事だけだった。所轄の刑事である呉が、棚橋に同行したのは、篠山君事件が発生した当初から、響子から事情を聴いていた刑事だったからである。

棚橋は捜査権を巡って、静岡県警との間に多少の軋轢が生じるのは覚悟していた。しかし、合同捜査会議は思った以上にスムーズに運んだ。

県警の幹部同士の話し合いができていたこともあるが、静岡県警の立場から見れば、浜松市佐鳴台一丁目で発生した火災死亡事件は、あまりにも筋が悪く、篠山君事件のほうから突破口を開くしかない状況になっていたのだ。

確かにこの火災死亡事件は、状況証拠的には、保険金目当ての放火殺人である可能性が高いように見えたが、客観的証拠は皆無だった。すでに響子から何度か任意聴取をしていたが、響子は酔っぱらった喜美夫が石油ストーブを倒したのだろうとしか言わず、新たな展開は見込めなかった。

石油ストーブが火元であり、それが何らかの理由で倒れたことによって火災が発生したことは確かだった。だが、それが倒れたのが被害者の過失によるものなのか、それとも他人の故意が働いたものなのかを判断するのは、実質的に不可能だった。

二階の畳の中央部に敷かれた布団の近辺から、黒焦げになった日本酒の一升瓶と湯飲み茶碗が発見されている。当然ながら、そんな状況では指紋の検出も期待できなかった。

いや、響子自身が同じ湯飲み茶碗を共用して、一時間程度、夫との飲酒に付き合ったと、事件直後に浜松中央署で行われた事情聴取で認めているのだから、仮に指紋が検出されたとしても、ほとんど何の意味もなかっただろう。響子は、なおも飲み続ける夫に向かって、「あんまり飲み過ぎんといてね」と言い残して、一階に下り、娘と一緒に眠ったと話しているのだ。

こういう状況に比べると、家の納屋で発見された子供のものと推定される人骨は、響子が篠山君事件と関係していることを裏付ける、有力な物証だった。響子が三幸荘に住んでいて、照幸らしい子供が訪ねてきたと証言しているのだから、この符合はどう考えても決定的に思えたのだ。

問題は、この時点でのＤＮＡ鑑定の精度だったが、それが照幸の骨だと断定できるレベルには達していない可能性があった。しかし、科学的にはそうであっても、響子の視点から見れば、照幸らしい骨が自分の住んでいた家の納屋で発見されたという事実は極度に不利な状況で、響子を弱気にして、自白に追い込むことも不可能ではないように思われた。

浜松中央署一階の講堂で、午後八時から二時間に亘って開かれた合同捜査会議では、火災死亡事件はひとまず脇に置き、篠山君事件について集中的に響子から事情を聴くという捜査方針が決定されていた。ただ、響子は逮捕されているわけではなく、あくまでも任意の事情聴取なのだから、あまり大人数で尋問するのは、人権的にも問題になる可能性がある上、現実的な実効性が上がるとも思えなかった。

そこで、棚橋と呉が主として話を聴き、浜松中央署の刑事一名が記録係として参加する態勢で臨むことになった。棚橋にしてみれば、静岡県警側が九州からはるばる出張してきた棚橋チームの顔を立ててくれたという印象が強く、だからこそ何とか成果を上げなければならないという焦りに近い緊張感を覚えていたのだ。

呉は三十四歳の警部補で所轄署の主任だったから、年齢だけでなく、階級的にも役職的にも棚橋より下だった。気心が知れた直近の部下というわけではなかったので、棚橋は事情聴取前に入念に呉と打ち合わせていた。

「三藤さん、久しぶりやね。俺のこと、覚えとる?」

まず、呉が響子に話しかけた。

呉が博多弁を遣ったのは、火災死亡事件以降、静岡県警の刑事たちに責め立てられていたはずの響子の気持ちを解きほぐそうとする意図だったのだろう。響子は、四年前に福岡中央署で事情聴取を受けた呉の顔を当然覚えていたようで、小さくうなずいた。

棚橋とは初対面だったので、棚橋に対しては神経質な視線を投げていた。響子は、白い襟の付いた紺のワンピースを着ていた。薄化粧で、やや濃いめのルージュと薄い眉毛の不均衡が、幾分その顔にあいまいな印象を与えている。棚橋が予想していたより地味で、その分、おとなしそうに見えた。

「こちらは、福岡県警の棚橋係長です。重要な事情聴取やけん、県警本部の係長さんまでが、あんたから話を聴くために、わざわざ博多から出張して来たんとよ」

呉は冗談めかすように、語尾のほうに微妙な笑いを混ぜた。だが、響子の緊張した表情は、和らぐことがなかった。

「棚橋です。篠山君事件のことを改めて聴きたいんだ」

ここで、棚橋が会話を引き取るように話し出した。照幸が行方不明になった直後に響子から事情を聴いている呉がもう一度同じことを訊くより、初対面の棚橋が新たな視点から質問するほうが、響子にプレッシャーを掛けられるという目算があったのだ。

「でも、もう四年以上も前のことやけん、あまりはっきりと覚えとらんとですよ」

響子の第一声に、棚橋は響子が早くも防御線を張ってきたのを感じた。「覚えとらん」ということは、それほど記憶に残る出来事ではないという暗示的表現に思えた。照幸を誘拐した上で、殺害していれば、記憶に残らないはずはないのだ。

「篠山君があんたのアパートに訪ねてきたときのことをもう一度話してくれんかな」

照幸が響子のアパートに訪ねてきたことは、響子が以前の供述で認めていたから、一番スムーズに会話に入っていける部分だと、棚橋は判断していた。

「ですから、子供を寝かしつけたあと、外の空気を吸おうと思って、扉を開け放していたら、小学生みたいな男の子が外階段を上がってきて道を訊いたんです。タナカさんという家を捜していると言ってました」

「そこで、あんたは一つ手前の、タナカ家のことを教えたんだったね」

「ええ、そうです」

「そのタナカ姓の家があることを、あんたは前から知っていたの？」

「ええ、知っていました。ご近所ですから」

「その家との付き合いは？」

「ありません。ゴミ出しのときなんかに、奥さんの顔を見ることはたまにありましたが、しゃべったことはないです」

棚橋には、この供述は無意味ではないように思えた。響子が、ともかくも「タナカさんのお母さん」のことを視認していたことは、これではっきりしたのだ。近所に住むタナカ家を利用して、響子が照幸を呼び出した可能性が高い。だが、この部分に触れるのはまだ早いと、棚橋は自分自身に言い聞かせていた。

「篠山君らしい小学生があんたのアパートに訪ねてきたのは、一月十日のことで、その日は午前中、小雨が降っていて、最低気温は二・一度だったんだ。午後からは曇りに変わって、気温も次第に上がり、十三度を超えるような、冬にしては暖かい日になっている。しかし、篠山君らしい子供があんたのところに訪ねてきたのは、午前十時から十一時のあいだ頃だったんだろ。まだ、相当に寒かったはずやろ。そういう寒さの中で、部屋の扉を開けると？」

訊きながら、棚橋はいささか理の勝った質問だと感じていた。ただ、呉に倣《なら》って、最後のほうに多少の博多弁を織り交ぜてみた。

「私の部屋、風通しが悪かったんです。だから、新鮮な空気が吸いたくなることがよくあって、真冬でも定期的に部屋の扉を開けていたんです」

躊躇のない即答だった。響子は中卒だったが、けっして頭は悪くないように見えた。あらゆる点で、勘の良さが、その言動に自然と滲み出るように思われたのだ。

棚橋は一呼吸置くようにして、左横に座る呉の顔を促すように見た。一筋縄ではいかない相手であることを早くも認識していた。少しだけ間が欲しいと感じていたのだ。その意図を察したように、呉が再び、話し出した。

「篠山君のお父さんのことやけど、あんた、彼と〈マドンナ〉で知り合いやったんやなかと？　彼、割とよく〈マドンナ〉に客として来とったという話やないね」

この質問は、打ち合わせにはなかったので、棚橋は若干、驚いていた。おそらく、呉ら所轄の刑事たちは、どこかの時点で〈マドンナ〉に聞き込み捜査を行っていたのだろう。

実は、このことについては、この時点からさらに十年後、響子が逮捕されたときに、ある大手新聞の地方版が「篠山君失踪当時　三藤容疑者　父親を知っていた」という記事を掲載している。その記事によれば、照幸の父親である重治は製薬会社の営業担当社員と共に、〈マドンナ〉によく出入りしていたが、重治が馴染みにしていたホステスは別の女性であって、響子のことは知らなかったという。ただ、その記事は〈マドンナ〉に客として顔を出す重治のことを、響子のほうでは知っていた可能性を示唆していた。しかし、これは必ずしも根拠の定かではない、いわゆる「飛ばし記事」であったと見る向きもある。

実際、あとで棚橋が呉に確かめたところ、重治が〈マドンナ〉に顔を出していたことは間違いないが、響子と知り合いであったかは、結局、呉らの聞き込みでも裏を取ることができなかったという。〈マドンナ〉には、当時、ホステスが三十名以上在籍していたが、重治のテーブルに響子が呼ばれていたという客観的な証拠も証言もなかったらしい。その大手新聞の地方版も、あと追い記事は一切出していない。

だから、このとき、呉が響子にそんな質問をしたのは、響子の動揺を誘い、様子を見る目的に過ぎなかったのかも知れない。これに対しても、響子の答えは冷静そのものだった。

「知りません。篠山君のお父さんが、〈マドンナ〉に来ていたことも、知りませんでした」

棚橋は響子の表情の変化を観察しながら、この点について響子は嘘を吐いていないと判断していた。

「篠山君の骨が、どうしてあんたんとこの納屋にあったとね？　説明できるね？」

棚橋は唐突に、もっとも重要な質問を投げかけた。順を追って訊くより、不意を衝くほうがいい。響子の嫁ぎ先の家の納屋から発見された骨片が照幸のものなのは自明であるという前提で、話を持ち出したのだ。

科学的な厳密さを避けて話すことは、呉との打ち合わせの重要事項の一つだった。ＤＮＡ鑑定の精度に関する知識が響子にあるとは思えない。だから、そんな話をしてヒントを与える必要はないだろう。それが照幸の骨であるのかないのかという不毛な議論を繰り返し、話が進まなくなることは避けたかった。

「分かりません。そんなのぜんぜん知らないんです。私、事件とは関係ありませんから」

響子は毅然として答えた。特に動揺している様子もない。しかし、棚橋のほうは、体内の奥深くから怒りに似た感情が噴き上がるのを感じていた。

「それはなか！　福岡市の警固と結びつく人物は、あの地域ではあんた以外におらんとよ。しかも、あんたは事件当日、篠山君がアパートに訪ねてきたことを認めとる。こげな状況で、今更何も知らんも、なかろうが」

意識的に博多弁を遣っているように思える呉と違って、棚橋の場合は、興奮した結果、思わず言葉にお国訛りが交じったと言うほうが正確だった。

「でも、知らないものは、知らないんです」

はっきりとした標準語でそう言うと、響子は眉を顰《ひそ》めて、若干、顔を紅潮させた。棚橋たちの博多弁に付き合うことを拒否しているようにも聞こえた。最初のあいまいな印象は一変し、顔全体の濃い輪郭が暗い室内でくっきりと浮かび上がったように見えた。

棚橋と呉は長いテーブルの左右に陣取り、スチール椅子に座る響子と対峙していた。戸口付近のデスクでは、浜松中央署の三十代くらいに見える刑事が一人座り、三人の会話をせわしなく書き留めるペンの音を響き渡らせている。

「でも、あんた、『キール』というホームセンターでよう買い物しとるやろ。あの骨の入っとったビニール袋はその店のもんじゃなかと？」

呉が棚橋のために援護射撃するように訊いた。これも調査済みの情報だった。

「そりゃあ、あそこで買い物をすることはありますよ。でも、骨のことなんか本当に知らないんです」

やはり、手強い相手だと、棚橋は思った。何よりも冷静で、すべて嘘を吐こうというのではなく、認めるべきことはあっさりと認め、肝心な部分だけ、鉄壁の防御で固めるという印象だった。

棚橋は思わずため息を吐きながら、響子の顔から窓のほうに視線を逸らした。透明なガラス板と鉄格子の向こうに、雨に煙《けむ》る鉛色の空が暗い陰影を広げている。

2

二日目。ようやく雨があがり、午前中から快晴になっていた。

響子への事情聴取は、午前八時から始まっていた。逃亡や自殺の恐れがあることを念頭に、響子に対しては二十四時間体制の行動確認が掛けられている。

午前七時、所轄署の刑事二名が響子の姉の自宅アパートのチャイムを鳴らしたが、応答はなかった。そこで、いったん路上に戻り、近くの公衆電話から電話を掛けた。これには響子の姉である総子が出て、総子から響子に取り次いでもらったのである。

棚橋は二日目になって、響子が任意の事情聴取を拒否することを心配していたので、響子の顔を見たときは、若干安堵していた。その日の響子は、黒のジーンズに、白地に薄ピンクの花柄の入ったTシャツというラフな格好で、長丁場になることをあらかじめ覚悟しているような服装に見えた。

前日の午後は、響子の同意の下にポリグラフ検査を行い、その後さらに夕食を挟んで夜の九時過ぎまで事情を聴いていた。しかし、響子が比較的しゃべったのは、午前中の事情聴取の最初の一時間程度で、あとはほとんど黙秘状態だった。

響子は、ポリグラフ検査では、照幸の名前を含む一部の質問に対しては、かなり強い反応を示していた。だからと言って、響子の疑惑がますます深まったと言えるわけではなかった。

通称「嘘発見器」と呼ばれるポリグラフ検査は、日本の刑事裁判では一定の要件を満たせば、証拠として採用されることはある。しかし、「証拠として採用される」というのは、その内容が正しいと認められるということではなく、とりあえず議論の対象となるという意味に過ぎない。実際、証拠採用されたとしても、弁護側からその内容について異議が出されることも多く、実質的には決定的証拠となることはめったにない。

素人が考えても、すべての質問に「いいえ」と答え、皮膚の電気反応および呼吸や心拍の数値を測定するという方法では、無実でも気の弱い人間であれば、強い反応を起こしてしまうことはあり得るように思われるのだ。

逆に、訓練することによって、ポリグラフ検査で反応が出ないようにすることも可能だというから、棚橋自身、あまり重きを置いていなかった。

棚橋は自白に頼る捜査の危険性を十分に理解していたものの、やはり今回に関しては、響子に自白させる必要を痛切に感じていた。照幸の骨片という、これだけ決定的な物証を手に入れながら、響子の自白を引き出せないとしたら、刑事として失格だという強い決意を胸に抱いていたのだ。

　棚橋は呉と相談の上、その日は正攻法で自白を迫ることに決めていた。前日の事情聴取から、響子は手強い相手であるという印象を受けつつも、人間的良心が欠片《かけら》も見られない人間とは思えなかったのである。特に棚橋は、響子が引き摺る罪悪感の影のようなものを微妙に感じ取っていた。

「娘さんは、志乃ちゃんゆうたかね。今日はどうしとると？」

　棚橋の言葉に、響子の顔が悲しげに曇ったように見えた。

「姉が見とります」

「五歳やったかな？」

「いえ、もう六歳になりました」

「そうか。可愛いやろうね。俺も娘が欲しかったけど、生まれてきた子供は二人ともかわいげのない息子やった」

　棚橋はここで笑いを入れた。響子も、釣り込まれたように微笑んだ。しかし、その目は多少とも潤《うる》んでいるように見えた。

「なあ、あんたは俺には悪人には見えん。子供をかわいがっとるのも、よう分かる。やけん、篠山君のお母さんのために、少しでも話してくれんかな。俺はあんたが篠山君を故意に殺したとは思っとらん。何か、ハプニングに近いことが、あったんやなかとね？」

　棚橋はしんみりした口調で語りかけながら、自分が仕掛けている自白のトラップに自己嫌悪を感じていた。取り調べ捜査官の卑怯な手管に近いものを使っているのは、自分でも分かっていた。

　まずハードルを下げて、傷害致死、あるいは過失傷害致死の可能性をちらつかせて、自白を誘う。響子が良心の呵責に堪えられず、その餌に食いついてくるのを待つのだ。一定の自白を得たあとで、もう一度ハードルを引き上げ、今度は殺人罪で供述を迫るのは、そう難しくはないだろう。

響子は、押し黙った。少なくとも、前日のように「私、何も知らないんです」とは言わなかった。棚橋は、しゃべり掛けようとする呉を目で制した。響子が自発的に話し出すのを期待していた。

五分ほどが経過した。響子の目の潤みは消えておらず、赤みさえ加わったように見えた。

「刑事さん、死刑に立ち会ったことがありますか?」

棚橋は、意表を衝かれた。呉も同じ思いだったのだろう。ぎょっとしたように、響子よりはむしろ、横に座る棚橋のほうに緊張した視線を投げていた。

「いや、それはないが——」

棚橋が、若干、痰《たん》の絡んだ声で答えた。

「そうですか。死刑のとき、教誨師さんは必ず付き添ってくれるとでしょうか?」

通常の文脈からすれば、突拍子もない発言だったが、その言葉は妙に自然に聞こえた。響子の目は虚空に据えられているようだった。

「それは間違いなかろう。自分の信仰に応じて、お坊さんでも、神父さんや牧師さんでも呼べるらしかよ」

棚橋の答えに響子は小さくうなずいたように見えた。ここが勝負所だと、棚橋は心の中でつぶやいていた。

「私、どげんしてこげん狂うてしもうたんやろう」

響子が低い声で言った。その極端な博多弁は、あまりにも唐突に響いたが、それは同時に棚橋がこれまで待ち焦がれていた言葉にも聞こえた。棚橋は、すぐに反応した。

「なあ、三藤さん、あんたがやっとるとしても、死刑になるとは限らんとよ。あんたが、本当のことを話して刑に服せば、また、成長した志乃ちゃんに会える機会は必ず来るはずたい」

棚橋は響子が徹底的に供述を拒んで罪を逃れようとする最大の要因は、罪の意識の希薄さではなく、自白が娘との永遠の別れを意味すると思い込んでいることだと考えていた。だから、その部分に対して、ある種の安心感を与えることが必要だと感じていたのだ。棚橋は、さらに畳みかけた。

「照幸君をお母さんのところに、返してやらんね？　あんたがしゃべらんと、篠山君の骨は、このまま警察署の冷たい地下の安置所にいつまでも置かれることになるとよ」

「私がしゃべれば事件は解決します。でも、他に逮捕者が出るとですよ」

響子の声は明らかに上ずっていた。棚橋には、まさに自白寸前に思えた。このとき、不意に呉が口を挟んだ。

「それでよか。共犯者がおるならおるで、その名前をまず言うてくれんね。こっちのほうで、しっかり調べるけん」

それは、棚橋にとって、予期せぬ介入だった。その言葉は、あまりにも威圧的で挑発的に響いた。棚橋は、舌打ちしたい気分だった。

響子の薄い眉が、一瞬吊り上がったように見えた。目の潤みが消え、その表情から血の気が引いた。

「でも、私、本当に何も知らんとですよ！」

不意に覚醒したように、響子が毅然として言い放った。

「何んて！　今、共犯者がおるとゆうたやないか。共犯者がおるなら、主犯はあんたや。あの骨片が篠山君のものやと、さっさと認めたらどげんね！　あんたがしゃべれば、事件は解決するんやなかとね？」

呉が大声で追及した。その声は、怒りのためか、若干震えているようにさえ聞こえる。

「違います。私が下手にしゃべると、私の知人で巻き込まれる人が出て、中には間違って逮捕される人も出るかも知れんという意味ですよ。それに、あれは子供の骨かも知れんけど、篠山君とは限らんとですよ」

「他に誰がおるとね⁉」

棚橋も思わず、大声を上げた。響子は口をつぐみ、それ以降は沈黙した。

棚橋は傍目にも落胆の表情を浮かべていたに違いない。「子供の骨かも知れんけど、篠山君とは限らんとですよ」という響子の言葉が、棚橋の脳裏で旋回していた。妙に印象に残る発言だったが、信憑性ということにかけては、棚橋はほとんど信じていなかった。

もちろん、照幸以外に考えられなかった。呉も同じだったのだろう。口を真一文字に結び、憤然とした表情だった。

振り出しに戻った印象だった。いや、実際はそれ以上に好ましくない事態だった。しかし、棚橋も、そしておそらくは呉も、ここが本当の意味での響子の完黙が始まる分水嶺であったことに、この時点では気づいていなかった。

3

「本日は、響子は任意同行を拒んでいて、今、うちの刑事たちが彼女の姉のアパートの前で説得しています」

浜松中央署の刑事課長の吉田《よしだ》が渋い表情で言った。眼鏡を掛けていない、幾分垂れかげんの目が、いかにも憂鬱そうに見える。

棚橋と呉は、一階講堂横の捜査本部で、吉田と立ち話をしていた。捜査本部と言っても、六畳程度のフローリングのスペースで、何の変哲もないステンレスの長テーブルが置かれ、記録係と連絡係の制服警官二名が横並びに座っているだけである。長テーブルの上には、電話とメモ用紙や筆記用具などが置かれている。

「二日連続で、朝から午後十時近くまで事情を聴いたのが、まずかったですかね」

棚橋が恐縮するように訊いた。

「いや、そんなこともないでしょ。本人は、疲労と育児を理由にしてるらしいですが、どんな口実を付けても逃げ延びようとしているだけだと思いますよ」

この吉田の言葉を聞いて、棚橋以上に渋い表情をしているのは、呉だった。昨晩は、夜の十一時近くに宿泊先のビジネスホテルに戻り、棚橋と呉は部屋の中でコンビニ弁当の遅い夕食を摂りながら、反省会を開いていた。そこで、呉は自分のミスを認め、棚橋にしきりに謝っていた。

「あそこであんなことを言ってしまったのは、私の判断ミスでした。あそこで強く出れば、三藤がすぐに口を割ると錯覚してしまったとですよ」

「いや、あのとき、あんたが何と言っても、結果は同じだったかもね」

こう言ったものの、棚橋も内心では、呉のあの発言さえなければ、事態は違う展開を見せていたかも知れないと考えないわけではなかった。だが、熱血漢で人柄もいい呉のことを、この一事だけで咎める気にはなれなかった。それに、本当に呉の言葉で響子が心変わりしたのか、棚橋には正直なところ、よく分からなかった。響子の心の中を正確に読み解くことは、不可能に思えたのだ。

響子が自白しかかっていたのは、確かだった。ただ、ギリギリのところで思い留まったのは、やはり、娘の志乃に対する深い愛情を断ち切ることができなかったからではないのか。そうだとすれば、呉の発言とは無関係に、結果はやはり同じだったのかも知れない。

「まあ、昨夜の状態から見ると、今日の拒否は予想できたのですが」

棚橋の言葉に、吉田は大きくうなずいた。響子は昨日の夕食後の聴取では、ほとんど完黙状態だった。

「そう、だから今日、彼女を呼んでも結局、堂々巡りになる可能性が高いでしょ」

吉田の言葉は、棚橋には若干皮肉めいて響いていた。実際、静岡県警が福岡県警の顔を立てて、多くの時間を棚橋たちに任せたにも拘わらず、結果を出せなかったのは間違いないのだ。

「昨日の『啓明《けいめい》新聞』の朝刊がまずかったのかも」

吉田が付け加えるように言った。棚橋も一層渋い表情でうなずいた。ただ、自白を得られなかったことを一新聞社のせいにしたくはなかった。

響子の姉の自宅アパートに張り付いている所轄の刑事たちの報告では、総子が取っているのは、『啓明新聞』だった。棚橋も呉もその記事のことは知っていた。

「篠山照幸君殺害の重要参考人からきょう事情聴取」という見だしの記事で、その記事には、照幸が響子のアパートの外階段を上がって行くのを見た小学生たちがいるという必ずしも正確ではない内容が含まれていた。

この「小学生たち」というのが三幸荘前の公園でサッカーをしていた子供たちのことだとすれば、彼らが三幸荘の外階段を上っていく照幸を見たと言っているわけではないのは、棚橋にも分かっていた。彼らは照幸が三幸荘の外階段下で佇んでいて、そのあと階段を上ることなく、ヒカリコーポ警固のほうに歩いていったと証言しているのだ。

しかし、いずれにしても、照幸らしい子供が訪ねてきたのは、響子自身が認めているのだから、この記事は響子にとって、それほど決定的だったとは思えない。むしろ、響子と照幸殺害を結びつける物証が乏しいことを強調する記事内容だったから、響子はこれなら逃げ切れると判断したのかも知れない。

いや、棚橋の印象では、響子の事情聴取の拒否は、必ずしもそういう合理的な判断だけによるものではなく、やはり娘の志乃に対する執着と繋がっているように思われた。響子は、志乃のために必死で刑罰を逃れようとしているのだろう。

それを言うなら、棚橋のほうも刑事生命を賭けて必死で響子を落としにかかっているのだから、その攻防が凄まじいものになるのは当然だった。そして、響子はここに来て、事情聴取の拒否という非常手段に出てきたのだ。

それは警察に与える心証という意味では、響子にとってもけっして好ましい作戦ではないだろう。だが、響子は、客観的には必ずしも自分が不利な立場にいるわけではないことに、その全国紙の記事をきっかけにして、気づき始めた可能性があった。

「吉田課長、私たちが今から、響子のアパートに出向いていって、説得に加わるわけにはいかんでしょうか?」

棚橋の切羽詰まった言葉に、吉田は困惑の表情を浮かべた。

「いや、それは別に構わんのですが、アパートの扉越しに本人が話に応じたのは、最初だけで、今はチャイムを鳴らしても電話を掛けても出ないらしいですからね。一度だけ、響子の姉が出てきて、『これ以上しつこくするなら、パトカーを呼ぶとよ』と言われたそうですからな。本当にパトカーを呼ばれたんじゃ、シャレにもなりませんからね」

吉田の言葉に、棚橋は思わず苦笑した。横に立つ呉を見ると、うっすら赤くなった広い額に汗を浮かべたまま、それを拭おうともせず、不満を露わにしているように見えた。ただ、管轄違いの県警に対して、やはり遠慮が働くようで、その不満を口にすることはなかった。

4

響子が再び任意の事情聴取に応じたのは、八月十日になってからだった。その心境の変化が何だったかを、想像するのは難しい。だが、棚橋には嫌な予感が働いていた。

響子がその空白の四日間に、何もせずに家の中に閉じこもっていたとは思えない。実際、行確《こうかく》班からは、響子が疲労や育児を理由に事情聴取を拒否しておきながら、何度か外出していることが報告されていた。

響子が誰かに相談するのは、当然に予想されることだった。外出の場合は、ほとんどが買い物のようだったから、むしろ電話を使って、誰かに相談した可能性のほうが高い。その入れ知恵が事情聴取に負の影響を与えることを、棚橋は懸念していた。

そして、棚橋の危惧は、その日の午前八時から行われた事情聴取における響子の第一声で、早くも裏書きされることになった。「篠山君とは、もともと顔見知りだったのではないか」という呉の質問に、響子は後に有名になる常套句で答えたのだ。

「お答えすることはありません」

「黙秘権の行使ね？」

呉が、すぐに突っ込むように訊いた。しかし、前回よりは遥かに穏やかな口調だった。棚橋は初めから激しく責め立てるのは得策ではないと判断していて、それは呉にも言い含めていた。響子はその質問にさえも沈黙した。

「なあ、三藤さん、黙秘権は正当な権利の行使だという意見もあるやろうけど、我々、警察の立場で言えば、あんたが黙秘すればするほど、自分で立場を悪くしとることになるとよ。警察の心証を悪くすることは、けっしてあんたの利益にはならんよ。やっとらんなら、やっとらんとはっきり言えば、いいやない」

　棚橋も口調がきつくなり過ぎないように気を付けながら、発言していた。ただ、それが響子に与える心理的効果は、予測不能だった。

「だから、最初からそう申しあげております」

　響子の口調は、前回に比べて、明らかに硬くなっていた。何か期するところがあるのは、口調や表情だけでなく、その服装にも現れていた。黒のツーピースに白いブラウスを着ていて、まるで裁判にでも出廷するような格好だった。長い髪は後ろで束ねられていて、それがどこかキリリとした印象を与えている。

「あの骨片があんたの嫁ぎ先の納屋から出てきたのが決定的なことだとは、自分でも思わんね？」

　今度は呉が訊いた。詰問というより、世間話でもするような調子だった。棚橋は、呉があらかじめの打ち合わせの線に沿って、話してくれているのを感じていた。

「それだって、今の科学技術では、篠山君のものだとは特定できないはずです。私は違うと思っています」

　この発言には、響子以外の誰かの知恵が入っている可能性があった。響子がその骨が照幸のものではないとここまではっきりと主張するのは、それまでの事情聴取ではないことだった。

　確かに棚橋たちは、あれが照幸の骨であるという前提で話を進めていたが、純粋に科学的な視点で言えば、必ずしもそうだとは断定できないのは、棚橋にも分かっていた。

　実は、棚橋と呉は響子の事情聴取が中断されている間、いったん福岡に引き上げていた。そして、棚橋は地元に戻ってからは、県警本部の科学捜査研究所や九州大学の法医学教室を訪ねて、

ＤＮＡ鑑定に関する情報収集に当たっていた。

もちろん、素人の棚橋にとって、専門家の言うことをすべて理解できたわけではなかった。それでも専門家たちの意見の骨子は何となく分かり、現在の科学技術では、あの骨片が照幸のものであると断言するのは難しいという感触を得ていた。

「やったら、あれは一体誰の骨かという問題が出てくるんやなかとね」

棚橋が相変わらず穏やかに言った。だが、非常に重要な発言であることは意識していた。

「お答えすることはありません」

響子は間髪を容《い》れずに言った。そのあと響子はこの言葉を何回も繰り返し、事情聴取は遅々として進まなかった。一時間の昼食休憩を挟んでの午後の聴取では、その常套句は完全な沈黙に変化した。

その上、響子は極端に高い頻度でトイレに行くことを要求した。ほとんど一時間おきに「トイレに行かせてください」と繰り返すのだ。

「化粧直しなんか、あとでよかろうもん。トイレは生理的欲求のときだけにしてもらいたいね！」

呉が、辟易したように言った。しかし、響子が動じる様子はない。

「生理的欲求ですよ。私、子供の頃から膀胱炎で、今も完全には治っとらんとです」

響子はこのときは博多弁を交えて、高らかに宣言するように言った。痛いところを突いてくると、棚橋は思った。

女性にトイレに行くことも許さず、事情聴取を続けたとなると、男性の場合と比べて、社会的な非難の大きさがまるで違うことを、棚橋は経験的に知っていた。若い頃、所轄の生活安全課にいて、売春の捜査を担当していたとき、風俗関係者の女性の生理的欲求を少しでも無視して、取り調べを続行しようものなら、その翌日に必ずと言っていいほど、当該の圧力団体から手厳しい抗議の電話が掛かってくるのだ。

女性の排泄の意思を無視するのは、あまりにも人権意識に悖《もと》るというのである。こういう抗議は、暴力団の取り調べでもなかなか起こらない現象だった。

この点に関しては、理屈の上では、男性も女性も差がないはずだった。ただ、実際にはその差は歴然としているように思われた。

しかも、響子は被疑者でさえなく、あくまでも参考人なのだ。響子がトイレを要求する度に、女性警察官を付けざるを得ず、自殺や逃亡を恐れる女性警察官がトイレの個室の外まで付いていくと、響子はかなり執拗に抗議するらしい。

警察側に弱みがあるのは否定できなかった。響子は逮捕されているわけではないのだから、行動の自由は保障されていなければならない。

本来なら、帰宅すると言い出されれば、それを止める法的根拠はないのだ。ひたすらお願いして、事情を聴かせてもらっているというのが建前なのだから、トイレの回数を制限する合法的な方法などあるはずがなかった。

棚橋にとっては、響子の頻繁なトイレの使用を認め、気長に付き合うしかなかった。その一方で、響子が帰宅させて欲しいと言い出さないことが不思議でもあった。

5

夕食休憩のとき、棚橋は一人で取調室を出て、一階の捜査本部に行き、吉田と立ち話をした。初めから夕食を摂る気などなく、貴重な夕食休憩の時間を、捜査本部や呉との作戦会議に使いたかったのだ。こういう場合、捜査本部の現場責任者は、通常は静岡県警本部から派遣されている管理官だが、そのときは席を外していた。

それがたまたまだったのか、それとも故意だったのかは、微妙だった。管理官が特別捜査本部長である静岡県警刑事部長からの伝達事項を、あえて直接ではなく、吉田に託して棚橋に伝えることは、大いにあり得るように思われたからである。

「響子は、今朝、うちの刑事たちがアパートに迎えに行ったとき、これが最後だと言って応じたようです。従って、今日はひたすらだんまりを決め込んで、夜まで付き合うつもりじゃないですか」

吉田は最初から、悲観的な口調だった。棚橋自身、先の展望が見えていなかったので、吉田の言葉はそれなりに深刻に響いた。

「しかし、今日だけではやはり何ともならない可能性があります。せめてあと一日でも」

「いや、棚橋係長、これは本部長の言葉として聞いていただきたいんですが」

吉田が、棚橋の未練がましい言葉を遮るように、毅然として言った。その表情は険しかった。

「これ以上、逮捕もしていない人間を参考人の事情聴取という名目で実質的に取り調べるのは、人権上の問題もあり、難しいと言うんです。これは本部長一人の意見ではなく、静岡地検とも合議した結果なんです。そのことは、うちのほうから福岡県警の上層部にも伝えられているはずです」

さすがに心が折れた。昨日の昼過ぎ、響子が事情聴取の再開に関して軟化しそうな気配だと聞き、はやる心を抑えて、長時間新幹線に乗って、浜松までやって来たのだ。今朝の響子の出方次第では、その行動は無駄になる可能性もあった。

実際、八月十日のすべての全国紙の地方版の朝刊では、響子が依然として、事情聴取を拒否していることが報じられていた。夕方になって、地元紙の『北九州タイムス』だけが、小さなベタ記事で事情聴取が再開されたことを伝えていた。

このこと自体が、響子に対する事情聴取の再開が、いかにきわどいぎりぎりの攻防だったかを問わず語りに語っているように思われた。

棚橋にとって、その朝、響子が事情聴取に同意したことは、幸運の部類に入った。しかし、その出張が無駄にならないようにするためには、単に事情聴取が再開されるだけでは意味がなく、響子の口を開かせ、逮捕の端緒となるような供述を引き出さなければならないのだ。

「分かりました。すでに土俵際に追い込まれているというわけですね」

棚橋は覚悟を決めたように言った。それから、さりげなく念を押した。

「夕食後の時間は、我々だけが独占してよろしいのですね？」

吉田は、棚橋の言葉の意味をすぐに理解したようだった。

「構いません。放火のほうは、今の物証だけではとても立件は無理だというのが、地検の判断です。やはり、もう少し捜査を進展させてから、彼女を改めて呼び出すしかありません。ですから、夜の時間もそちらですべて使ってくださいい。何とか彼女を落としていただきたいですね」

この言葉を聞いて、棚橋はますます土俵際に追い込まれたことを実感していた。吉田にしてみれば、篠山君事件で響子を自供に追い込み、そのままその自供を火災死亡事件のほうに繋げたいはずだった。吉田の言葉にはそういう期待も込められていたのだろうが、今の状況では、それはどうしても皮肉めいて聞こえてしまうのだ。

夕食後の聴取で、棚橋と呉は、激しく響子を問い詰め始めた。二人で話し合い、明らかに作戦を変更していた。柔らかな説得を断念し、最後の力ずくの勝負に出たのだ。先陣を切ったのは、やはり呉だった。

「おかしかろ！　誰が考えてもあの骨は篠山君やろう。七〇〇キロも離れとる福岡市の警固と関わり合いをもっとる人は、あんたの嫁ぎ先の近辺ではあんたしかおらんやろう。黙秘しとったら何とかなると思うとるとしたら、甘か！　警察もあんたが考えとるほど馬鹿やなかと。あんたが黙っとっても、状況証拠ば積み重ねて、あんたば逮捕して有罪にすることはできるとばい！」

呉の博多弁丸出しの大声が、部屋中に響き渡っていた。響子を厳しく問い詰めるという合意はできていたものの、それでも棚橋と呉の間で大きな役割分担のようなものは存在していた。呉が激しい口調で責め、呉と響子の間に生じた緊張感の中で、棚橋が諭すように話して自白を誘導するというのが、基本的な作戦だったのだ。

「お答えすることはありません」

「あんた、それでも人間か！　たいがいにしとけ！」

呉が、ついに右手の掌で長テーブルの表面を叩いた。ドスンという鈍い振動音が響き渡り、記録係の所轄署の刑事が、若干、驚いたように顔を上げるのが棚橋の目に映じた。

重い沈黙が室内に浸潤していた。ただ、響子は顔色一つ変えていない。強固な意志を感じた。その表情は棚橋には、果てしもなく膨れあがった悪性腫瘍のようにさえ見えた。あるいは、響子は棚橋たちの焦りを何となく感じ取っていて、黙秘という武器にますます自信を深めているのか。

「あんたが何も言わんなら仕方がない。俺のほうで起こったことを説明するから、間違っていることがあれば、あんたのほうで訂正してくれんか」

棚橋が満を持したように標準語で話し出した。響子は、上目遣いに刺すような視線で、棚橋を見ていた。

「あんたは、もともと篠山君とは顔見知りだった。彼の家とあんたのアパートの位置関係を考えれば、そうであってもおかしくはない。きっとあんたのアパートの近くでたまたま遊んでいた篠山君と出会ったんだろう。実際、篠山君はあんたのアパートの前にある公園で、友達とよく遊んでいたらしい。そこで、篠山君が何かの失敗をしでかしたのかも知れない。たぶん、たいしたことじゃなかったんだろうが、あんたは大げさな言葉で彼を脅しつけて、彼の家の電話番号を訊き出した。そして、一月十日の午前十時頃、家に電話を入れるから、電話のそばにいるように指示した。電話に出た篠山君に対して、親に内緒で自分のアパートまで来るように言い、親には『タナカさんのお母さんから貸した物を返してもらう』という嘘の説明をするように命令した。もちろん、あんたの近所に田中家があることを意識していて、いざとなったら警察の疑いが田中家の人間に向くように仕組んだのだろう。篠山君は、指示通りに振る舞い、あんたのアパートの中に迎え入れられた。そのあとに起こったことは、正確には分からない。だが、そこで彼が死亡したことは間違いない。あんたが、絞殺などの血の出ない方法で彼を殺した可能性が高いと俺は考えているが、詳しいことはあんたにしゃべってもらうしかない」

ここで棚橋は響子の反応を確かめるように、言葉を止めた。絞殺という殺害方法まで口にしたのは、必ずしも根拠のないことではなかった。響子が三幸荘を引っ越したあと、アパートの所有者の同意を得て、ルミノール反応の検査を行った結果、部屋のどこからも血液反応が出なかったのだ。それは照幸がその部屋で殺害されたとしても、絞殺のような出血を伴わない殺害方法が選ばれた可能性を示唆している。

響子は相変わらず無言だった。ただ、その濁った目が湛える黒い光は、棚橋にはいかにも不気味なものに感じられた。

白い無声のフィルムの中、照幸を抱きしめながら、両手を喉仏付近に伸ばす大柄な女の姿が、棚橋の脳裏を一瞬走り抜けた。棚橋は、その幻視を振り払うように、さらに話し続けた。

「おそらく、あんたは営利誘拐を企んどったんやろ。あんたが数百万の借金を抱えて金に困っとったのは、こっちでも裏が取れとるよ。ところが、交番の警官が思いがけないほど早く、あんたのアパートにやって来たけん、危険と判断して、身代金の要求を断念した。今度、あんたを事情聴取してみて分かったことがある。あんたは、頭がよか。そういう冷静な判断が、瞬時のうちにできる女《ひと》やね。ばってん、警察の取り調べは、そげん小手先の頭で切り抜けられるもんやなかと！　どうなんや、三藤！　いい加減に本当のことを話したらどげんね!!」

ここで棚橋は、突然、博多弁を交え、声のボリュームを上げた。事件当時の苗字を呼び捨てにして怒鳴りつけたのは、響子の正体を暴くような気持ちだったのかも知れない。

棚橋は、相手を威嚇して自白を迫るようなタイプの刑事ではけっしてなかったが、この場合は多少乱暴な言動もやむを得ないと感じていた。だが、響子はやや青ざめた表情であるものの、やはり沈黙しているだけだ。

「なあ、三藤、どうしても俺にも分からないことがあるんだ。それはあんたが長い間、おそらく四年近く、篠山君の遺体あるいは骨を手元に置いていたことなんだよ」

棚橋がこう言った瞬間、響子の顔がはっきりと紅潮したように見えた。それは人間的生気というより、動物的で即物的な生体反応のように映った。

「あんたが篠山君のことを後悔しとるのは間違いない。事件の隠蔽ということで言えば、死体を手元に置いておくより、遺棄したほうが安全に決まっとるやないか。それなのに、何で捨てなかった？　殺してしもうたものの、可哀想で捨て切れなかったんやなかとね。あんたには、小さな子供がおるけん、子供を亡くした親の心の痛みはよう分かっとるはずや。そげな優しさはまだ残っとるんやなかね。篠山君は、写真のモデルになるほど可愛いか子供やった。お母さんは、本当に可愛がっとったんや。やけん、彼の姿が消えてから、お母さんは死んだも同然の状態で、病院への入退院を繰り返しとるそうや。今からでも遅うない。篠山君の骨をお母さんのところに返して、少しでもお母さんを安心させてやる気はなかね？　俺は刑事としてこれば言うとるんじゃなか！　人間として頼んどるんや！」

　語尾が上ずっていたのは、自分でも分かっていた。最初は多少の演技を意識していて、殊更響子の感情に訴えるしゃべり方をしていたのは確かだった。しゃべっているうちに、棚橋自身の感情が思わぬほど高ぶり、本当に涙がこぼれ落ちそうになり始めていた。

　棚橋が左上方の壁に掛けられた時計を見ると、針は午後七時過ぎを指している。それまでの二回の事情聴取では、響子を帰宅させた時間は、午後九時から十時の間くらいだったが、棚橋としてはその日はそこまで引っ張るつもりはなかった。それが最後の任意聴取になるのだから、むしろ早い段階で打って出て、白黒を付けるべきと考えていたのだ。

「あの、お願いがあるんですが――」

　響子が乾いた声で言った。顔は依然として紅潮している。棚橋は思わず身を乗り出しそうになった。響子の口から発せられた言葉は、少なくとも「お答えすることはありません」という常套句ではなかった。呉も同じような期待を抱いたようで、厳しい表情ながら、体をやや前傾させている。

「トイレに行かせてください」

　棚橋は落胆のあまりめまいがして、椅子から崩れ落ちそうになるような浮遊感さえ覚えた。

「冗談じゃなかばい！　また、小便《しょんべん》かいな～！　どこまで、おちょくったら、気がすむとか！」

　呉が阿修羅のような表情で怒鳴っていた。広い額に汗が滲み、顔全体に赤みが増し、それがこの緊迫した状況の中では、その極端な博多弁と相まって、どこか滑稽にさえ見える。実際、状況は皮肉で滑稽と言えなくもなかった。

「違います！　夕食のお弁当を食べたあと、お二人から、さんざん怒鳴られたために緊張して、お腹が痛くなってしまったんです。生理現象だから、仕方なかでしょ！」

響子は平然と言い放った。

「しかしやな――肝心なことになると、あんたはそげんして――」

呉がどもりながら言った。

「いや、トイレなら仕方なか」

棚橋はなおも言い募ろうとする呉を制して、立ち上がり、自ら左横の扉を開けた。全身から力が抜け落ちていくのを感じていた。外の廊下には、若い女性警察官が待機している。

響子は立ち上がり、棚橋のほうに軽く一礼すると、部屋の外に出た。やがて、女性警察官と共にトイレの方向に向かう足音が聞こえてきた。女性警察官が響子に話しかけているようだったが、その内容ははっきりとは聞き取れなかった。

棚橋は数年前に大きな航空機事故で死んだ旅客機の機長が、墜落直前に副操縦士に向かってぽつりと言った言葉を思い出した。それと同じ言葉が、思わず口をついて出た。

「呉君、これはダメかも分からんね」

呉は無言のまま、さも悔しそうに唇を噛みしめている。棚橋の警察官人生で、そんな決定的な敗北感を覚えたのは、それが最初で最後だった。

6

「結局、その日、響子を午後七時二十五分に帰宅させました。我々の完敗でした」

棚橋は顔を上方に向け、そのときの無念さを改めて思い出したように力のない声で言った。私がその日、棚橋の家を訪ねてからすでに三時間近くが経過していた。室内の時計は午後四時過ぎを指している。

日が若干傾き、リビングのフローリングの影が、一層長く伸びていた。棚橋の妻は、買い物から戻っていたが、一度麦茶を注ぎ足してくれたときにリビングに入ってきた以外は、遠慮しているのか、二階に行ったまま下りてこない。

「それ以降は、任意の聴取はできなかったんですね」

「その通りです。静岡県警というより、地検のほうが渋っていたようです。火災死亡事件のほうも、捜査にほとんど進展がなかったですから」

そのあとの経緯は、棚橋に尋ねるまでもなく、私もよく知っていた。結局、響子を逮捕するのに、それから十年以上を要したのだ。響子が照幸に対する殺人罪で福岡県警に逮捕されたのは、正確に言えば、一九九八年十一月十五日のことである。

「ＤＮＡ鑑定の精度が著しく上がったことを理由に、時効まであと五十六日のギリギリのタイミングで響子を殺人罪で逮捕したわけですね。今度は、福岡県警が直接逮捕したのですから、取り調べ環境は、よかったんじゃないですか？　静岡県警の立場を気にする必要がないですから」

「それはそうだけど、響子の完黙ぶりは一層徹底していて、逮捕時の取り調べに関しては、あなたにお話しできることもほとんどないんですよ。呉君は別の事件の担当に移っていましたが、私はそのときも取り調べメンバーの中心にいました。だが、響子は『お答えすることはありません』という例の得意の台詞を連発するばかりで、雑談にさえほとんど応じなかったですね。一課長の判断で、途中で取り調べの刑事を何人か替えてみたのですが、結果はやはり同じでした」

確かに、逮捕後はすでに弁護士が付いており、そのアドバイスも響子の耳に届いていたはずだから、逮捕していると言っても、取り調べはかなり困難だったに違いない。特に響子の弁護団の主任弁護人は小柳春埜《こやなぎはるの》という女性で、人権派の弁護士として地元福岡ではかなり知られた人物だった。

加えて、十四年前に発生した事件の被疑者を、時効直前に逮捕するという異例の逮捕劇だったのだから、マスコミの関心も異常に高く、取り調べ状況は逐一報道されることが予想された。実際、新聞は連日、響子の動向を伝えていた。

捜査本部によれば、三藤容疑者は質問に対して一言も答えていない。また、接見した弁護士の話では、三藤容疑者は子供たちのことを心配しており、差し入れも要求しているという。

（傍点筆者）

これはある全国紙の地方版の記事である。何の変哲もない報道に見えるが、この短い記事の背後には、捜査本部の捜査員に執拗に張り付く多くの取材記者の影が隠見しているのだ。物証の乏しい事件だったので、捜査陣が響子に自白させるために背水の陣を敷いていたのは、想像に難くない。

新聞の記事に「子供たち」と複数形で表記されているのは、響子は浜松市から福岡市に戻り、知人の紹介で知り合った会社経営者の男と再々婚しており、子供をもう一人儲けていたからである。響子はこの経営者とも結局、離婚をしており、逮捕時には最初の夫の苗字三藤を名乗って、福岡市郊外の住宅で子供たちと三人で暮らしていた。新聞などもこの時点では、旧姓の「田上」ではなく、「三藤」で報道していた。マスコミが「田上」という苗字を使い始めるのは、裁判が始まってからである。

陰口を利く者はあったものの、全般的には近所の人々とは良好な関係を保っていたようで、自分の子供に限らず、他の近所の子供も可愛がっていたという。

ただ、響子が働いているようには見えなかったため、二人の子供を抱えて、どのように生活の糧を得ているのか、いぶかる声はあったらしい。実際には、三度目の夫は離婚後も経済的にはある程度、響子と子供たちの面倒を見ていたようで、響子が特に生活に困窮している様子はなかった。

新聞やテレビの、一定の節度を保った報道に比べて、週刊誌やタブロイド誌は、人権という視点からは、かなり問題のある報道ぶりだった。派手な見出しで響子の人格攻撃に狂奔していたのだ。

冷血の殺人鬼三藤容疑者（43）　三度離婚、見栄と虚勢の転落人生（『週刊レディース』）

この週刊誌は本文で、篠山君事件だけでなく、浜松市の火災死亡事件にも言及していた。すでに逮捕状が執行されている篠山君事件はともかく、物証の乏しい火災死亡事件も響子による保険金殺人疑惑として書き立てているのは、明らかに行き過ぎだろう。

しかし、響子の逮捕を取り上げている週刊誌の報道姿勢は、いつものごとく似たり寄ったりで、有罪が確定しているわけではない人間に対する配慮はほとんど見られなかった。中には、ほぼ同じ時期に、全国的な関心という意味では篠山君事件以上に世間の注目を集めていた、和歌山のヒ素カレー殺人事件の林田雅美《はやしだまさみ》と比べて、「西の横綱はどっち?」といった女性殺人鬼の相撲番付のような書き方をしている媒体もある。これは被害者家族の心情から言っても、不謹慎のそしりを免れないだろう。

響子の弁護団は、こういう圧倒的な響子叩きの風潮に後押しされて、警察が強引な手法で響子に自白を迫ることを警戒しており、すでに記者会見の席で、響子に対する人格攻撃や机を叩いての威圧的な取り調べを手厳しく批判していた。そのため、違法な取り調べという社会的な非難をできるだけ受けないよう、福岡県警は細心の注意を払う必要が生じていた。

「すると、棚橋さんたちと響子との対決の山場は、結局、任意の事情聴取のときだったわけですね」

私はこれまでの棚橋の話を総括するように言い、棚橋は大きくうなずいた。その表情には、諦念さえ浮かんでいるように見える。

「ええ、それも二日目、響子が教誨師や共犯者のことに言及したときでしたね。三日目は、私と呉君が、最後の悪あがきを繰り返していただけで、今から思うと、勝負は二日目にもう終わっていたんです」

「二日目と三日目の事情聴取の間が、かなり空いていますね。その間、響子はやはり誰かに相談したのでしょうか?」

「その可能性はあるでしょうね。事情聴取の再開後には、DNA鑑定の精度をはっきりと否定する発言もしていましたからね」

響子は検察の取り調べにも完黙を貫き、一九九九年四月二十六日に福岡地裁で始まった第一回公判の罪状認否に臨んだ。棚橋は、その第一回公判を傍聴していた。

響子は当時四十三歳で、初出廷の際には、白いトレーニングウェアの上下に、赤いサンダルを履き、若干パーマの掛かった髪を肩まで伸ばしていた。それは被告人が初公判に出廷する身なりとしては、やや風変わりではあるものの、それなりに様になっており、他人の目を十分に意識している服装に感じられたという。

検察官が「殺害方法」が「不詳」と書かれた異例の起訴状を読み上げるのに、一分も掛からなかった。検察官の起訴状の朗読が早口で行われるのは、特別なことではないが、それにしても一分弱というのは短すぎる。あるいは、不明な部分が多すぎる起訴状の欠点を目立たせないようにするために、極端な早口で読んだとも考えられる。

　そのあと、裁判長が「起訴事実について確認します。何か述べることはありますか」と尋ねると、背筋をまっすぐにして起立していた響子は、「起訴状にあるような事実はありません」と答えた。

「まあ、声は細くて、小さかったけど、特に緊張している様子もなく、冷静そのものでしたね。そのあと、三十五回に及ぶ公判でも、『お答えすることはありません』という得意の台詞を四百回近く繰り返したといいますけん、左翼過激派も顔負けですたい。最近は、『持続可能な』という言葉が流行《はや》っているらしいばってん、これほど『持続可能な黙秘』も珍しか！」

　私は棚橋の言葉に思わず苦笑した。博多弁を交えての、生真面目な棚橋らしからぬ冗談にも聞こえた。確かに棚橋の言う通り、これほど徹底的な黙秘権の行使は、裁判史上希有なことであり、これによって、「完黙の女」という響子の異名が不動のものとなったと言うべきなのかも知れない。いや、ある週刊誌は、「完黙の女」では飽き足らず、「完黙の女王」とさえ書いていた。

「棚橋さんは、それ以降は裁判を何回ほど傍聴されているんですか？」

「まあ、第一回公判と証人として出廷した三十一回公判を除けば、やはり他の事件捜査で忙しく、判決公判のときに、傍聴席で判決を聴いただけですね」

　棚橋は再び、過去を回想するように遠くを見る目つきになった。棚橋が証人として証言台に立ったのは、一九八八年八月に行われた響子に対する任意聴取について証言するためだったから、それは私がすでに聞き出していた話だった。私は、むしろ、一審判決が言い渡されたときの響子の様子について知りたかった。

「裁判長の判決を聞く響子の様子は、どんな風だったんですか？　私にはその心境は計り知れないのですが」

「計り知れない？」

棚橋は、私の言葉を反復すると、一呼吸置いた。それから、ぽつりとつぶやくように言った。

「ほっとしたような表情じゃなかったですね。理不尽にも罪を許された人間の当惑みたいな表情と言ったらいいのか――」

私は棚橋の言葉で、響子の罪の意識という問題に再び思いを馳せていた。事件の経緯を調べれば調べるほど、私はますます、響子が罪の意識とまったく無縁な女ではあり得ないと考えるようになっていた。

その意味では、響子が逮捕されてからおよそ半年後、ある写真週刊誌の中で、当時著名だった精神科医がインタビューに答えて語っていた見解には、私は賛成しかねた。この週刊誌の記事は、インタビューの前提情報として、かつて響子が付き合っていたやくざの男性と喧嘩のあげく、「落とし前代わりに」自分の小指を噛みちぎり、相手に投げつけたことや、太股の刺青を硫酸で焼き消したことに触れていた。

件の精神科医はこういう逸話を受けて、二十世紀初頭のイタリア人精神科医の学説まで援用しながら（それを肯定したわけではないが）、「痛覚の鈍麻」という言葉を使って、差別意識に満ちた見解を披瀝していた。つまり、犯罪者というものが、自傷行為によって生じる痛みに強いように、他人の痛みにも強い（鈍い）ということを示唆していたのだ。

私の調査では、そもそも響子の小指が本当に欠損していたのか、あるいは太股に刺青があり、それを硫酸で消したというのが本当なのか、確認が取れていない。しかし、仮にそれが事実だとしても、事件の経緯を冷静に見つめれば、響子の罪の意識が随所に、微妙に隠見しているのが分かるはずなのだ。

棚橋が判決時の響子の表情について語った言葉は、捜査官として直接響子と対峙した経験から感じ取っていた、響子の罪の意識を的確に言い当てたもののように感じられた。私は棚橋の発言を聞いて、一瞬、神の懲罰という言葉を思い浮かべた。そのときから、響子に対する神の果てしない懲罰が始まったのかも知れないと、私は考えていたのだ。

7

判決は二〇〇一年五月三十日の午前十時に言い渡された。福岡地裁の五号法廷に入ることができた傍聴人の数はおよそ百名だった。

「主文、被告人は無罪」

裁判長の明瞭な声を聞いた瞬間、証言台に背筋を伸ばして立っていた響子は僅かに笑みを浮かべたように見えた。それから、数回瞬きした。

白いシャツに白いズボン姿で、長い髪を後ろでポニーテール風に束ねている。判決理由を聞くために、響子は被告人席に戻り、手に持っていたガーゼのハンカチを強く握りしめた。

傍聴席には、何とも形容できないどよめきが起こっている。裁判長の判決理由の朗読が進むにつれて、廷内は再び、異様な緊張の静寂に包まれ始めた。棚橋にとっても、それはあまりにも衝撃的かつ異例な判決内容だったのだ。

判決文は「被告が篠山君を電話で呼び出し、何らかの行為で死亡させた」と認定したにも拘わらず、「殺意をもって篠山君を死亡させたと認定するには、なお合理的な疑いが残る」と述べていた。殺人罪の構成要件には、「殺意」という要素が不可欠であり、その殺意の認定が不可能な以上、無罪とするしかないという消極的無罪論にも聞こえた。

もう少し分かりやすい言い方をすれば、殺意が構成要件に含まれていない傷害致死罪であれば、明らかに有罪の事案だと言うのだ。しかし、その傷害致死罪はすでに時効が成立しているため、検察側は殺人罪で響子を起訴するしかなかったのである。

　判決文は無罪であるにも拘わらず、かなりの部分で、検察側の主張を受け容れていた。その意味では、響子の自白が得られないため、状況証拠の積み重ねで有罪に持ち込もうとした検察側のもくろみが、完全に失敗だったとも言えなかった。

　被告が照幸の最終接触者であること、発見された人骨が照幸のものであること、被告が照幸を電話で呼び出したこと、被告が照幸を死亡させたと認められること。これらのポイントを、判決文はことごとく認めていたのだ。地元新聞からコメントを求められた、刑事訴訟法のある専門家が「判決文はまるで有罪のようだ」と評したほどである。

　実際、判決理由を聞く響子の顔が次第に紅潮していったことを、いくつかの新聞がかなり印象的に伝えている。それは遺族に同情を寄せる世論を意識した、新聞の情報操作と皮肉に解釈することも不可能ではない。だが、有罪判決と勘違いしかねないほどの判決理由の朗読に、響子がかなりの動揺を示していたことは明らかだろう。

　棚橋は、法廷内で響子の紅潮した顔に視線を注ぎながら、任意聴取や逮捕時の取り調べの際にも、響子がきわどいやり取りに差し掛かると、決まって顔を紅潮させていたことを思い出していた。

　もちろん、判決文は殺意以外の点でも、検察側の主張にまったく異論を唱えなかったわけではない。動機と目的に関して、検察側は営利誘拐説を主張していたが、判決文はこの点については懐疑的だった。

　響子に借金があったことは確かだが、営利誘拐を決意させるほど、経済的に困窮状態にあったとは必ずしも言えないという判断を示していた。響子に金を貸していて、喜美夫と電話で話した会社員の男は、借金返済の催促をしていたものの、照幸の事件後にも響子にあらたに金を貸していた事実が判明していた。

こういったことを考えると、少なくともこの男に関しては、それほど切羽詰まった金銭の貸借関係にあったとは考えにくいだろう。

響子が信販会社などに複数の借金を抱えていたにしても、激しい借金の取り立てにあっていたという事実は明瞭には立証されていない。怨恨などの他の理由も認められず、要するに動機と目的に関しては不明という他はないというのだ。

しかし、事実認定というレベルで言えば、響子が何らかの理由で照幸を誘拐し、何らかの方法で照幸を死亡させたことは認めているのだから、この無罪判決は照幸の遺族にしてみれば、あまりにも理不尽なものに思われたことだろう。傍聴席に姿を現していた照幸の父親の重治は、判決後、記者団の質問に答えて、不満を露わにしている。

「こんな理由で無罪になるのでしょうか？　黙秘していれば、無罪になるなんて、納得がいきません」

確かに、身内にとっては、こんな理由で無罪になるくらいなら、はっきりと響子は犯人ではないと言われたほうがましだったのかも知れない。ところが、この判決は法律の専門家の間では概ね好意的に受け取られたようだった。

「疑わしきは被告人の利益に」という刑事訴訟法の鉄則が貫かれたという意味で、この判決を支持する声も少なくはなかったのだ。

ただ、敗訴した検察はもとより、弁護側にとってもこの判決はけっして満足のいくものではなかった。主任弁護人の小柳は、一審判決の時点ですでに「事実認定に疑問が残る」と明確に述べているのだ。さらには、事実認定の仕方が雑駁《ざっぱく》で、厳密さに欠けるという不満の口吻《こうふん》も漏らしていた。

この判決を法廷内で直接聞き、強い衝撃を受けていた棚橋自身は、少なくとも照幸の殺害に関しては、響子の単独犯であることを信じて疑わなかった。棚橋はそれを刑事の勘とは呼ばなかったが、あらゆる状況証拠が響子を指しており、響子が引き摺る後ろめたさの影のようなものを、取調官として常に微妙に感じ取っていたのだ。

閉廷直後、棚橋にとって、驚くべきことが起こった。それが起こったのは、裁判所職員と共に退廷する響子の背中が、法廷奥の通路に消えようとしていた瞬間だった。響子が突然棚橋のほうに振り返り、二人の視線と視線が交錯したのだ。

その目に無罪の喜びは映っていなかった。むしろ、気弱な当惑の色が微かに揺曳《ようえい》しているように思われたのだ。それは、棚橋に助けを求める、虚ろな視線にも見えた。

アルバイトを使って、多くの傍聴席を確保していたマスコミ各社の記者たちのほぼ半数が、無罪という主文が裁判長によって読み上げられた途端、法廷の外に飛び出していた。しかし、その他のマスコミ関係者と棚橋らの警察関係者、それに照幸の遺族関係者はまだ傍聴席に残っていた。その中で、響子は確かに棚橋だけに視線を投げかけたように思われたのだ。

あれほど頑なに警察に対する供述を拒んだ響子は、今更棚橋に対して何を言いたかったのか。棚橋にも明確には分からなかった。確かなのは、それはけっして響子の勝利宣言には見えなかったということなのだ。

ただ、客観的な勝敗という意味では、この後の裁判の帰趨は明らかだった。検察側が控訴するも、二〇〇二年三月十九日、福岡高裁は控訴を棄却し、福岡高検が上告を断念したため、その日に響子の無罪が確定したのである。

浜松市で発生した火災死亡事件も、立件されることはなかった。仮にそれが放火殺人だったとしても、事件が発生した一九八七年の時点で殺人罪の時効は十五年だったから、二〇〇二年には公訴時効が成立したことになる。刑事訴訟法の改正によって、二〇〇五年から、殺人罪の公訴時効は十五年から二十五年に延長され、二〇一〇年には、殺人罪の公訴時効自体が撤廃されたが、浜松市の火災死亡事件はこういう法改正の網を、きわどくかいくぐったことになるのだ。

　しかし、不思議なことに、響子は喜美夫の死亡によって受け取れるはずの死亡保険金の請求手続きをすることはなかった。

8

　予想通り、三幸荘もヒカリコーポ警固も、昔の姿のままでは存在していなかった。すでに三十八年が経過しているのだから、それも当然である。

　三幸荘は駐車場に変わり、ヒカリコーポ警固は、二十階建ての高層マンションになっていた。事件当時問題となった田中家と思われる住宅は、元通りの形のまま残っていた。

　確かに一階が車庫で、二階に居住空間があると想像される建物である。しかし、表札は確認できず、田中冴子の一家が今でもそこに住み続けているのかは分からなかった。

　私は夕方になって棚橋の家を辞し、そのあとすぐに携帯で篠山重治の経営する医院に電話をかけてみた。東京を出発して福岡に向かう前に、篠山家のその後については、ある程度調べていた。重治は、十年前に勤務医を辞め、天神に「篠山クリニック」を開業していたので、その電話番号を調べるのは、雑作もないことだった。

　そういう下調べは念のための準備であって、私は東京を出発する時点で、照幸の父親に会おうと決断していたわけではない。私にだって、倫理観はある。ただの好奇心と呼ばれかねない私の都合で、篠山家の人々に過去の悲痛な記憶を呼び覚ますことが、いかに非人道的なことかは、もちろん分かっていた。

ただ、棚橋と会って、様々な具体的な情報を手に入れたあとでは、やはり重治に会いたいという渇望を抑えきれなくなっていた。特に、照幸が電話で呼び出された日のことを、身近にいた親族から改めて聞き出すことの重要性を痛感していた。母親の泰代は病気と聞いていたので、重治にクリニックで会うことのほうが現実的だと考えていたのだ。

だが、電話口に出た重治の反応は、私の予想を遥かに超えて、辛辣なものだった。

「そういう取材は、一切お断りしています。家族の苦しみは癒えることはありませんし、今更、あの女の有罪をフィクションの上で立証いただいても意味がありません」

重治が私の言ったことを、多少とも誤解していたのは、確かだった。私は篠山君事件に基づくノンフィクション・ノヴェルを書いていると言ったのだが、ノンフィクション・ノヴェルという表現が誤解を招きやすかったのは間違いない。重治がノンフィクションよりノヴェルという言葉に重点を置いて聞き取ったのだとしたら、篠山君事件をヒントに小説を書いているという程度の意味に受け取った可能性があるのだ。

それに、重治のインタビューを取り付けるために、私がリップサービスを加えていたのが、裏目に出たのも否定できない。多少意識的に、響子の有罪を信じているかのような口吻でしゃべったのだが、その必ずしも真実とは言えない発言が、かえって不審を招いたのかも知れない。

正直なところ、その点については、私は白紙状態だった。棚橋が響子の有罪を信じて疑わないのは、捜査関係者の心情としては、十分に理解できる。私自身は、多くの状況証拠が響子を指していることを認めながらも、それ以外の結論の可能性も完全には排除していなかった。やはり、響子が積極的な否認ではなく、沈黙を選んだことの意味が説明できない限り、事件の真相は永遠に不明と言うほかはないように思われたのである。

しかし、さらに言葉を繋いで説明を加えようとする私の努力は、無駄に終わった。「失礼します」という怒気を含んだ口調と共に、電話が突然切れたのだ。

その数分後、もう一度掛け直してみたが、午後六時過ぎで、あらかじめ録音された、診療時間の終了を告げる女性の声が聞こえてきただけだった。

私は唐突に電話を切った重治を非難できなかった。それは、照幸を失った肉親の立場からは、あまりにも当然の反応だった。

歳月が過去の暗黒の記憶を忘却させることは、けっしてないのだろう。むしろその記憶は長い年月の間に、深い闇の底に沈潜していった憤怒の澱《おり》を潜在意識の中で増幅させるのかも知れない。

私が警固の事件現場を訪れたのは、東京出発前から決めていたことで、さらに執拗に重治に会おうとしていたわけではない。だいいち、篠山家の人々が同じ住居に今も住み続けているのか、私は知らなかった。

私は照幸、あるいはその兄である信次が、事件の日に通った道を、逆に辿るように歩いてみた。私はグーグルマップを使いながら、三幸荘から薬院六つ角交差点に戻り、さらに根本病院、公民館、警固小学校と通り過ぎ、当時、篠山家の人々が住んでいたと思われる一軒家に到着した。表札を見て驚いた。

未だに「篠山重治」となっていたのだ。かなり立派な、白い壁の家屋である。目の前に見える大きな窓のネイビーブルーのカーテンは閉ざされ、どことなく留守のような雰囲気だった。

私は玄関の入り口前にある黒い重厚な鉄扉の上に取り付けられたインターホンを見つめた。しかし、先ほど電話で断られたばかりなのに、さすがにそのボタンを押そうという気にはなれなかった。

それにほんの一時間前に、天神のクリニックで私の電話を受けた重治はまだ帰宅していない可能性が高い。私は左腕に着けた腕時計を見つめた。

午後七時五分前だった。その日の午後八時に、川端《かわばた》にある小柳弁護士事務所を訪問することになっていた。過密な日程だったが、この面会も東京を出る前に電話で小柳の事務所から許可をもらっていたもので、予定通りの行動だった。

実は、棚橋とのインタビューは一日で済ます予定だったのだが、やはり聞くべきことは想像以上に多く、二日続けてのインタビューとなっていた。棚橋に訊いておきたいことはまだあると感じながらも、小柳との約束を反故《ほご》にするわけにはいかず、十分な時間の余裕を持って、棚橋の家を出ていたのである。

重治とのインタビューの予約が取れた場合は、滞在を延ばす予定だった。ホテルは、その日の夜までしか予約していなかった。だが、その必要はなくなり、私は翌日、いったん東京に帰るつもりだった。

9

小柳春埜は、六十代半ばに見える、白髪の目立つ女性だった。白いマスクを着けていたものの、その顔の輪郭はかなり明瞭に伝わってきた。銀縁の眼鏡が、いかにも知的な雰囲気を醸し出すと同時に、いささか警戒心の強そうな印象とも繋がっている。実際、小柳の態度はけっして私の訪問を歓迎しているようには見えなかった。

私と小柳は事務所の応接室で、ブラウンのセンターテーブルを挟んで対座していた。午後八時過ぎだったので、事務所のスタッフは誰一人残っておらず、事務所の中にいるのは、私と小柳だけである。

無機質なリズムを刻む空調の音が、妙に耳障りだった。夜になっても、ひどく蒸し暑かった。

「要するに、事件に基づいて小説を書くということですか？」

いかにも切り口上な口調で、小柳が訊いた。このとき、私は再び、照幸の父、重治の反応を思い出していた。私は、小柳にもノンフィクション・ノヴェルという言葉を使ったのだが、どうもこの言葉は鬼門のようだ。

　アカデミックに言えば、「ノンフィクション・ノヴェル」はトルーマン・カポーティが『冷血』を書いたときに使って有名になった言葉で、その後、学者や評論家がこの言葉に対してさまざまな解釈を加えている。私自身も大学の授業で、この言葉の定義づけに多くの時間を割くことがある。

　ただ、そういうアカデミズムを一切無視して、思い切り平たく言えば、「事実を再構成して、小説風に書く」という意味に近く、けっして「事実を素材にして、小説を書く」という意味ではないのだ。それなのに、重治も小柳も「小説を書く」ということにポイントを置いた解釈をしているようで、私にとって、そう取られることは不本意という他はなかった。と言って今更、多くの言葉を費やして、その誤解を解こうという気持ちにもなれない。

「まあ、そうですが、事実と異なることは書かないつもりです」

「あなたが仰る事実というのは、どういう意味でしょうか？　法的には、彼女は無罪となっており、それが事実のすべてだと思いますけど」

　かなり強気な発言に聞こえた。その高飛車な物言いが不必要に緊張感を煽り立てているように思われた。

「もちろん、無罪判決は尊重するつもりです。私も学生時代は法学部にいて、ゼミでは刑法を勉強していたことがありますので、法律というものは、特に刑事事件の場合は、冤罪を防ぐためには形式的真実だけを追求すべきだという鉄則は理解しているつもりです。しかし、小説家としての関心は別のところにあって、人間の罪の意識を描いてみたいと考えているんです」

「そういうことを仰るのは、彼女が本当はやっているんじゃないかとお考えになっているからでしょ。だとしたら、大変危険なことだと思いますよ」

「いえ、そうじゃありません。私は、その点についてはまったく白紙の状態です」

私は慌てて小柳の言うことを否定した。法的な議論で小柳に立ち向かう気などなかった。私が大学時代は法学部にいて、ゼミでは刑法を専攻していたのは本当だが、大学院から比較文学のほうに専攻を変えていて、けっして法律の専門家ではなかった。

「刑法を勉強なさっていたなら、お分かりでしょうが、あの一審判決が『疑わしきは被告人の利益に』という原則に則って出されたことは確かです。しかし、そうだとしたら、私たち弁護団にとっては、必ずしも納得のいかない判決とも言えるんです。彼女が篠山君を誘拐して、何らかの方法で死に至らしめたという裁判所の事実認定には、客観的かつ具体的な根拠はまったくありません」

「ええ、仰りたいことは分かります。特に、ＤＮＡ鑑定について専門家の意見があれほど割れているのに、例の骨片は篠山君のものだと裁判所が断定した点を、問題視されているのですよね」

この事件のＤＮＡ鑑定については、あるジャーナリストが非常に詳細なレポートを週刊誌に発表していて、もちろん、私もそれを読んでいた。そのレポートによれば、検察側と弁護側の鑑定人が、発見された骨と篠山夫妻の「親子らしさ」をそれぞれ算出していて、検察側の数字が九九・八〇一二パーセントであるのに対して、弁護側の数字は八・九パーセントというのだ。両陣営の鑑定人がどちらもその道のプロであることを考えると、この極端な数字の差は異様であり、ある意味ではＤＮＡ鑑定自体の危うさを露呈しているとも言えた。

そのジャーナリストは鑑定に使われた定理や計算式まで詳しく説明していたが、正直に言って、その解説はあまりにも専門的で、私の理解の範囲を超えていた。しかし、漠然とではあるが、それは単に計算方法の問題ではなく、考え方の大きな相違に基づくものであるのは分かっていた。その予備知識が、私がここで小柳から受けた説明を理解するのに、多少とも役立ったのは、確かである。

「篠山君のＤＮＡ型を、自宅などから採取することができなかったんです。それができていれば、そのＤＮＡ型と発見された骨のＤＮＡ型を比較して、簡単に結論が出たはずです。しかし、それができなかったため、発見された骨が篠山夫妻と親子関係にあるかどうかを鑑定する方法が取られたわけです。検察側の鑑定人は、発見された骨片が篠山君のご両親とどの程度『親子らしいか』を確率的に計算しているのですが、そのこと自体がそもそもおかしいです。親子かどうかを判定する目的でやっているのに、それでは初めから親子だという前提に基づいているようなものじゃありませんか。つまり、発見された人骨の両親が篠山夫妻ではない確率を初めからまったく度外視しているわけです。この部分を確率的にきちんと評価して、『エッセン・メラーの式』に当てはめて正しい計算式で出したのが、弁護側の鑑定人が出した数値なんです」

「エッセン・メラーの式」というのは、親子関係を決定するのに用いられる非常に有名な計算式で、法医学の教科書などには必ず載っているものだという。

「ええ、私も弁護側のそういう主張は、いろいろな記事を読んで、勉強しました。私には専門的知識がないので、判断は付かないのですが、もし弁護側の主張通り、発見された人骨が篠山夫妻の子供のものである確率が八・九パーセントだとすれば、それが篠山君の骨ではない可能性も出てくるわけですね」

　私は若干、おもねるように言った。こういう場合、相手の主張をことごとく否定し、インタビューを短時間で終わらせるのは得策でないのは、私も意識していた。

「エッセン・メラーの式」で計算された数値は、「ハンメルの評価」と呼ばれる評価基準で判定されるという。その判定では、八・九パーセントという数字は「親子らしくない」という範疇に入るらしい。

しかし、小柳から返ってきたのは、想像以上に厳しい言葉だった。

「いえ、そういう言い方をするあなたご自身が、ことの本質を理解してないと思いますよ」

さすがに不快感が込み上げた。こちらができるだけ融和的にしゃべっているのに、小柳のほうは身も蓋もない全否定の言葉を平気で投げつけてくるように思われたのだ。その不快感をかろうじて抑えて、あえて冷静に訊いた。

「どういう意味でしょう？」

やはり、この事務所から早々と退散する羽目になることは望んでいなかった。

「言葉のマジックです」

「言葉のマジック？」

「発見された人骨が、篠山夫妻の子供のものである確率は八・九パーセントである、という言い方自体が、ことの本質を見誤らせているんです。それではその骨片があくまでも篠山君のものであるという前提で、ものを言っているように聞こえてしまうのです。むしろ、発見された人骨は、篠山夫妻の子供のものではないと言い換えられるべきです。そうすることによって、ことの本質がようやく明らかになるのじゃないでしょうか」

確かに、それが照幸の骨ではないということになれば、裁判自体が成り立たなくなるのだ。小柳の表情は自信に満ちていた。その表情からして、小柳自身もそれが照幸の骨ではないと本気で信じているのではないかと思われるほどだった。だが、私自身は、とてもそんな確信は持てなかった。

「でもそうだとすると、人骨であることは間違いないのだから、それが誰の骨かという問題が起こって来ますよね」

　私はやんわりと反撃した。これだけ状況証拠がそろっている中で、あれが照幸の骨ではないと主張する以上、それが誰の骨であるか、少なくとも一定の説得力のある推測程度のものを提示すべきだと思われたのだ。

「それはそうです。でも、それは私の考えることじゃありません。私が弁護すべき被告人が起訴されたのは、篠山君事件に関してなんですから。あの骨が篠山君のものじゃないとすれば、それこそ容疑者候補なんて無限に広がることになりますからね」

　小柳はここでセンターテーブルの上に置いてあったスマホを取り上げ、ちらりと視線を投げた。時刻を見たように、私には感じられた。

　小柳とのインタビューは、電話での約束では、一時間ということになっていた。あと十分程度残っている。しかし、小柳の態度には、そこでもう話を打ち切りたいという気持ちが、かなり露骨に表れていた。

「ともかく、この事件をお書きになるのは、慎重になったほうがいいと思いますよ」

　案の上、小柳は結論を付けるような口調で言った。その腰も半分、浮きかかっているように見える。

「平たく言えば、書かないほうがいいということでしょうか？」

「そうは言ってません。でも、もしお書きになっていることに、彼女の人権が著しく侵害されている内容が含まれている場合は、その時点で私も何らかの法的措置を取らざる得なくなります。ですから、その点はそうならないように、よろしくお願いしますね」

　ここで小柳はようやく表情を和らげ、その日、初めてと思われるような、笑みを浮かべた。その不意の豹変が、私の判断を一瞬混乱させた。私は、すぐには応答の言葉が思いつかなかった。

「当然ご存じだと思いますが、法律の世界では一事不再理という言葉があります。一度確定した判決に対しては、二度と審理ができないという裁判の鉄則ですよね。田上さんの無罪判決は、すでに確定しているんです。それを小説の上であっても、もう一度審理し直すことには、私は賛成しかねますわ」

小柳の表情から、相変わらず笑みは消えていなかった。

私は無言だった。しかし、心の中でつぶやいていた。今更、書くことをやめるわけにはいかないのだ。それは小説家というより、真実を知りたいという人間としての執念に近い感情だった。

篠山君事件は私にとって、一言で言えば不可解という他はなかった。そして、その不可解さの最大の原因は、やはり犯行動機のあいまいさであるように思われるのだ。すでに述べたように、一審判決は検察の多くの主張を受け容れていたが、検察が起訴状で提示した犯行動機としての営利誘拐説に対しては否定的だった。

私はもう一度、カポーティの『冷血』を思い浮かべた。私は無意識のうちに、カポーティが描き出した殺人者たちの不可解な犯行動機と、篠山君事件の未だに不明な犯行動機を比較していたのかも知れない。

『冷血』では、ディックとペリーという二人の犯人は、面識のないクラッター家を強盗目的で襲っている。無力な被害者たちに対して、冷酷な暴君として振る舞い続けたのは、ディックのほうだ。一方、ペリーは被害者たちを自らロープで縛り上げておきながら、同時にそれぞれの被害者にそれなりの優しさを示し、高校生のナンシー・クラッターをディックが犯そうとしたとき、体を張ってそれを阻止している。

それにも拘わらず、クラッター家の四人全員を、散弾銃とナイフで殺戮したのは、冷酷なディックではなく、優しいペリーのほうなのだ。冷酷さより、優しさが途方もなく危険な凶器になり得るというこの逆説を、私たちは何と読み解くべきなのか。

　現実に起こったこの事件を分析した精神科医は、ペリーとディックの間で起こっていた心理的緊張関係、つまり、見栄の張り合いや歪んだ友情から生じた心理劇が、実はペリーが四人の被害者全員を殺害した隠された動機であると分析している。

　これは、二人の加害者同士の心理関係の問題だったが、篠山君事件の場合は、加害者と被害者の間で同じような心理劇が起こり、それが殺害の動機になったのではないかと、私は漠然と感じていた。

　ただ、それを明らかにするためには、その日、響子と照幸の間で何が起こったのか、相互の心理作用も含めて正確に知る必要がある。それが分かれば、響子が何故否認ではなく、沈黙を選んだのかが推測できるような気がするのだ。逆に言うと、それが分からない限り、この事件は、私にとって、永遠の謎であり続けるだろう。

　もちろん、私はいつの日か響子に会い、この点についての告白が聞けることを期待していた。そして、小柳の私に対する強硬な態度は、私が単独で響子に会おうとすることを暗黙のうちに牽制しているようにも見えたのだ。実際、私は小柳が現在の響子の居所を知っているか訊いてみたい気持ちを抑えきれなくなっていた。

「小柳先生は、今でも、田上さんとたまに連絡をお取りになることがあるのでしょうか？」

　これが最後の質問になるのを覚悟の上で、私は訊いた。もはや、約束の時間は過ぎている。

「いえ、まったくありません」

「では、彼女の現在の住所をご存じではないんですね」

「はい、知りません。知っていても、けっして教えませんけど」

　小柳はにべもなく言い放った。私は思わず微笑んだ。これだけ徹底的に拒否されれば、むしろ、心地よいとさえ感じ始めていたのだ。

10

東京に戻った日の夜、私は自宅から携帯で棚橋にお礼の電話を掛けた。もちろん、ただの儀礼上の電話というわけではなかった。まだ少し補足的に聞きたいことはあったし、情報提供を受けた立場として、重治との電話での会話や小柳との面会模様について、棚橋に報告する義務を感じていたのだ。

棚橋は、重治の発言には多くのコメントは加えなかった。被害者家族の心情として、それは当然だろうという反応だった。

小柳の見解についても、棚橋は、直接的な批判はあえて避けたようだった。しかし、自分の信念を宣言するように、強い口調で言い切った。

「篠山君事件は、響子の単独犯だと私は信じています」

状況は何ら変わっていなかった。私が棚橋や小柳に会うために、東京を出発したときは、やはり何らかの新事実の発見を期待していた。ただ、冷静に考えれば、三十八年前の事件に、そうやすやすと新事実が明るみに出るわけがないのだ。

相変わらず、響子に対する疑惑は厳然として残り、一方では法律の壁の代表者として、小柳のような意見が新事実の発見を拒んで屹立しているように見える。

私は、棚橋や照幸の遺族と同じような心境に陥っていたのかも知れない。状況証拠的には響子の有罪は動かしがたく映るのに、科学的正確さを求める法律という公式で計算すると、それとは異なる答えが出てしまうのだ。そのもどかしさに堪えられないような気分だった。

正直なところ、この事件のさらなる展望が見える、取っかかりのようなものが欲しかった。そういう意識が働いたのか、私は棚橋の迷惑も顧みず、長々と電話でしゃべり続けた。最後のほうは、棚橋もだいぶ打ち解けていて、事件そのものの話というより、いささか脇道に逸れた四方山《よもやま》話になりかかっていた。

「その後、呉さんとは、連絡を取り合うことはあったんですか？」

「ああ、呉君ですか。彼は響子が逮捕されたときは、福岡中央警察署から福岡東警察署の刑事課に異動していましたので、篠山君事件を直接担当することはありませんでした。もちろん、彼とは電話では事件について、いろいろと話していましたが、彼のほうも別の重要事件の捜査本部に入って、大変忙しくなってしまったんです」

「別の重要事件と仰いますと？」

「ほら、これも有名な事件ですよ。香椎《かしい》で起こった『望月留美《もちづきるみ》さん誘拐事件』です。ご存じなかですか？」

「ああ、知っています。有名な未解決事件ですよね」

「望月留美さん誘拐事件」とは、一九九一年十月二十七日に発生した女子中学生の誘拐事件だった。福岡市の香椎で、お泊まり会と称して望月留美の自宅に集まっていた中学一年生の女子生徒四人が午前一時過ぎ、コンビニに夜食を買いに行き、その帰り道で、夜間徘徊を理由に補導員と名乗る男に声を掛けられ、留美だけが連れ去られたのである。

留美は近所でも評判の美少女だったようだ。事件発生現場は、ＪＲ香椎駅近くの浜男《はまお》本通りで、福岡東警察署の管内だった。

拉致されることのなかった三人の女子中学生の証言に基づいて、男のかなり特徴的な似顔絵が作られていた。だが、不思議なことに、その後、男と留美の行方は杳《よう》として知れず、すでに事件から三十一年が経過している。

「呉君も、運がいいと言うべきか、悪いと言うべきか、刑事課の刑事が、ああいった大きな事件を二度も経験することなどめったにないんですよ。刑事課にいても、治安のいい日本では、退職まで一度も殺人事件を経験しないなんてことも、ごく普通に起こることですからね。それはともかく、彼がその事件にかかり切りになっていたこともあって、篠山君事件のことで私たちが話す機会も、次第に少なくなっていったんです。ただ、そう言えば、彼の担当している事件と、篠山君事件との関わりで、私の意見を聞くために一度電話してきたことがありましたね」

「それはどんなことだったんですか？」

私は右手で携帯を握ったまま、思わず前のめりになっていた。どんなことでもいいから、篠山君事件を考えるヒントになればいいと思ったのだ。

「いや、たいしたことじゃありません」

棚橋はまるで私の期待が膨らみ過ぎるのを嫌うようにこともなげに言った。

棚橋によれば、その事件が起こるおよそ一ヶ月前に、まるで予行演習のような未遂事件が起きていたというのだ。午後六時過ぎ、香椎駅前のコンビニの外で、中学一年の女子生徒二名が、やはり補導員を名乗る男に声を掛けられ、連れ去られそうになっていたのである。

男は二人がコンビニで万引きしたのではないかと問い詰め、そのうちの一人に、男のあとに付いてくるように要求していた。だが、たまたま通りかかった同じ中学の女性教員が声を掛けたため、男は「先生がいらっしゃるなら、お任せします。万引きなどやめるように注意してやってください」と言い捨てて、その場を立ち去っているのだ。二人の中学生は、万引きなどしておらず、そういう補導員がいたことも確認されていない。

「女性教員が通りかかる前に、男はいろんなことを言って、中学生たちを脅しつけていたらしいんですが、その脅し文句の一つに『お前ら、万引きなんかしてると、警固の小学生のように骨になっちゃうぞ』というのがあったんです。呉君もこの言葉が若干引っかかっていて、私の意見を求めてきたようですが、どう考えても男は中学生たちを怖がらせるために、有名な篠山君事件を使っただけで、この事件と篠山君事件が直接関係あるとも思えませんでした。呉君も、私の意見を聞いて納得したようで、そのことで彼が連絡してきたのは、結局、一度きりでしたね」

警固の小学生のように骨になっちゃうぞ――。

私は棚橋の話を聞きながら、二つの事件の時系列を頭の中でせわしなく整理していた。篠山君事件が起こったのは一九八四年だが、篠山君のものらしい骨片が発見されたのはそれから四年後の一九八八年である。そして、「望月留美さん誘拐事件」とその予行演習のような未遂事件が起こったのは、さらにその三年後の一九九一年なのだ。

照幸らしい骨片が発見されたときは、全国的にも大きく報道されていたのだから、特に福岡市や浜松市では、マスコミの騒乱は尋常ではなかっただろう。しかし、その未遂事件が起きたときにはすでに三年という歳月が経過しているため、篠山君事件に対する人々の関心は薄らぎ、「警固の小学生」という表現にピンと来る者は、それほど多くはなかった気がするのだ。

しかも、相手は中一というのだから、照幸らしい骨が発見されて世間が大騒ぎしていたとき、小学校四年生くらいだったはずで、そんな事件が鮮明に記憶に残っている世代とも思えない。私は、その未遂犯が女子中学生たちに対して、何故そんなに分かりにくい脅しの表現を遣ったのか、気になり始めた。

もちろん、それは妄想に近い期待だったのかも知れない。私の心の中で、何事も照幸の事件に結びつける本能的習性ができあがっていたことも否定できないだろう。私はそういう心理状態に陥っていることを棚橋に気取《けど》られないようにするため、遠回しな質問を選んだ。

「呉さんは、現在は、どうされているんでしょうか？」

「彼は、下関《しものせき》で居酒屋を経営していますよ。もともとはお兄さんが経営していたんですが、病気で亡くなってしまい、彼が六十歳で警察を退職したあと、引き継いだんです。一度、私も彼の店に招待され、美味い魚と酒をごちそうになったことがあります」

棚橋は、呉に対する私の関心に気づいていないようだった。その誘拐未遂事件と篠山君事件はまったくの無関係と考えているからだろう。実際、そうである可能性が高いのだが、私は自分の懸念を確認しないではいられない衝動に駆られていた。

「棚橋さん、たびたびのお願いで申し訳ないのですが、私を呉さんに紹介していただけないでしょうか？　いえ、電話を一本掛けていただくだけでいいのですが」

私が一人で会いに行くという趣旨で言ったつもりだった。受話器の奥で、当惑の表情を浮かべる棚橋の顔が、一瞬、私の脳裏を掠《かす》めた。

第三章　少女

1

呉正隆は、福岡東警察署の刑事課会議室で、初めて市倉小絵《いちくらさえ》に会ったときの印象を鮮明に覚えていた。年齢は後に三十一歳と判明するが、外見的には二十代の半ばくらいにしか見えない。黒のジーンズに白地に紺の格子模様が入ったセーターという地味な服装だったが、その控えめで清楚な印象が呉の記憶の襞《ひだ》に強く刻み込まれていた。

「要するに、その人物は、この似顔絵によく似ているということですね」

呉も相手の言葉遣いに合わせるように、標準語で話していた。小絵は福岡市在住のようだったが、その言葉にはまったく訛りがなかった。

似顔絵というのは、「望月留美さん誘拐事件」の犯人と見られる男の似顔絵のことだった。呉は当時、公開された似顔絵に関して寄せられる膨大な量の情報を、整理・分析する作業に当たっていた。呉と小絵は、手元にそれぞれ一枚ずつ似顔絵を持って、互いにそれを見ながら、テーブルを挟んで話していた。

似顔絵の男は、チャコールの長袖シャツに、黒いズボンという服装で、毛糸のような黒い帽子を被っている。切れ長の目が特徴的だが、太いつるの黒縁の眼鏡を掛けているため、それが目や鼻や耳の輪郭を幾分覆い隠しているように見え、全体的にはどこかぼんやりした印象を与えていた。

身長は、一五五センチから一六七センチくらいと表記されていて、かなりの幅がある。下限の身長なら小柄と言えるが、上限ならば、小柄とまでは言えないのかも知れない。

「ええ、そうなんですが、言葉ではなかなかうまく説明できないので、写真を持ってきているんです」

そう言うと、小絵は膝の上に置いてあった黒の小型バッグから、一葉の写真を取り出して、呉のほうに差し出した。

何かの記念写真用に、撮ってもらったように見える写真だった。やや小太りの、どちらかと言うと、童顔と呼んでいい顔立ちの男だ。

やはり太いつるの黒縁の眼鏡を掛けていて、その点では似顔絵の男に近かった。帽子も被っていたが、それは白いベレー帽で、毛糸のような黒い帽子ではない。

「うーん、この方は何歳くらいなんですか？」

呉は右手で持った写真を顔の前に掲げながら、訊いた。

「三十五歳です」

小絵は即答した。呉は若干、驚いていた。年齢を即答できるということは、小絵とその男の関係は、そう遠くないと感じたからである。

実は、似顔絵作成に協力した三人の女子中学生は、男の年齢を四十歳くらいと証言していたのだが、呉の経験ではこういう目撃証言ほど当てにならないものはなかった。特に年齢に関しては、目撃証言と実際の年齢の間には、極端な差があることもしばしばあるのだ。

呉の刑事としての経験では、一般的に中学生のように年齢の低い人間は、他人の年齢を実際より高く言いがちだった。その傾向がここでも当てはまるとすると、三十五歳と四十歳の差は、二人が同一人物であることに対する、否定的な材料とは必ずしも言えないのかも知れない。

呉は自分のやっている作業にほとんどうんざりしていた。寄せられる情報の大半は、信憑性の低い情報、あるいはそうでなければ、明らかに誰か特定の個人を誹謗中傷する目的のガセネタだった。

　今回の情報も、呉には特に期待の持てる情報とは思えなかった。それにも拘わらず、小絵の真摯《しんし》な態度が、期待というのとも違う、理由の分からない胸騒ぎのような感覚を喚起することも確かなのだ。

「あの――その方とあなたのご関係は？」

　呉らしくもなく、妙に控えめな質問の仕方だった。小絵は、一瞬、視線を落としたように見えた。しかし、ふと視線を呉のほうに戻すと、覚悟を決めたように言った。

「私の兄です」

　呉は強い衝撃を覚えた。麻薬の使用や売買を巡る犯罪では、親族が身内を告発するケースは珍しくはない。いや、と言うか、麻薬に限らず、他の犯罪でも、それが密告のパターンでは一番多い気がするのだ。

　ただ、小絵のような印象の女性の口から、兄に対する、そういう告発の言葉が直接発せられたことが、何かあり得ないことのように思えた。

「正直に申しあげて、この写真だけじゃあ、似顔絵の顔と似とると言われても、それほどピンと来んですな。他に具体的な根拠はなかとね？」

　ここでようやく博多弁が飛び出した。だが、呉自身は、幾分、抑制的にしゃべっているのは意識していた。まるで小絵が持ち込んだ写真と似顔絵が、あまり似ていないと言わんばかりの口吻だったが、実際はそうでもなく、ある程度似ているとは感じていたのだ。

　とは言え、写真と似顔絵という媒体の相異が、二つの顔の比較を困難にしていた。警察も目撃証言から被疑者の顔を再現する際、一時はモンタージュ写真のような技術を駆使して、犯人の写真を公開していた時代があったが、一九九〇年代では似顔絵のほうが主流になっていた。人間の顔の特徴を強調して、人々の記憶に留めるという意味では、似顔絵のほうがモンタージュ写真より効果が高いと考えられるようになってきたのだ。

「ないわけじゃありません。でも、そのことをどう解釈したらいいのか、私も夫も判断が付かず、それで警察にご相談させていただこうと思ったのです」

小絵は、再び、視線を落としながら言った。その発言で、小絵が結婚していることが分かった。同時に呉は、小絵が単独でというより、夫とも相談した上でここに来ているのだろうと感じていた。

「なるほど。そういうことでしたら、是非聞かせていただきたいですな。言うまでもありませんが、あなたが警察でお話しになることは、一切外に漏れることはありません」

呉の言うことに、小絵は小さくうなずいたように見えたが、相変わらず顔を上げず、未だに躊躇している雰囲気だった。しかし、やがて、小さな声で話し始めた。

「これは私ではなく、夫が直接経験したことなのですが——」

小絵の夫の市倉良縁《りょうえん》は、小絵の話では、博多湾に近い沖浜町《おきはままち》で水産加工会社を経営しているが、同時に「いのちの木」という子供の権利を守るボランティア団体の主宰者でもあった。

「母が胃がんの手術を受けた翌日の夜、夫が術後の母の様子を伝えるために、兄の住むアパートに電話を掛けたときのことです」

「手術をなさったのは、あなたのお母さんですよね？」

ここで呉は確認するように口を挟んだ。手術をしたのが、小絵と兄の母であるなら、小絵が兄に連絡するのが普通だと思われたからだ。小絵は、すぐにその質問の意図を理解したようだった。

「ええ、私と兄の母です。普通なら、私が兄に伝えるべきなのですが、私は普段、兄とあまり口を利くことがないので、それで夫にその役割を頼んでしまったのです」

小絵はこう言ったとき、若干顔を赤らめたように見えた。誰が聞いても、多少の違和感を覚えるような発言だった。小絵は兄とは不仲なのかも知れないと、呉はふと思った。だが、話が逸れるのを恐れて、ここでは詳細な質問は避け、あいまいにうなずくだけに留めた。

母親の術後の状態は良好で、その意味では夫の良縁が、小絵の兄に伝えるべきことはあまりなかった。話はほんの数分程度で終わったのだが、その会話の途中で、良縁にとって気になることが起こった。「早く家に帰してください」と言う若い女性の声が、受話器の向こうから聞こえたように思われたのだ。

「そのことを私に話した夫は、それが電話の混線のようにも感じられ、また、点けていたテレビの音声だった可能性もあり、自信が持てないというのです。ただ、時期的に言うと――」

そこで小絵は口ごもった。呉は、小絵の言おうとしていることがすぐに分かった。

「ご主人が、あなたのお兄さんに電話を掛けた日が何日か覚えておられますか？」

「十月二十八日の午後八時十分頃です」

日付だけでなく、時間まで正確に答えていた。おそらく、夫と何度も話し合った結果、その日付と時間が自然に頭に刻みつけられていたのだろう。留美が誘拐された日の翌日のことだ。確かに、時期的にはかなり有力な符合だった。

ただ、それだけでは、やはり何とも言えなかった。呉の判断では、その声が電話の混線によって発生したものとは思えなかった。念のためＮＴＴに問い合わせたが、当日のその時間帯には住民からの混線の抗議もなく、また混線自体、昨今ではかなり頻度は少ないという回答を得ていた。

そうなると、テレビの音声だった可能性はあるだろう。それに一九九〇年代は、すでにビデオデッキが各家庭に完全に普及していた頃だったから、小絵の兄がビデオを観ていたと考えることもできる。テレビだけの場合なら、当日の各テレビ局の、その時間帯の番組をチェックすることは可能だろうが、ビデオまでに広げるのは、ほとんど不可能に思えた。

「ご主人は、どこから電話をなさったんですか？」

「福岡市内の私たちの自宅からです。私も横で聞いていましたから」

淀みのない答えだった。呉は、一気に畳みかけるように次の質問をした。

「あなたのお兄さんのお名前は？」

一瞬の沈黙が流れた。だが、その沈黙も長くは続かなかった。

「関根《せきね》洋介《ようすけ》です。現在、警固に住んでいて、福岡市内の中学校で、美術教師をしています」

やや掠れた小声だったが、呉には明瞭に聞き取れた。呉は、悲しげな憂いを帯びた小絵の細面の顔をしげしげと見つめた。それから、付け加えるように尋ねた。

「するとこの写真は、最近のものですか？」

「ええ、去年の中学校の卒業アルバムの教員紹介に載っていた写真の原板です。夫がやっている『いのちの木』が出している年会報に、夫が兄にも文章を書いてもらったときに、兄の写真を載せるために、夫が兄から受け取ったものなのです」

「お兄さんは、いつでもこういう太いつるの黒縁の眼鏡を掛けているんですか？」

「ええ、掛けていました」

語尾が過去形であることが気になった。その点を問い質そうとした瞬間、小絵のほうが、さらに言葉を繋いだ。

「でも、望月留美さんの誘拐事件が起こってから、一週間くらいして、急にコンタクトに替えたんです」

呉は一瞬、言葉を失って、もう一度小絵の顔を凝視した。これは少なくとも荒唐無稽な告発ではない。そういう確信が、呉の胸奥に黒い根を下ろし始めた。

小絵からもっと詳しい話を聴く必要があった。それも、その日のうちに。呉の経験では、日にちを置くことによって、重要な証言者と思われた人物が不意に口を閉ざしてしまうことは、よくあることなのだ。

呉は仕切り直しをするように、改めて小絵の澄んだ目を見つめた。

2

市倉小絵は福岡市内の市営住宅で、母と兄と三人で暮らしていた時代を思い出すと、不思議な気持ちに駆られることがあった。特に小絵の小学生時代に関して言えば、母に関する記憶はほんの断片的にしか残っておらず、そのもっとも重要な中核を成す部分がすっぽりと抜け落ちているように感じるのだ。

母の影が薄かったという説明では、不十分だった。小絵はこの頃、自宅付近の橋を渡って中学へ通学していた。小絵の頭の中では、兄の記憶だけが、その橋から見下す川の濁った黒い水の澱のように沈潜し、その暗幕が他の記憶すべてをあいまいにしているように思われるのだ。

父は高校の数学教師で、母も別の高校で音楽を教えている共働きの家庭だった。もともと父は東京出身で、母も神奈川出身だったが、母方の祖父母が福岡に居住していたため、二人とも福岡市内に教師の職を求めたのだ。

小絵は、父の顔はほとんど覚えていない。小絵が幼い頃、父は病死したと、母から聞かされていた。だが、小絵が高校生になったとき、兄の洋介から父は病死ではなく、自殺したのだと教えられた。

「だから、俺たちにもその血が流れているんだ。鬱病と自殺の系譜さ」

ぞっとした。父の自殺に衝撃を受けたわけではないし、兄の話が嘘と思ったわけでもなかった。そういうことを平気で口にする兄の得体の知れなさを、改めて思い知らされた気分になったのである。

実際、兄の洋介は、小絵にとって不気味としか言いようのない存在だった。この頃小絵は兄とはほとんど口を利いておらず、このときも兄のほうが一方的に父の死因について語っただけなのだ。

父が生きていた頃は、関根家は比較的広い一軒家を借りていたらしいが、小絵の物心が付いた頃からは、経済的事情もあったのか、福岡市東区にある、交通の便の悪い市営住宅に引っ越していた。そして、小学校の五年生になった頃から、小絵は、自分の体に向けられる、兄の濁った視線が気になり始めた。

２ＤＫの間取りの市営住宅では、三人家族にとって、部屋割りはあまりにも単純だった。六畳のフローリングのダイニング・キッチンは、家族全員で食事をしたりテレビを観たりする共有空間だったので、残りの二部屋を家族三人で分けるしかない。小絵は当然、母と自分が二人で一部屋を使い、兄がもう一部屋を一人で使うものと思い込んでいた。

小絵は他の子供に比べて精神年齢が高く、すでに小学校四年生くらいの頃から、男女の性別にも敏感になっていた。身長は普通だったが、痩せ形で大人びた整った顔の輪郭を持つ少女だった。だから、その頃、兄とは別の部屋にして欲しいと頼んだとき、母の言った言葉は意外という他はなかったのだ。

「他に、どこに部屋があるの？　兄妹なんだから、同じ部屋でいいの。兄妹は仲良くしないとダメでしょ」

そうではないと、小絵は心の中で叫んでいた。部屋が足りないことくらい、小絵にも分かっている。だから、母と同じ部屋で寝たいと言ったつもりだったのだ。

もっとも、小絵が成人してから、このときの状況を思い出してみると、母の言動にはそれなりに理由があったことは理解できた。母は、父のような専任教師とは違って非常勤教師だったので、父の死後、収入は激減し、二人の子供を養うために高校で音楽を教える以外にも、ピアノ教室の講師などを務めていたらしい。

従って、相当に無理をしていて、心身共に疲労がたまっていたのは間違いない。神経質だった母は、熟睡して疲労を回復するためには自分一人の部屋を確保する必要があったのだろう。

だが、まだ幼かった小絵には、兄と一部屋を共有することを勧める母の気持ちが分からず、不思議でならなかった。いや、実際はかなり苛ついていたと言ったほうが正確だろう。

そして、小絵が小学校五年生になったある夏の日、信じられない出来事が起こった。明け方、小絵は何か生暖かい息づかいのようなものを感じて、目を覚ました。次の瞬間、息が止まりそうになった。

ナメクジのようなのっぺりした顔がまるで添い寝をするように、異常な至近距離で小絵の顔の前に迫っていたのだ。切れ長の目と、それとは不均衡に見える、太く低い鼻。

小絵は全身を痙攣させながらも、その人物が誰であるか、即座に視認していた。夏の夜明けは早く、窓の外はすでに白み始めていた。

兄の洋介だった。いや、泥棒でも入らない限り、他に誰もその部屋に居るはずがないのだ。小絵は下半身に覚束《おぼつか》ない冷気のようなものを感じた。

視線を落とすと、パジャマのズボンがずり下げられ、臍《へそ》と白い下着が見えている。蒸し暑い夜で室内では扇風機が回っていたが、小絵は潔癖な性格で、そんなだらしない格好で眠ることなどあり得なかった。

「勉強で疲れたから、小絵と一緒に寝てたんだ」

洋介は幾分上ずった声で言った。微笑もうとしているように見えたが、その顔はむしろ硬直していた。小絵は言葉が出ないほどの衝撃を受けていた。

洋介は当時中三で、高校受験を控えて、受験勉強をしていたのは事実である。六畳の畳部屋には、小絵と洋介の勉強机が正反対の窓際に置かれていた。ただ、部屋には仕切りもなく、夜寝るときは、押し入れから夜具を引き出して、布団を敷くことになる。

小絵は、なるべく兄の布団から離れた位置に自分の布団を敷きたかったのだが、夜遅くまで勉強する洋介のほうが、当然、布団を敷く時間は遅くなるのだ。その結果、朝起きてみると、二人の布団の位置が思いの外、近いことがたびたび起こった。

もちろん、そもそも六畳という狭い空間では、その二つの布団の距離に関係なく、洋介が小絵に近づくことは容易だった。それ以前にも、小絵は着替えをしているところをじっと見つめる洋介の視線を感じることがしばしばあったため、着替えは母の部屋でするのがこの頃では習慣になっていた。だが、洋介がこれほど直接的な行動を取るとは予想していなかったのだ。

「嫌だ、お兄ちゃん。気持ち悪いよ」

小絵は咄嗟に跳ね起き、パジャマのズボンを引き上げた。洋介も立ち上がり、そののっぺりした童顔に得体の知れない笑みを浮かべている。小絵は思わず後ずさりし、突然踵《きびす》を返すと、襖一つで隔てられている母の部屋へ飛び込んだ。

翌日、小絵は必死で母に頼み込み、母の部屋へ移ることを承諾させた。勉強机も母の部屋へ移した。小絵の記憶では、母に対する洋介の家庭内暴力が始まったのは、まさにこの日からである。

小絵が部屋を移動することを認めた母を、洋介はその日、小絵の目の前で殴ったり、蹴飛ばしたりした。ただ、小絵に対して、直接暴力を振るうことはなかった。

しかし、それ以降も、洋介にとって気に入らぬ行動を小絵が取る度に、まるで懲罰の代替物のように、小絵の目の前で母に苛烈な暴力を加え始めたのだ。ときに、母の唇が切れたり、大量の鼻血を出したりすることさえあったが、母は大声を上げることもなく、じっと耐えているように見えた。

洋介は小絵に関連する事柄以外で、母に暴力を振るうことはなかった。小絵は子供心にも、それだけ自分は兄にとって重要な存在であるのだと改めて認識した。

そして、そういう思いによって、兄に対する生理的嫌悪がますます増幅されていくのを実感した。今後、小絵の人生を破滅させかねない悪魔。それが洋介の正体だとしか思えなかったのだ。

洋介はこの頃からすでに画家志望であることを、公言していた。高校は偏差値的には中堅の市立高校に進んだが、一般の学業に対する関心は、高校ではほとんど失っているように見えた。ただ、地頭はけっして悪くない洋介の成績が目立って悪くなることもなかった。

高校時代、洋介は毎日のように、絵のデッサンをしていた。ほとんどが人物画で、それも描かれているのは、小学校高学年から中学生くらいの少女ばかりだ。

画題はどの絵も「少女」であると、洋介自身が語っていた。この頃の小絵にとって最大の苦痛は、たびたび洋介から絵のモデルになるのを要求されることだった。

もちろん、拒否したかった。しかし、絶望的なことに、助けを求めた母は、洋介の暴力を恐れたのか、ここでも信じがたい言葉を口にしたのだ。

「お兄ちゃんは、絵の勉強をしているのだから、小絵も協力してあげて」

絵の勉強という言葉さえ、小絵には信じられなかった。小絵には兄の下心が透けて見えていた。それでも、けっして気の強くなかった小絵は、小学校を卒業するまでは、しぶしぶ兄の要求に従わざるを得なかったのだ。

「俺は少女にしか関心がないんだ。少女というのは、せいぜい中学生までだよ。それ以上になったらただの女だ。女は不潔さ」

洋介は小学生の小絵に向かって、平気でそんなことを言った。それを聞いたとき、小絵は中学校を飛ばして、一気に高校生になりたくなった。かろうじて「女」に分類される高校生になれば、兄の関心が薄らぐだろうと思ったからである。

洋介は東京の私立美大に進学した。東京に行けば小絵とは別れて暮らすことになるのは分かっていたはずだが、それでも東京で絵の勉強をしたいという気持ちは、それなりに強かったのだろう。

その年に、中学校三年生になっていた小絵は、兄が市営住宅から居なくなったことを心から喜んだ。母もどこかほっとしているように見えた。

経済的にも楽でなかったはずなのに、アルバイトで生活費を洋介自身が稼ぐことを条件に、けっして安くない私立美大の入学金と学費の支払いを母が認めたのも、母自身が兄とは一緒に暮らしたくないと思っていたからかも知れない。実際、小絵にとって、母と二人だけの市営住宅での生活は天国にいるような気分だった。

その分、夏休みや冬休みに洋介が帰ってくるときは、地獄だった。洋介は、美大に入って一年目の夏、帰省するとさっそく、小絵に絵のモデルになるように要求した。

それもヌード画を勉強しているから、全裸になれというのだ。小絵は泣いて、拒否した。さすがにこのときは、母も洋介を止めに掛かり、愚にも付かない妥協案を提案した。

小絵に紺のジーンズを穿かせ、丈の短めの白いTシャツを着せて、臍近辺の腹部が微妙に覗くような格好をさせたのである。確かに、それなら若い女性が夏などに普通にする格好で、一般的にはそれほど抵抗のあるものではなかっただろう。

しかし、小絵にとっては、それでさえ苦痛としか言いようがなかった。小絵はそもそも肌を露出した格好が嫌いだったし、それも兄のためにそんな姿を晒すことが殊更耐えられなかったのだ。ただ、小絵はこの妥協案まで拒否した場合、再び、洋介の暴力が母に及ぶことを危惧して、しぶしぶ応じたのである。また、洋介のほうも、それではヌード画とはほど遠い絵になるにも拘わらず、小絵をモデルとして使うこと自体が重要だったのか、結局、その妥協案を受け容れていた。

これが兄のために、小絵がモデルを演じた最後の絵となった。洋介は、その年の冬休みになって、油絵として完成させたその絵を持ち帰り、プレゼントと称して、小絵に差し出したのだ。

小絵はその場ではそれを受け取らざるを得なかった。しかし、後に小絵は洋介が東京にいる間に、その絵をずたずたに破り、ビニール袋に入れて、通学途中の橋の上から那珂川に投げ捨てたのである。

これをきっかけにして、兄に対する小絵のささやかな抵抗が始まった。おとなしくて内気だったものの、小絵は優秀だった父の血を引いているのか、成績もよく、物事を理路整然と説明できる能力を備えていた。

小絵は怯えながらも、ときに兄の要求にしっかりと反論した。洋介も、母に対する場合とは違い、小絵に直接的な暴力を振るうことは、依然としてなかった。苛ついて、大声で一言小絵を怒鳴りつけて、事態が収まるのが恒例になっていた。

それにしても、妹である小絵に対する洋介の執着は異常だった。洋介が、小絵を恋愛対象として見ているのは、明らかだった。

妹であるにも拘わらず、ではなく、妹であるからこそ洋介は小絵に異常に執着しているように思われるのだ。まるで、恋愛には、近親者という条件が不可欠であると信じているかのようだった。

そして、小絵に対する洋介の濁った視線は、間違いなく性的なものを含んでいた。そう考えるだけで、小絵は嘔吐が込み上げてくるような不快感に全身が晒される恐怖を覚えた。

小絵は兄との無用な衝突を避けるために、洋介の帰省中は、勉強は市の図書館を利用し、休み中もクラブ活動のバスケットボールに打ち込むようになっていた。その結果、物理的な意味で兄と顔を合わせる機会は、激減した。

高校生になると、小絵は兄とはほとんど口を利かなくなった。洋介のほうも、帰省して小絵と顔を合わせても、成長して、自分の手に負えなくなった妹にどう対処していいのか、当惑に近い表情を見せるようになっていた。

それは妹に対する兄の関心が、薄らぎ始める兆しとも考えられた。少なくとも、小絵は期待を込めて、そう思い込もうとした。

小絵は九州大学の文学部に合格した。古代史を勉強したかったのだ。その頃、洋介は福岡市内の中学校の美術教師になっていた。

画家志望と言っても、画家で生計を立てられる者など、美大卒業者でもほんの一握りに過ぎない。中・高時代には、自分の才能を信じて疑わない口振りだった洋介も、才能の限界を感じていたのか、思いの外あっさりと教師の道を選択していた。

それは小絵にとっても母にとっても、けっして悪いことではなかった。実際、洋介の母に対する暴力は、大学に入ってからは次第に収まり、やがてまったくなくなっていた。

そして、美術教師としての就職が決まったあと、洋介は東京のアパートを引き払い、警固にアパートの一室を借り、小絵と母から離れて暮らし始めたのだ。

このときの喜びを、小絵はどう表現していいのか分からないくらいだった。小躍りしたくなるような気分だったとさえ言っても、大げさではなかっただろう。

ただ一つだけ、危惧していることがあった。それは、洋介が教師として教える対象が中学生で、その中には当然女子生徒が含まれていることだった。

そして、過剰な危惧だと自分に言い聞かせつつも、小絵は、洋介が実家に戻らず自活し始めたのは、少女に対する理不尽で果てしない欲望を実現するための下準備ではないのかという不安に駆られていたのだ。

3

呉は、関根が勤める中学校の内偵捜査に着手していた。まずは、県警の若い刑事と一緒に、その中学校内で聞き込み捜査を行った結果、思わぬ重要情報が浮上していた。

「望月留美さん誘拐事件」の似顔絵が公開されてから、しばらくして、生徒たちの間で聞き捨てならない噂話がしきりに流れていたらしいのだ。「あの似顔絵、関根先生に似とるけん、誘拐犯は関根先生じゃなかと？」という言葉が、生徒の口から口へと伝えられていたという。

もちろん、ほとんどの生徒は冗談交じりにそんなことを口にしていたのだから、この話にどの程度の信憑性を求めるか判断は難しい。しかし、市倉小絵の告発とは出所《でどころ》が明らかに別だったので、似顔絵の男と関根が似ているという感覚自体は、かなり普通のものだったのだろう。

さらに、呉にとって気になっていたのは、この噂話以外にも、もともと関根には別のよくない噂があることだった。いや、その別の噂があったからこそ、関根が誘拐犯の似顔絵に似ているという噂が流れたとも言えるのだ。

「ここだけの話にしておいて欲しかとですが、彼には生徒の何人かを絵のモデルにするという口実で美術室に連れ込み、一部の女子生徒の体に触るという噂があるとですよ」

こう話したのは、関根と同じ中学校に勤める中年の体育教師だった。夕暮れ時に校門の外へ出てきたその教師に呉たちが声を掛けたのだが、周辺には帰宅する教員や生徒もかなりいたため、近くの喫茶店に誘って、話を聞いたのである。

　この教師は関根に対してあまりいい感情を持っていなかったようで、何度も「ここだけの話」と繰り返しながら、かなり積極的に関根の負の側面を語ったのだ。

「実際に生徒から訴えがあったとですか？」

　呉が訊くと、その教師は若干当惑の表情を浮かべ、首を横に振った。だが、すぐに饒舌に言葉を繋いだ。

「細《こま》かかことはよう分からんのですが、生徒が別の生徒に話すというのが基本で、教師に直接訴えてくる生徒はおらんかったですな。要するに、生徒間の噂話が何となく、教師にも伝わってきたということですたい。まあ、下手なことを言うと、内申に影響が出ると思い込んどる生徒もおるけんね」

「しかし、女子生徒だけでなく、男子生徒もモデルにしていたわけですよね」

　県警の若い刑事が質問した。その質問の意味は、明瞭だった。

「そうですたい。それで、我々教師の間では、二つの説が出とったとですよ。男子生徒にもそげなモデルを頼んだのは、いわゆるカムフラージュというやつで、本当の狙いは女子だけやったというのが、第一説です。第二説は、あの先生は昔風に言えば二刀流で、どっちにも興味があったということですたい。私の意見では、女子生徒に限って、かわいか娘《こ》ばっかしやったから、やっぱりカムフラージュ説が正しいように思いますな。一見、童顔で愛嬌のある顔をしている先生やから、生徒も油断してしまうところがあったみたいです。ただ、優しそうに見えるのに、授業中、突然意味不明な理由で怒り出すこともあったみたいで、一部の生徒からは変人扱いされとったとですよ」

饒舌な割には、実質的な情報量はそれほど多くはないように思えた。このあと、呉たちはいくつかの質問をしてみたが、その印象は変わらなかった。

関根が、一部の生徒たちの間で変人扱いされていたのは確かだろうが、そういう教師はどこの学校にもいるものなのだ。もちろん、だからと言って、即、犯罪者になるはずもない。

問題は、美術室における、猥褻《わいせつ》行為に繋がる可能性のある行動のほうだった。もっとも、体に触れるというのが、どの程度のことを言っているのか分からない以上、これも犯罪性があるかどうかは即断できなかった。

しかし、この体育教師を除けば、呉たちが声を掛けた他の教員は一律に口が堅く、有益な情報が得られることはほとんどなかった。一方、生徒たちに訊く場合は、格別な配慮が必要で、おそろしく遠回しな質問をせざるを得なかったため、訊かれたほうも意味が分からず、沈黙しか返ってこないことが多かったのだ。

「そうそう、これもけっこう生徒たちの間で話題になっとったことですが、例の誘拐事件が起こってから一週間ほど経った頃から、彼はいつの間にかトレードマークの太いつるの黒縁の眼鏡を外し、コンタクトに替えとったとですよ」

呉は、体育教師のこの発言を聞いたとき、小絵の顔を思い浮かべていた。この情報の一致が意味していることは明らかだった。関根が突然、眼鏡からコンタクトに替えたことは、誰に対しても一定の違和感を与えていたということだろう。

小絵の夫、良縁が電話で聞いたという「早く家に帰してください」という言葉についても、呉は一応、福岡県内で放送されていた、その時間帯のテレビ番組すべてを調べていた。だが、そもそもそんな台詞《せりふ》が出てきそうな番組はなかった。もっとも、これについては関根がビデオで映画などを観ていた可能性も排除できないため、確定的な結論を出すことは事実上不可能だった。

いずれにしても、情報は出そろった感じだった。筋は悪くなかった。容疑の濃淡で言えば、他の何人かの容疑者候補の中で、関根は一歩抜きん出ているように思われたのだ。呉は捜査会議で、関根に対して行動確認を掛けることを提案した。

事件発生から三週間程度が経過していたが、関根が依然として誘拐した留美をどこかに監禁している可能性を念頭に置いていたからである。呉には、留美を生きたまま救出することはけっして不可能ではないように思われた。

呉の提案は受け入れられ、翌日から、関根の行動は二十四時間、警察の監視下に置かれることになったのだ。その結果、捜査本部は活気づき、個々の捜査員もそれなりの緊張状態を強いられるようになっていた。

4

呉には、「望月留美さん誘拐事件」の最大の特徴は、「補導員」という言葉に込められた薄気味悪さであるように思われた。警察官を装って未成年者を略取誘拐する事件は、未遂事件も含めればそれなりの数がある。だが、補導員を名乗る事件は多くはなかった。

補導員というのはあいまいな呼称で、少年補導員というのがよく使われる名称だった。そのため、学校教員がその役割を引き受けていると思われがちだが、実際には学校教員が少年補導員になることはほとんどない。ただ、関根が疑われているのも、容姿の酷似や日頃の言動に加えて、そういう世間の誤解も一因としてあるのかも知れない。

少年補導員には、各都道府県警察が任命するものと、市町村長や教育長が任命するものの二種類がある。どちらの場合も、その位置づけはボランティア活動の従事者であり、給料ではなく報奨金と呼ばれる活動費を与えられるのが一般的だ。

青少年が集まりやすい繁華街などを集団で回り、声かけを行って青少年が非行に走るのを防ぐ活動をすることが多い。だが、そういう活動が行われるのは通常、日中から遅くても夜の十時くらいまでであり、問題のある子供を見つけても、その場で説諭して、家に帰るように促すだけで、個別の場所に呼び出すことはないという。

それにも拘わらず、留美を誘拐した犯人は、午前一時過ぎにＪＲ香椎駅近くの浜男本通りで、コンビニから帰る途中の留美たちに声を掛けているのだ。普通の大人の視点からすれば、中学生の夜間徘徊を問題にする以前に、この男の行動自体がひどく怪しげであったことは明らかだろう。

「お前らこんなところで何をしているんだ？　十六歳未満の人間が、午後十一時を過ぎて出歩くと犯罪になるぞ」

四人の女子中学生の横を、正面からすれ違って行ったはずの男が不意に小走りに戻って来て、こんな風に話しかけてきたのだ。黒縁の眼鏡を掛けていたが、小太りで童顔なのは何となく分かった。説教調で、事情通ぶった話しぶりだったが、博多弁のような言葉の訛りはなかった。

取り残された中学生三人から直接、話を聞いた刑事の話では、三人の話は幾分混乱していて、その内容に食い違いも見られたという。二人は男が「補導員」と名乗ったと言い、もう一人はそういう言葉は直接には使わなかったと言っているらしい。いずれにしても、男が中学生たちに補導員だと信じ込ませるような言動をして、留美を含めた四人が実際にそう思い込んだのは間違いないのだ。

男は素直に夜間徘徊を認めて謝れば、補導はしないという意味のことを言い、口頭注意に留めたという趣旨の調書を取るため、留美だけ代表として近くの派出所に来るように促していた。他の三人の中学生には、「お前らは家に帰れ」と指示した。

三人の中学生は、コンビニの角を国道四九五号線の方向に左折していく男と留美の背中を見送ったあと、呆然としたまま、逆方向に歩き出した。しかし、留美の家に着いたとたん、その家の鍵を持っているのは当然留美だけであり、留美が補導員に連れて行かれた以上、家の中に入ることができないことに今更のように気づいたのである。

留美の家は母子家庭で、母親は飲食店経営者だったため、平日の帰宅は午前二時を過ぎるのが普通だったが、その日は土曜日で、本来なら母親は在宅しているはずだった。ところが、運悪く、その日は夕方から店の常連客の誕生パーティーに出かけており、まだ帰宅していなかった。

留美たちは母親の留守を狙って、家に集まっていたわけではない。四人の中学生は非行歴もないごく普通の中学生で、その日のお泊まり会についても母親の許可をあらかじめ受けていた。

男に「お前らは家に戻れ」と言われたとき、留美から鍵を受け取るのを忘れたというより、鍵のことなど言い出せなかったというほうが正確だろう。男が言った「家」というのが、それぞれの家を指しているのか、それとも留美の家に戻っていいという意味なのか、はっきりしなかった。だが、男の態度があまりにも威圧的だったため、四人とも動揺しきっており、とてもそんなことを確認できる雰囲気ではなかった。

結局、三人が留美の自宅前で、青ざめた顔でそのあとのことを相談しているうちに、留美の母親が帰宅し、三人の話を聞いた三十分後に、母親が警察に通報している。

母親は一一〇番通報する前に、真夜中であるにも拘わらず、懇意にしている店の常連客に電話をして意見を求めたらしい。その客は個人商店の経営者であるだけでなく、たまたま地元の防犯委員も務めており、青少年補導の実態には詳しかった。そして、補導員がそんなに夜遅くに中学生に声を掛け、派出所に連れて行くことなどあり得ないと指摘し、即警察に通報するように勧めたのである。

所轄の福岡東署から報告を受けた福岡県警の初動対応は迅速で、留美の母親の通報を受けてから十分以内に緊急配備を敷いている。篠山君事件とは違い、最初から誘拐事件の可能性が高いと判断していたのだ。

　だが、留美と犯人の足取りは摑めず、警察の敷いた検問に引っかかることもなかった。時間帯が時間帯である上、香椎駅近辺は駅前と言っても、昼間でもけっして人通りの多い場所ではなかったので、目撃者を見つけることも、そう簡単ではないように思われた。

　それでも、その日の朝になって、多少の信憑性を感じさせる二件の情報が上がってきた。一つは、国道四九五号線の終点を過ぎたあたりの道を香椎駅方向に走行していたトラック運転手からの情報だった。

　反対方向に歩く小太りの男と中学生か小学生くらいの少女を目撃したというのだ。二人がそのまま進んで行けば、香椎駅から遠ざかり、昼間でも人の往来などほとんどない車道を歩き続けることになるため、その運転手は二人が徒歩であることを不思議に思ったという。

　時刻は午前一時半過ぎぐらいだったというから、時間的にもかなり信憑性の高い情報だった。当然、電車はすべて止まっている時間帯で、その近辺を流していたタクシー運転手からも二人らしい人間を乗せたという情報はなかった。

　従って、県警本部は、留美を連れ去った犯人は自分の車をどこか目立たないところに路上駐車させていた可能性もあると見て、駐車車両の目撃情報も重視していた。

　もう一つの情報は、同じ日の午前二時頃、西鉄香椎駅近くの路上を歩いていた男女が二人に似ていたという、若い会社員の男の通報だった。この会社員は博多の繁華街で同僚と飲んだあと、家の前でタクシーを降りたとき、この二人を目撃していた。街灯の明かりが二人の姿を比較的鮮明に映し出していたのだ。

　そんな夜中に父娘《おやこ》ほど歳が離れた男女が路上にいることが不思議だったため妙に印象に残った

と、その会社員は証言していた。場所的にも時間的にも、この証言もある程度の信憑性を備えているとは言えるだろう。

その会社員は、中学生らしい少女の服装を警察から訊かれて、うろ覚えと言いながらも、「白い長袖セーターに黒のミニスカート」と答えている。身長は一五五センチくらいで、靴はスニーカーだった記憶があるが、色までは覚えていないという。

この証言が、行方不明時の留美の服装にかなり近いことは確かだった。実際、留美は縄目《なわめ》模様の白い長袖セーターを着ており、この会社員の証言とほぼ一致している。ミニスカートを穿いていたのも間違いない。色は黒ではなく紺だったが、光の加減で紺が黒に見えるのはよくあることだ。さらに、留美の実際の身長は一五〇センチだったが、これもそれほど大きな誤差とは言えないだろう。

男については、少女のほうばかり見ていたので、服装はあまり覚えていないとその会社員は証言していた。ただ、体型的には小太りで、身長はあまり高くなかったというから、これも犯人像と大ざっぱには一致している。

有力な情報提供は、この二件くらいだった。時間が経過するとともに情報件数は大きく跳ね上がったものの、ほとんどが場所的にも時間的にも、あるいはその中身についても、無関係と思わざるを得ないものばかりになり始めていた。

5

関根に対する行動確認は、依然として二十四時間体制で継続していた。中学校に通勤する関根は、小絵や体育教師の証言通り、すでに眼鏡は掛けていなかった。たいてい、白いベレー帽を被っていたが、無帽のときもある。

行確班から上がってくる報告は、呉を失望させた。行確が始まってから一週間ほどが経過しても、怪しい行動はいっさいなく、ほとんど警固の自宅アパートと中学校の往復に終始しているというのだ。たまに天神や中洲の繁華街に出ることはあっても、ちょっとした買い物をする程度で、すぐに引き上げるらしい。

捜査本部の行動確認に気づいているわけでもなさそうだった。しかし、自分が疑われているのかも知れないという不安は持っているようで、その行動には強い警戒心が滲み出ているように見えた。

一方、捜査本部は県警の少年課に属している何名かの女性警察官を動員して、女子生徒に声を掛け、関根の様子をそれとなく聞き出していた。もちろん、関根に体を触られたことはあるかなどという直接的な質問はできるはずもない。

代わりに、関根に絵のモデルを頼まれたことがあるかを、若干、遠回しに訊いていた。その聞き込みから分かってきたのは、最近では関根は生徒に絵のモデルを頼むこともせず、ただ、淡々と授業をこなしているだけということだった。

訊かれた生徒のほうにもそれなりの警戒心が働くのか、関根の負の側面を語る生徒もほとんどいなかった。そして、こういう聞き込みはすぐに中止となった。

それが校内で噂になり始め、警察が教育現場である中学校で、その程度の根拠で個別の教師に関する聞き込み捜査を行うことが人権上の問題になりかねないと、県警の上層部は恐れたのである。

それに呼応するように、関根に対する行確もやがて中止となった。もともと、捜査本部内には、この段階で関根に行確を掛けることに対する反対論もあったのだ。

確かに、行確というのは、ほとんど犯人に近い重要参考人を逮捕する直前に、逃亡や自殺を防ぐために掛けるのが普通であって、関根レベルの疑いを持たれている人間が、行確の対象になることはかなり希だった。

そもそも呉が関根に対する行確を提案したのは、留美の救出を念頭に置いてのことだったが、関根が自由に学校へ通勤していることを考えると、留美が関根の自宅アパートに監禁されている可能性は低いように思われた。従って、捜査会議で一課長が行確の中止を指示したとき、呉も特に反対することはできなかったのだ。

この時点で、留美はもう生きてはいないという不吉な予兆が、すでに呉の胸を強く締め付けていた。自宅アパート以外に、関根が留美を監禁できる場所は、考えにくかった。もっとも、画家である関根がどこかにアトリエを持っていることもあり得たが、行確班からはそんな報告も上がってきていない。そんな状況を考えると、留美はすでに殺害され、どこかに遺棄された可能性が高まってくるように思われたのだ。

呉の頭には、博多湾に臨む広大な埠頭《ふとう》が浮かんでいた。

6

居酒屋というより、海の家という雰囲気の店だった。トタン屋根に覆われた吹き抜けの店内は、扇風機の風に加えて、海の臭いをたっぷりと吸い込んだ潮風が吹き込み、外気の熱風を霧散させているように見えた。

その日は土曜日だったが、呉の話では百メートルくらい東に行ったところに、人気の海水浴場があり、午後になると人出が多くなるので、呉の店も正午から店を開ける予定だという。私がこの店を訪ねたのは、午前十時過ぎだった。

下関市にある豊浦町《とようらちょう》の小串《こぐし》という場所である。数百メートル前方には、北東部で日本海に繋がる響灘《ひびきなだ》の壮大な波のうねりが見えている。

　私と呉は店内の大きなテーブルを挟んで対角線上に座っていた。私も呉も、白いマスクを着けたままだ。

　呉は飲食店の店主である以上、店としてのコロナ対策の象徴的意味も込めて、マスクを外すわけにはいかないのだろう。私もそれに合わせて、呉が出してくれたアイスコーヒーを飲むときだけ、マスクを外すようにしていた。

　呉はすでに六十八歳で、短髪のごま塩頭が目立ったが、初対面の私に対しても、平気で軽口を利くような陽気な男だった。私が手土産の「オールドパー18年」を差し出したとき、「こげん上等なウイスキーをいただいて、私の寿命も十年延びますたい」と言って、嬉しそうに笑った。私は棚橋から、呉の酒の好みはウイスキーであることを聞きだしていたのである。

「市倉小絵というのは、九大出のインテリやったけど、とても清楚ないい感じの女やったね。顔は二十七歳頃の森昌子に似とるとですよ」

　呉が笑いながらこう言ったのは、留美が誘拐されたときの詳細や未遂事件について、それに小絵が兄のことを告発してきたときの様子を呉から聞きだし、話が一段落したときだった。深刻な話が続いていたから、小休止で雑談を始めるような口調だった。私はぽかんとした表情をしていたに違いない。

　もちろん、歌手の森昌子は知っている。だが、「二十七歳頃の森昌子」という表現があまりにも特定的に過ぎた。そう言われてもそれがどんな顔だったかすぐには思い浮かばなかったのだ。

「森昌子はお嫌いですか？」

　呉がおどけたように訊いた。その金縁の細いつるの眼鏡を掛けた坊主頭の顔には妙に愛嬌があり、私が棚橋の話から想像していた呉のイメージからは、容姿的にもかなり違っていた。

「いや、そんなことはありません。好きですよ。私が学生の頃に流行っていた歌手ですから」

別に呉に媚びたわけではない。ざっくりと言えば、私は、森昌子の歌が好きだったし、容姿も私の好みの範疇に入った。それだけに「二十七歳頃の森昌子」という表現が、ひどく気になったのだ。

そんな私の心中を察したように、呉はテーブルの上に置いてあったスマホを取り上げ、素早く操作してから、私に差し出した。私が手に取ってしばらくすると、お馴染みの「せんせい」が流れ出した。

ディスプレイには、着物姿の森昌子が映っている。確かに、清楚でやや悲しげな細面の顔が、その旋律と共に、独特な哀愁と憐憫を誘っているように見えた。

私は合点が行った気分になった。この表情のまま、ジーンズにセーターという洋装にすれば、市倉小絵になるのかも知れないと思ったのだ。

「なるほど、こういう顔ですか。私もこういう顔は好きですよ」

言いながら、それがユーチューブの動画で、その映像が録画されたのが一九八六年九月二十四日であることをチェックしていた。この年から、森昌子の生年月日を引き算すれば、この動画が何歳のときのものなのか分かるのだろう。

「でも、私が市倉小絵に会《お》うたのは、今からもう三十一年前のことですけんね。そのとき、彼女は三十一歳でしたけん、今では六十二歳くらいやろ。もう婆さんですたい」

いささか品位に欠ける呉の言葉に苦笑しながら、私は手に持っていた呉の携帯を返した。呉が再び携帯を操作して、「せんせい」の旋律が消えた。

私は小絵のことだけでなく、響子のことも考えていた。響子は、現在、六十六歳のはずだから、二人はほぼ同年代と言っていいだろう。

「呉さんは、彼女が兄のことを告発してきたときに、一度会ったきりなんですか？」

「いや、実は二度、会っとるんよね。確か、関根に対する行確を捜査本部が正式に中止してから、数日後に彼女がもう一度私に会いに来たとですよ」

　そのときも、小絵は一人でやってきて、以前と同じ刑事課の会議室で話した。最初に来たときに比べて、表情は明るく、「お騒がせして申し訳ありませんでしたが、私たちの心配は杞憂であることが分かりました」と語ったという。

「彼女が直接兄に会って、問い質したというんよ。そしたら、関根は笑い転げ、そんな馬鹿なことするはずがないと答えたらしい。彼女の直感では、兄は本当のことを言っていると感じたらしかです」

「でも、留美さんの行方不明事件が起こってから、関根が眼鏡からコンタクトに替えたのは本当だったんですよね」

「ただ、それも関根は中学校内で犯人の似顔絵と自分の顔が似ているという噂が流れているのを知っとって、それが嫌で、眼鏡からコンタクトに替えたと言ったそうです。小絵もそういう心理に兄が陥ったのは、理解できると言っとったな。あの似顔絵の最大の特徴は、太いつるの黒縁の眼鏡やけん、それさえ外してしまえばまったく別人に見えるかも知れないと思ったとも。実際、眼鏡を外した兄の顔は、似顔絵にはまったく似とらんと感じたらしく、それで安心したところもあったみたいです」

「そうだとしても、小絵さんが最初に呉さんに会いに来たとき、兄とはあまり口を利かないと言っていたわけですよね。それに小学校のときに、兄から受けた心理的な虐待によって生じたトラウマについても、初対面の呉さんにさえ、かなり踏み込んだ言及をしたわけですよね。だとすれば、兄に対する彼女のトラウマは相当深刻なものだったと想像されるわけで、それなのに、急に兄とそんなに立ち入った話をするでしょうか？」

私はそう言うと一呼吸置き、じっと呉を見つめた。呉も大きくうなずき、体をやや前傾させた。

「そこですたい。私もそのときの彼女の話を鵜呑みにしたわけじゃなかとですよ。だいいち、兄に対する疑惑は消えたと言われても、客観的な状況はまったく変わっとらん。主観的な意味で、兄に対する彼女の疑いが消えたことを強調しているだけやけんね。彼が昔家族と一緒に住んどった市営住宅は、事件が起こった香椎にあったんやから、関根には十分、土地勘があったと考えてもよかでしょ」

私は、呉から知り得たこの新しい情報に多少とも衝撃を受けていた。関根が小絵や母と暮らしていた市営住宅が香椎にあったとしたら、それは関根の犯行を示唆する、けっして無視できない客観的な状況に思えたのだ。しかし、それでさえも、あくまでも状況証拠であることには、変わりがなかった。

こういう場合、アリバイが成立しているのが一番分かりやすいのだが、犯行時刻は午前一時過ぎで、多くの人々が家にいる時間帯だった。

小絵も、その日のその時刻にどこに居たかを兄に尋ねたが、自宅アパートですでに寝ていたというのが兄の答えだった。もしそれが本当だったとしても、独身者の場合、それを証明するのは、実質的に不可能だろう。

「それ以外にも、今、思い出してみると、気になることがあるとですよ。小絵は行方不明の留美さんの容姿について、何故かかなりしつこく質問しとりましたね。留美さんの顔写真は公開されとって、とても美人だとは言われとったんですが、具体的な特徴は新聞でもあまり書かれとらんかったとですよ。それで私としては、留美さんのある重要な容姿の特徴をしゃべったとです」

「重要な容姿の特徴？」

「ええ、実は留美さんの頸筋には、黒いほくろがあるとですよ。このことはマスコミでも報道されておらず、留美さんが発見されたときの本人確認の決め手にもなる事実でしたけん、我々もその事実を極秘事項として扱っていたわけですたい。ただ、それを私があえて彼女にしゃべったのは、そげん留美さんの具体的な容姿を知りたがるのは、彼女自身が関根の部屋かどこかで、あるいは関根が持っている写真か何かで、留美さんに似た人間を見たことがあるからじゃないかと、疑ごうたからですたい。いや、実際、それに近いことを彼女に直接訊いたような記憶が残っとるとですよ」

「それに対して、小絵さんは何と答えたのですか？」

「もちろん、否定しとったですよ。ただ、兄の少女の好みはよう知っとるから、留美さんの顔が兄の好みに合うかどうか知りたかっただけだと言っとりましたな。いずれにせよ、その段階でも彼女がそんなことを言っとったのは、やはり兄に対する疑いを完全には払拭できとらんかった証拠ですたい」

ここで呉はいったん言葉を切り、天井で回る大型扇風機を一瞬見上げた。それから、若干、トーンを落として、言葉を繋いだ。

「ただね、やはり関根に対する行確が解除されたことが心理的に捜査陣に与えた影響は大きかったですたい。その後、関根に対する再捜査の気運は盛り上がらず、自然に捜査線上から消えてしもうたとですよ」

呉は今になっても、関根の線がまったくなかったとは思っていないのかも知れない。少なくとも、その言い方には一定の未練が感じられた。

「その後、他に有力な容疑者は現れなかったんですか？」

「残念やけど、現れんかったね。今から思えば、やっぱり関根が一番有力な容疑者やなかとね？」

呉は自問するように言った。私は呉から視線を外し、数百メートル先の岩礁に打ち付ける響灘の白波を見つめた。

壁に掛かった柱時計が、そろそろ正午を告げようとしている。

7

計画は完璧だった。そして、すべてが計画通りに運んだ。予行演習までやったのだから、僕にしてみれば、この成功は当然の結末だった。

性的暴行を加えるのが目的ではなかった。もっとも、何のための誘拐だったのかと訊かれても、僕には正確な答えは思い浮かばない。強いて言えば、「少女」の保存だ。さなぎはさなぎのままでいるのがいい。蝶になって、飛び立ってはいけないのだ。

「派出所はどこにあるんですか？」

留美は車の中で、しきりに訊き続けた。すでに僕が補導員でないことに気づき始めているようだった。哀れな少女だ。僕に目を付けられたことを、運命の不運と諦めて欲しい。もちろん、君に罪があるわけではない。ただ、美しいということは、危険と同義語であることを、思い知るべきなのだ。

派出所？　そんなものが本当にあると思っているのか。こんな暗黒の夜の高速道路に、ぽつりと建っている派出所があるとすれば、シュールな風景だろう。その前を車やトラック、いや、霊柩車さえ通り過ぎていく。ついでに、その派出所の前を、玩具《おもちゃ》の兵隊が進軍していれば、なお素晴らしい。

僕は心の中でつぶやき、その無機質で不気味な風景を思い浮かべた。それから、隣の助手席に座る留美に微笑み掛けた。

留美の顔色が変わっている。僕が留美の問いに答えなかったことの意味が分からないほど、愚かな少女ではないだろう。

「あなたはいったい誰なんですか？」

留美の声が震えた。怯えた少女の声も、僕の好物だった。

「砂漠のスフィンクスだよ」

言いながら、僕は謎めいた微笑を浮かべていたに違いない。謎めいたスフィンクスの微笑。僕は、その定番の表現を好んだ。意味不明なことほど、美しいものはないのだ。すでに留美の顔は硬直していた。

白い木戸を開け、僕は留美を誘《いざな》う。ここが僕たちの終《つい》の住処《すみか》だ。戸口近くの柱のスイッチを押すと、鈍い光が室内の事物をぼんやりと照らした。目線を上に向け、天窓を通して見える夜の星空を見つめる。夜が明けて、その天窓から差し込んでくる夥しい光の帯の中で戯れる、留美の姿を僕は思い描いた。

計画通り、僕は留美をこの部屋に監禁した。逃亡させないために、白いショーツ一枚にして、スカートもセーターもはぎ取った。素晴らしい少女の体だった。色白で、胸は僅かに膨らみ、太股もそれなりに発達していた。しかし、明らかに未完成品だ。これが完成してしまえば、僕はたちどころに、興味を失うだろう。

僕はすすり泣く留美に向かって、優しく語りかけた。

「大丈夫、ここは地獄じゃないよ。君次第で天国にもなるんだ」

嘘を吐いたつもりはない。本当にそう信じていた。僕にとって、留美との幸福な生活が、これから始まるのだ。それにしても、次に留美の口から発せられた言葉は、僕を失望させた。

「早く家に帰してください」

美と才能は互いに相容れないのかも知れない。何という凡庸な言葉なのだろう。

だが、僕が留美に求めていたものは、芸術的才能ではなく、純正な少女性だけなのだ。問題ない。僕は心の中でつぶやいていた。

第四章　目撃者

1

その日、『流麗社』の第三会議室には、担当編集者の影山《かげやま》と私以外に、編集局長の飯沼《いいぬま》も集まっていた。第三会議室は、社内で重要な会議が開かれるときや、マスコミの取材などを受けるときに使用される部屋のようで、私自身、その部屋に入るのは初めてだった。壁際には、文学全集や美術全集、あるいは百科事典などが入った大きな本棚があり、中央には二十人ほどが着席可能と思われる、楕円形の木製テーブルとオリーブグリーンの椅子が置かれている。

ただ、その日、その椅子に座っていたのは、たったの三人で、私が壁を背にして真ん中の席を占め、私と対座する格好で、影山と飯沼が横並びに座っていた。広い部屋だったので、全体として異様にガランとした印象を免れない。私はこれまでの打ち合わせでは経験したことがないような、胸を締め付けられるような興奮と緊張を覚えていた。

そもそも、こういう個別の打ち合わせ会議に編集局長が出席するのは、極めて異例である。私はプロットを提出後、原稿を三百枚ほど書いていたが、完成にはまだかなり時間が掛かると判断していた。打ち合わせ会議は、最初のプロット作成の時点と本文が書き上がった時点で行われるのが普通だったから、この時期に行われること自体がかなり珍しかった。

まず私が、棚橋や呉との面会模様と私の作品との関連について話した。影山はすでに私からそのことを聞いていたから、これはある意味では飯沼のための説明と言えなくもなかった。

飯沼はプロットを読んだ上で、単行本部門の編集長や担当編集者の影山からいろいろと説明を受けているのだろうが、具体的な詳細は知らないことも多いはずだ。単行本部門の編集長はその日、出張中で、この会議には出席していなかった。

「前田《まえだ》さん、次の福岡訪問では、市倉良縁や小絵、それに関根にも会うつもりなんでしょ」

私の説明が一段落したところで、影山が訊いた。影山は冷静かつ合理的な性格で、その特徴は容姿にも表れていて、黒縁の眼鏡を掛けた整った顔立ちの、いかにもインテリ風の四十代の男だった。

私は棚橋や呉との面会については、出版社とは無関係に、私独自の調査としてやっているつもりだった。旅費などの費用ももらっていない。もちろん、今後誰に会う場合でも、そのスタンスを変える気はなかった。

ただ今回は、棚橋や呉のような警察関係者ではなく、市倉夫妻や関根にも会うのだから、それなりの覚悟が必要だし、出版社側に対する、ある程度予備的な説明はせざるを得ないと感じていた。

特に関根に関しては、「望月留美さん誘拐事件」の被疑者の可能性もある人物なので、私がどういう目的で関根に会うつもりなのか、きちんと出版社側に伝えておきたかったのだ。

「ええ、そのつもりです。私が呉さんに会った感触では、呉さん自身が関根に対する嫌疑を完全には捨て切れていないように感じたんです」

「それは留美さん事件のほうの嫌疑ですよね」

影山は確認するように言うと、私の目を覗き込んだ。彼が私に何を言わせたいのかすぐに分かった。

「そうですが、本音を言うと、篠山君事件との関連でも、私は関根に注目しているんです」

私は、まるで影山の要望に応じるように、語気を強めた。その言葉に、会議室全体が一層の緊張に包まれたように思われた。

「関根は留美さん事件だけでなく、篠山君事件にも関与している可能性があるということでしょうか？」

飯沼が若干顔を上げ、私の真意を測りかねたような表情で訊いた。編集局長という大きな権限を持つ要職にあるだけに、かえって普段から非常に腰の低い男だった。言葉遣いは丁寧で、極力、露骨な表現を避け、何事も遠回しに言う傾向があった。

「確かに、関根が篠山君事件に関して、響子と何らかの共犯関係にあるという、客観的な証拠があるわけではありません。しかし、篠山君事件が起こったとき、関根も響子と同じ警固に住んでいたことがどうしても気になるんです」

この私の発言を受けて、飯沼がもう一度口を開いた。

「ただ、そういうことを実際に文章に書くときは、よほど気を付けなければいけませんね。法律的には非常に微妙な部分だと思います。篠山君事件について、関根を疑うべき理由は、彼が警固に住んでいたという以外は、『お前ら、万引きなんかしてると、警固の小学生のように骨になっちゃうぞ』という誘拐未遂犯の言葉だけですからね。それも、関根が留美さん事件の犯人であって、その未遂事件も関根の犯行という前提が成り立っていなければならないのだから、けっしてハードルは低くはないでしょ」

飯沼にしてはかなり踏み込んだ、釘を刺すような発言だった。だが、彼の立場からすれば、当然の忠告とも言える。私が思っていた以上に、飯沼は事件のことを勉強しているという印象だった。

「仰ることは非常によく分かります。ですから、今回もう一度、私が福岡に行くのも、その点を確かめるためなんです。いきなり関根に会うのではなく、まず市倉夫妻に会おうと思っているのは、彼らが三十一年前に留美さん事件に関して、関根に対して抱いた疑惑がどの程度のものであったかを、確かめるためです。そして、その疑惑が今でも続いているのか、あるいはすでに解消しているのかも重要だと思います」

こういう私の言い方には、関根が留美さん事件の犯人であれば、篠山君事件に関与していてもおかしくないというニュアンスがあったのは、否定できない。いや、私自身、そう聞こえてもやむを得ないとさえ思って、発言していたのだ。

「しかし、前田さん、市倉夫妻はともかく、関根は前田さんに会うことに同意するでしょうか？　小絵が語る関根像からすると、脅すわけじゃありませんが、かなり扱いにくいタイプの人間と予想されますからね」

ここで再び、影山が冷静に指摘した。

「確かに、関根が私に会ってくれるかどうかは微妙でしょうが、まあ、今は当たって砕けろという心境ですね」

私の言葉に、影山は特に反論しなかった。結局、私が関根に会えない可能性も十分にあったので、影山はこの段階で関根に会うことの妥当性を議論しても、意味がないと思っているのだろう。代わって、飯沼がさらに念を押すように言った。

「一番重要なのは、関根の疑惑について、どの程度説得力のある形で、読者に伝えることができるかということですね。関根の疑惑をはっきりと書く場合、我々としては、訴訟になる最悪の事態に備えて、筋道の通った説明ができるようにしておかなくてはならないと思うんです。まあ、留美さん事件については、警察も彼を相当疑っていた節がありますので、ある程度踏み込んだ書き込みができる気がしています。しかし、篠山君事件についてはどうでしょうか？　今のところという限定を付ければ、彼と篠山君事件を結びつける確かな証拠はないと思うのですが」

やはり否定的な、警戒心の強い口調だった。飯沼の危惧はよく理解できた。関根も響子と同様、訴訟を起こすことが十分に考えられる関係者だった。出版社側として訴訟を望まないのは当然だが、仮に訴訟を起こされた場合でも、筋道の通った説明ができるように準備だけはしておきたいのだろう。

「仰る通り、今の段階では、少なくとも篠山君事件に関する関根の疑惑については、現実問題として書けないと思います」

私は正直に答えた。それを聞いて、今度は影山がやや慌てた表情を浮かべて、話し始めた。

「しかし、次の福岡行きで前田さんは、市倉夫妻、もしくは関根自身から、何か新しい情報を聞き出せないかと期待しているんでしょ。それが偶然、篠山君事件に繋がることもあるかも知れないじゃないですか」

影山としては、担当編集者として、あまりにも無難すぎる着地点を目指したくはないのだろう。編集局長の飯沼とは微妙にスタンスが違うのは、容易に想像できることだった。

「さらに言えば、留美さん事件について、これだけの疑惑がある以上、時期的にも場所的にもそう隔たってはいない篠山君事件についても、関根の関与を疑ってみるのは当然ではないでしょうか」

影山がダメを押すように付け加えた。飯沼は特に言葉を挟まなかった。影山の発言を飯沼がどう受け止めたのか判断するのは難しかった。

「ええ、私もそう思います。すべて状況証拠と言えば、状況証拠なのですが――」

私は言いながら、飯沼の表情を窺っていた。ただ、飯沼は何も言わず、ここでも発言したのは、影山のほうだった。

「でも、前田さん、あなたは裁判をしているのではなく、ノンフィクション・ノヴェルを書いているのですから、裁判ほどの厳密な立証を求められているわけではありませんよ。従って、どこまで読者を納得させられるかという一定の基準をクリアしていれば、それでいいと考えるべきじゃないでしょうか」

影山のあくまでも強気な口調に、私は思わず苦笑した。影山としては、飯沼に対して私の意向を代弁しているつもりなのは分かっていたが、その発言が私の意向を正確に反映しているとは言えなかった。

「読者を納得させることが重要なのは、分かります。ですが、私は小説家として少し違う視点も持っています」

「ほうっ——それはどんな視点でしょうか？」

ここで飯沼が、会話を引き取るように言った。私と影山が何かを言い争っていたわけではなかったが、緊張感の質が微妙に異なってきているのは、はっきりと感じていた。

「やっぱり、篠山君の骨のことなんです。どうして三藤響子があの骨を持ち続けていたのか、読者とは一線を画した立場に立って、私自身が知りたいんです。私は、彼女の心の中に入り込もうとしているのかも知れない。響子の単独犯だったにせよ、あるいは共犯がいたにせよ、私は響子と篠山君の間には、ある種の心理的接触があったと思っているんです」

「それは響子が可愛かった篠山君に対して、ある種の性的欲望を抱いていたという推測とも違うんですか？」

今度は、影山が訊いた。それはすでに、私が棚橋と話し合っていたテーマでもあった。

「そういう解釈もあり得ないわけじゃないでしょう。響子は気が強い反面、羞恥心も人一倍強かったと言いますから、犯行動機に彼女の性欲が絡んでいたとしたら、彼女がそんなことを警察に話したくなかったのは当然です。しかし、私はそれも違うと感じています。もう少し普通の意味での愛情に近いものを、響子が篠山君に対して抱いていた可能性を私は考えています。ただ、それ以上のことは、今の私には分かりません。だから、私が今、響子に会えるとしたら、一番訊きたいのは、その点なんです」

　私はいささか興奮気味に話していたに違いない。影山は、逆に冷めた表情で、黙り込んでしまった。もともと客観的な合理性を重んじる男だったから、推測の要素が多い抽象的な議論は好まない傾向があった。代わりに、飯沼が宥《なだ》めるような口調で話し出した。

「いや、仰ることは分かります。私も前田さんの基本的な立ち位置はよく理解できます。特に、前田さんはジャーナリストではなく、小説家なんですから、客観的な事実だけを書くというのではなく、響子の心理面に関心をお持ちになるのは当然でしょう」

　飯沼はここでいったん言葉を切り、私の反応を待つように僅かの間を置いた。しかし、私が無言だったため、さらに言葉を繋いだ。

「他人の心理面に立ち入るのは、それなりの危険を伴うものです。本人にそうじゃないと言われたら、反論のしようがありませんからね。かといって、客観的で中立的なことばかり書いていたら、作品としての深みはなくなるでしょう。だから、私や影山君は、少しでも前田さんの仕事がやりやすくなるように法律的にきわどい部分をサポートする役割も担うべきだと思うんです。現実的な話で誠に恐縮ですが、『完黙の女』というタイトルから言って、響子が主人公であることは間違いないわけで、その上、彼女の弁護を担当した有能な弁護士もいるわけですから、やはり私としては、その点の訴訟リスクも検討しておきたいんです」

　飯沼の言ったことには、私としてはまったく異論はなかった。一つ一つ慎重に検証する飯沼の姿勢は当然で、私はむしろ、そういう態度に好感と信頼を抱いていた。とはいえ、響子に関する限り、私の小説が刊行された場合の反応を推し量るのは、実際問題としてはきわめて困難だった。

響子の弁護士小柳春埜の言葉が、私の耳奥で鳴り響いている。

――でも、もしお書きになっていることに、彼女の人権が著しく侵害されている内容が含まれている場合は、その時点で私も何らかの法的措置を取らざる得なくなります。ですから、その点はそうならないように、よろしくお願いしますね。

だが、これは小柳の見解であって、響子がどう考えるかは、また別問題だった。私は冷静さを取り戻して、話し始めた。

「響子の場合は、その反応を推測するのは、かなり難しいですね。今、お話しした彼女の心の部分を除いて考えても、小説の内容と無罪判決を比較すれば、彼女も、あるいは彼女の弁護士も、当然不満を抱くでしょう。しかし、検察の起訴内容、あるいは無罪判決にも拘わらず、人々が漠然と抱いている推定有罪の感情と比べれば、小説は単純な有罪論に疑問を投げかける内容にはなると思います。その意味では、それほど強い不満を抱くこともなく、そのまま沈黙を続ける気もするんです。小柳弁護士が裁判を起こそうとしても、世間にもう二度と顔を晒したくないはずの響子が同意するかは、微妙ですよね」

「まあ、響子については、何とも言えないところがありますので、我々としては、先ほども申しあげましたように、筋道の立つ説明を準備した上で、いざというときの裁判に備えるというので、いいんじゃないでしょうか」

ここで再び、影山が発言した。合理的な影山は、私と飯沼の回りくどいやり取りにいささかうんざりしている雰囲気があった。

「そうね、響子の場合、どこにいるのかも、そもそも生きているのかさえ分からないわけだから、あれこれ推測してみても、あまり意味がないとも言えるからね」

飯沼も自分の問題提起を引っ込めるように、すぐに影山に同調した。飯沼らしいバランス感覚が表れていて、一応、問題点を口に出してはみるものの、それを強硬に主張して、現場の雰囲気を壊すことは絶対にしない男だった。

だいいち、作品がまだ完成していない段階で、こんな議論を延々と続けても、取り越し苦労だろう。とにかく、響子に対する私の判断は、未だに宙に浮いたままなのだ。

影山の胸ポケットの携帯が鳴っていた。影山は無言で立ち上がり、外に出て行った。

「前田さん、望月留美さんの生存の可能性はやはり低いのでしょうね」

影山のいない間を繋ぐように、飯沼が話しかけてきた。私のような一作家が、編集局長である飯沼と一対一で話すことなど、これまではめったになかった。

「そうですね。あまりにも長い時間が経ちすぎていますからね。呉さんも、事件が起こってから一年以内の段階で、やはり留美さんを生きたまま救出するのは難しいと感じていたようですよ。別に客観的根拠があるわけではなく、刑事の勘みたいなものだとは言っていましたが」

「やはり、そうですか。だとしたら、本当に可哀想です。お母さんの気持ちを考えたら、何ともたまりませんね」

飯沼の言葉を聞いているうちに、不意に小絵の顔が浮かんだ。もちろん、私はまだ小絵に会っていない。ただ、呉が私に説明した小絵の姿からその中学生時代を思い描き、それを無意識のうちに留美の姿に重ねていたのかも知れない。

続いて、まだ見ぬ響子の顔が浮かぶ。人を殺した人間が——彼女が実際に照幸を殺していたとしての話だが——一生をどんな気持ちで過ごすのか、やはり私はこだわっていた。一言で言えば、私はその暗黒の心の深淵を小説家として覗きたいのだ。

扉が開いて、影山が戻ってきた。その顔は若干落胆しているように見える。

「やっぱりダメみたいですよ」

影山は椅子に座ることなく、唐突に言った。

「どうしたの？」

飯沼が促すように訊いた。

「『週刊流麗』の野田《のだ》君からの連絡です。響子の所在は、依然として分からないそうです。この分だと、前田さんの小説が完成する前に彼女を見つけるのは、難しいかも知れませんね」

何とも皮肉な報告だった。影山の言葉を聞いて、私は逆に、自分の心の中を覗かれたような心境になっていた。

同時に、思わぬほど落胆している自分に驚いていた。私の網膜の奥に、現在も生きているはずの響子の姿が、影絵のシルエットのように揺曳し、謎めいた暗い微笑を湛えている。私はこの事件を調査しているうちに、どうしても響子に直接自分の疑問と推測をぶつけてみたいという欲望を抑えきれなくなっていたのだ。

2

沖浜町は福岡県福岡市博多区に属し、「中央ふ頭」と呼ばれる広大な埋め立て地を含む地域だった。その表向きの顔は、およそ一般の居住地区や商店街とはかけ離れている。旅客ターミナルやコンテナヤードなどの港湾施設の他に、マリンメッセ福岡や福岡国際会議場のようなコンベンションセンターが集積する一大公共施設の様相を呈しているのだ。

最初に博多湾に臨む広大な埠頭を目にすると、沖浜町という素朴な町名自体がこの地域の景観とは不釣り合いにさえ思われた。だが、福岡県庁からもそう遠いわけではなく、それなりに発達した商店街もところどころに散見される。

　私は地下鉄を利用して呉服町駅まで行き、そこからバスに乗って、中央ふ頭で降りた。さらに二十分ほど歩き、一番西寄りの防波堤近くにある水産加工会社「イチクラ水産」に到着した。呉服町からタクシーを利用したほうが早く、楽に到着できるのは分かっていたが、私としては、一応、中央ふ頭の中心部を見ておきたかったのだ。鉄道の最寄り駅は、地下鉄呉服町駅ということになっているが、そこから中央ふ頭までの距離と所要時間を考えると、とても最寄り駅と呼べるようなものではなかった。

　良縁には電話を掛け、訪問の趣旨をあらかじめ説明していた。このとき、私はある種の詐術を使った。およそ三十一年前、「望月留美さん誘拐事件」に関連して、関根が捜査本部の捜査対象になっていたことについて訊きたいと言うわけにはいかなかった。

　そんなことを言えば、いくら遠い過去のこととは言え、関根と姻戚関係にある良縁は十中八九、私との面会を断るだろう。

　だが、嘘を吐くのも嫌だったので、私は「篠山君事件」に基づいて小説を書いていることを告げた。そして、その関わりで「望月留美さん誘拐事件」のことを調べているとだけ説明した。

　何故良縁に会いたいのかという理由については、あえて言及を避けていた。相手の出方次第で、説明を工夫しようと考えていたのだ。

「私の妻の兄のことですか？」

　そのものずばりの質問に、私は逆に若干意表を衝かれた気分になった。電話で話していたため、表情の見えない相手の気持ちを推測するのは難しい。しかし、少なくとも私の電話に、ひどく腹を立てているという感じでもなかった。

「ええ、まあ、そうですが、最初は奥様にお訊きしようかとも思ったのですが」

「いや、それは困ります。妻は、兄のことでひどく傷ついていますので、彼女に訊くのはやめてください。その代わり、お答えできることであれば、私が答えますので」

この発言で、妻を庇おうとする良縁の必死さが素直に伝わってきた。私は好感を抱いた。電話での会話だけでも、良縁が誠実で、調和的な人格の持ち主のように感じられたのだ。

「ありがとうございます。ちょっと事実関係について確認したいことがあるものですから、ぜひお伺いして、お話を伺わせていただきたいのです。ご迷惑をお掛けするようなことは、けっしてしませんので」

良縁を過剰に刺激することを避けながら、私はこうして面会の約束を首尾よく取り付けていた。小絵にも一緒に会いたいと思っていたものの、妻を必死で庇おうとする良縁の反応を見て、そこは無理をせず、まずは良縁に会ってから小絵のことを考えようと判断していた。

実を言うと、関根のことは匿名ながら、事件当時、一部の週刊誌が報じており、関根の周辺にいた人々の間では、関根が留美の誘拐事件の容疑者の一人であることは公然の秘密になっていた。

姻戚関係にある良縁は、週刊誌の記者などから訪問や電話での問い合わせをこれまでにも何度か受けたことがあったのかも知れない。そう考えると、長い歳月が経過しているとは言え、私の電話に良縁が義兄のことだとピンと来たとしても、それほどおかしくはないだろう。

私は、良縁が経営する海沿いの水産加工会社事務所の応接室に通された。良縁と小絵が住んでいる自宅は、福岡市内の別の地域にあるらしく、そこには事務所と倉庫しかなかった。隣接する倉庫からは、到着した大型トラックが水産物の荷を下ろす騒音がひっきりなしに聞こえている。

グレーの作業服を着た良縁は、中肉中背で、きちんと七・三に分けられた髪の量は豊富だったが、年齢相応の白髪が混ざっていた。銀縁の眼鏡を掛けた顔は優しげで、六十代後半の人間の安定した円熟味を感じさせる人物だった。

「この水産加工会社は、市倉さんご自身が立ち上げたのでしょうか?」

私は微笑みながら訊いた。本題に入る前に、多少の雑談をして、良縁をリラックスさせる必要を感じていたのだ。

「いや、父親がやっていた会社を、引き継いだだけです。二代目ですから、経営のほうは、からきしダメで、税理士に怒られてばかりいますよ」

良縁は笑いながら答えた。抜け目なさとは無縁な屈託のない笑顔だった。私の不意の訪問にそれほど苛立っているようには見えない。やはり、こちらが誠実な態度で臨めば、ある程度、私の取材趣旨を理解してくれそうな人物に思えた。

「『いのちの木』というのは、どんな活動をする団体なのでしょうか?」

会社の話はあまり得意でもなさそうだったので、私はもう一つの仕事のほうに話題を振ってみた。

「子供の人権を守る団体です。私は大学時代から、子供の虐待やネグレクトの問題に取り組んでいます。日本でも、驚くほど多くの子供たちが親や保護者から、虐待を受けているんですよ。それから、やっぱり世界の貧困の問題も深刻ですね。それは確実に子供たちの命を奪っているんです。ですから、寄付を募り、国内やアフリカの一部地域に送金するような活動もしています」

この質問に対しては、良縁はいかにも生真面目な口調で、熱心に答えた。応接室の壁には、アフリカの貧困家庭の子供を救うことを呼びかけるポスターが貼られている。

「すると、海外の国々の人々と直接、連絡を取ることもあるのですか?」

「ええ、よくあります」

「では、英語がご堪能なんでしょうね」

「とんでもありません！　一応、九大の英文科を出ているのですが、私は文学作品を読むほうが好きで、実践的な英語はからきしダメなんです。本当に自己嫌悪を感じながら、ひどい英語で話していますよ。もっとも相手も、英語のネイティブではない人がほとんどですから、気楽な面もありますが」

私は良縁の謙虚な言葉を聞きながら、小絵も九州大学の出身であると呉が言っていたことを思い出していた。二人は、おそらく、大学の先輩と後輩の関係だったのだろう。だが、さすがに初対面なのに、そこまで立ち入った質問をするのは憚られた。

私と良縁の間に、短い沈黙が生じた。その間隙を衝くように、良縁が不意に本題に入ってきた。

「義兄《あに》のことで、何をお知りになりたいのでしょうか？」

私と良縁は、グリーンのソファーに対座し、マスクを着けたまま話していた。女性事務員が出してくれた、冷たい日本茶のグラスが、半透明のテーブルの上に置かれているが、二人とも手を付けていない。

良縁の表情は、やや緊張したものに変化している。即答するのは難しい質問だった。私はとりあえず迂遠な回答を選ぶしかなかった。

「一言で言うのは難しいのですが、正直に申しあげて、望月留美さん誘拐事件が発生したとき、関根さんが疑われて、匿名ながら週刊誌などでも報道されたことは存じ上げております。その関連で、留美さん事件の七年前に警固で発生した篠山君事件について調べていた私としては、どうしても確認しておきたいことがあるものですから」

「関根さんが、篠山君事件にも関与しているとお考えなんですか？」

良縁が、いかにも躊躇するような口調で訊いた。その目は不安げだった。

「いえ、そうではありません！　それは今の段階では、私の頭の中では、まったく白紙の状態です」

こう答えたものの私の発言が、多少なりとも関根を疑っているように聞こえたかも知れないことは自覚していた。私は、その印象をかき消そうとするかのように、早口で付け加えた。

「当時、篠山家の近くに住んでいた女性が逮捕され、この女性は後に裁判で無罪となっています。しかし、正直なところ、裁判上は無罪となったものの、この女性に対する疑惑はまだ濃厚に残っていて、警察などは彼女による単独犯であるという見解は崩していないようです」

このあと、私は例のコンビニにおける誘拐未遂事件について話し、その未遂犯が口にした「お前ら、万引きなんかしてると、警固の小学生のように骨になっちゃうぞ」という言葉のことを説明した。

「そうですか。そんな未遂事件があったんですか。知りませんでした」

良縁は、驚きの籠もった声で言った。福岡市在住とは言え、良縁がそれを知らないのは当然だった。

留美の事件はかなり大々的に報道されていたが、この未遂事件のほうは、私の知る限り、一部の地元紙が一度記事を書いているだけで、それ以外はほとんど報道されていない。私自身、棚橋から聞いて、初めてこの未遂事件のことを知ったのである。

「関根さんが篠山君事件について、これまであなたや奥様に何か話した記憶はないでしょうか？」

私の質問に、良縁は小さなため息を吐き、考え込むようにした。それから、抑揚のない小声で答えた。

「ちょっと、思い出せません」

「そうでしょうね。もう三十年以上、前のことですからね」

私は落胆の気持ちを多少とも隠しながら、あえて明るい声で言った。やはり、良縁が何かを覚えていることを期待していた。昔の事件だが、この数年のうちに関根が何か話している可能性もあると思っていたのだ。そのとき、良縁が出されていた日本茶を飲むように勧めたので、私はマスクを外し、グラスを口に運んだ。

良縁もそれに合わせるように、同じ動作で一口飲んだ。二人ともすぐにマスクを着け直したので、私たちが素顔で対座した時間は、ほんの数秒だった。だが、私は良縁の顔を前にどこかで見たような気がしていた。

「でも、先生が篠山君事件についても、関根さんに注目しているのは、その未遂犯の言葉だけでなく、篠山君事件が発生したとき、彼が問題の女性のアパートのすぐ近くに住んでいたという事実とも、関係があるのでしょうか？」

私は良縁の問いに、明らかに驚いていた。もちろん、当時、関根が警固に住んでいたことは知っていたが、関根が響子のアパートの近くに住んでいたとまでは考えていなかったのだ。

「と仰いますと、関根さんは、当時どこに住んでいたのですか？」

私は平静を装いながらも、気持ちの上では、身を乗り出すようにしていたに違いない。心臓の鼓動が若干速く、打ち始めていた。

「確か、ヒカリコーポ警固というアパートです」

強い衝撃が走った。できすぎだと、心の中でつぶやいていた。まさか、私が期待していたのとまったく同じ、そのものずばりの回答が良縁の口から発せられるとは思っていなかった。

同時に、もう一つの疑惑が、たちどころに湧き起こった。呉から関根が警固に住んでいたとは聞いていたが、関根が住んでいた場所がヒカリコーポ警固だとは呉は言わなかった。

関根をマークしていた呉が、そんなことを知らなかったはずはない。しかも、呉は篠山君事件においても、一時は捜査の中心にいた刑事で、三幸荘からいくらも離れていない位置にヒカリコーポ警固があり、公園でサッカーをしていて、照幸を目撃した小学生たちの証言も頭に入っていたに違いないのだ。呉がそのことを私に伝えなかったのは、どう考えても故意としか思えなかった。

問題はその理由だった。当時、留美の誘拐事件で関根をマークしていた呉の頭の中に、照幸の事件がなかったとは思えない。誘拐未遂犯の発した言葉だけでなく、これだけ近距離に二人が住んでいたとすれば、誰でも当然、二つの事件の関連を考えたことだろう。

おそらく、呉が電話で棚橋に相談してきたというのは、単に未遂犯の発した「警固の小学生のように骨になっちゃうぞ」という言葉に注目しただけではなく、留美の誘拐事件の有力な容疑者として浮上してきた関根が、ヒカリコーポ警固に住んでいたという事実のせいもあったのだろう。しかし、棚橋も、呉が相談してきたことを私に伝えながら、関根のことには言及しなかったのだ。

私の脳裏には、小雨の中、T字路に向かって直進し、そこをヒカリコーポ警固のほうへと左折していく、紺のレインコートを着た照幸の背中が浮かんでいる。

「関根さんは、間違いなく、篠山君事件が起こったときも、ヒカリコーポ警固に住んでいたのですね？」

「ええ、そうです。妻の話では、中学校の教師として就職するとまもなく、そのアパートで自活を始め、少なくとも十年以上、そこに住んでいたようですから」

私は、自分の内部で湧き起こっている興奮を良縁に気取られないようにするのに苦労していた。私は、この時点で確信していた。

呉は、当然、留美の誘拐事件と照幸の誘拐事件の関連を洗ったはずなのだ。その結果、二つの事件の関連を裏付けるものは、何も得られなかったのかも知れない。

しかし、そうであれば、呉がそのことを私に伝えても、少しもおかしくない気がした。だから、逆に、呉がそのことを私に隠した理由が知りたいのだ。

その理由は、留美の誘拐事件よりは篠山君事件のほうにあるように思われた。留美の事件の場合、犯人は不明で留美の生死も所在も分からないのだから、警察側に特定の見解があるわけではなかった。

だが、篠山君事件の場合、裁判では無罪になっているものの、警察側は未だに響子の単独犯説を堅持しており、退職したとは言え、捜査に加わった棚橋も呉も、その説の信奉者であることは間違いないだろう。警察のメンツと言ってしまえばそれまでだが、それはもっと根本的な、警察の捜査能力に対する信頼の問題でもあったはずだ。

従って、関根が住んでいた住居の名前を二人が言わなかったということは、その事実が警察の見解とは矛盾する解釈を生じさせる可能性を孕んでいたからではないのか。

「あの――これは少しお訊きしにくいことなのですが、警察筋の情報として、望月留美さんの誘拐事件について、あなたの奥様の小絵さんが警察に相談なさったと伺っているのですが、そういう相談は夫であるあなたご自身も小絵さんから受けていたのでしょうか？」

良縁の表情は、ますます混迷を深めたように思えた。これはまさに極秘情報で、私の調べたところ、どの週刊誌にも小絵が兄のことで警察に相談していたという記事は出ていなかった。

「そうですか。そのこともご存じなのですね」

良縁のうち沈んだ表情を見て、私は多少の罪の意識を感じないではいられなかった。小絵にとって、さぞかし優しい夫だと思われる良縁を、いたずらに苦しめるのは、私の本意ではない。

「ええ、その通りです。元々は、私が電話越しに聞いた若い女性の声のことを妻に伝えたのがいけなかったのです。私自身、伝えようかどうか迷ったのですが、さすがにそんな重要なことを伝えないわけにはいかないと思ってしまったのです」

　良縁がその電話越しの若い女性の声の具体的内容を改めて説明しなかったのは、私が使った「警察筋の情報」という言葉から、私がすでにその内容を知っていると考えていたからだろう。

「今考えても、やはり、その若い女性の声は、混線やテレビの音声ではなく、部屋の中にいた若い女性の声だったと思いますか？」

「いや、それは分かりません。もう長い時間が経っているため、あのときの記憶もかなり薄らいでいて、ますます分からなくなっているんです」

　それは当然だろうと私は思った。良縁にとって、義兄が犯人ではないかと疑われた三十一年前の事件は、確かに強く印象に残るものだっただろうが、さすがに長い歳月の経過は、その印象をあいまいなものに変えてしまったに違いない。

　それなのに、突然、私のような見も知らぬ人間がやって来て、過去の事件を蒸し返すばかりか、あらたな火種となりかねない事件にまで言及しているのだから、良縁にとっては、理不尽としか言いようのない状況なのだろう。良縁が冷静さを保っているように見えるのは、ある種の錯覚で、呆然とし過ぎた結果、極度の脱力状態に陥っているのではないかと思われたほどである。

「その後、小絵さんがもう一度捜査本部に行かれて、お兄さんに対する疑惑は解消されたと言われたそうですが、それもあなたと相談した上で？」

「その通りです」

「小絵さんが、関根さんに直接会われたそうですね」

　この瞬間、良縁の表情が一層曇ったように見えた。どうやら、誠実な分、嘘を吐けない性格のようだ。

「いや、必ずしもそうではないのですが」

良縁はいかにも苦しそうだった。嘘も吐けず、本当のことも言えずという心の葛藤が、露骨にその優しげな顔に浮かんでいた。

「あの——市倉さん、そこは何とか本当のことを教えていただけないでしょうか。私は小説家として、篠山君事件を再現しているだけで、留美さん事件は、あくまでも派生的な事件として、客観的な事実を扱うだけなんです。だから、あなたや奥様にご迷惑の掛かるような書き方は絶対にしませんので」

私が説得するように言うと、良縁は話し出した。その良縁の説明で、小絵が直接兄と話して、疑惑が解消されたというのは、やはり事実ではないことが判明した。

「妻の兄に対する疑惑は解消していたわけではけっしてないんです。しかし、私がそんなに根拠のないことで、実の兄のことを警察に密告するのは、倫理的にもよくないと言って、妻を説得したんです。最初に妻が警察に相談に行くと言ったとき、積極的に賛成したわけではなかったけど、止めもしなかったことを、その頃では、私はひどく後悔するようになっていました。実際、私が聞いた電話の声や、容姿の酷似以外は、客観的な証拠は何もなかったですからね。だから、警察への告発は取り下げたほうがいいと私は妻に主張したんです。妻も結局、私の主張を受け容れ、もう一度警察に出かけて、告発を取り下げました。そのとき、妻が兄と直接話したと警察で言ったのは、私と相談したときに、そう言ったほうが警察も信用するんじゃないかと話し合っていたからです。関根さんが犯人である可能性は非常に低いと私自身は判断していましたので、嘘も方便と思ってしまったんです」

良縁の目には、兄のことで悩み続ける小絵の様子は、ときにノイローゼ状態にさえ映っていたらしい。

「だから、妻とも相談して、妻が告発を取り下げたあと、私自身が関根さんのアパートを訪問してみたんです。そこで、私の心証として、関根さんの事件への関与はないということを妻に伝えることができれば、妻の心を少しでも和らげ、納得させることができると思ったのです」

「ヒカリコーポ警固を訪問されたのですね？」

「ええ、ちょうど妻の母親が手術をして、一ヶ月近く経った頃でしたから、その後の回復も順調だということを、妻からの伝言として関根さんに伝えるという口実を使ったんです」

「そのとき、関根さんの様子に変わったことはなかったのですか？」

「ええ、特にはありませんでした。ただ――」

ここで良縁は言葉を切り、再び、苦しそうな表情を浮かべた。私は良縁に先を促すことはせず、自発的に話し出すのを待った。

「少し気になることがあったんです。そのとき、私は部屋には上がらず、玄関の三和土に立って話していたのですが、廊下の靴箱が半開きになっていて、その中に白いスニーカーが入っているのが見えたんです。全体が見えたわけではないので、大きさははっきりとは分かりませんでした。ただ、小さめのもので、ヒールテープがピンク色でしたから、小学校高学年か、中学生の女子用のスニーカーのような気がしました」

私は、またしても強い衝撃を受けていた。行方不明当時の留美が履いていたのが、白のスニーカーであるのを知っていたからである。ただし、ヒールテープがピンク色だったかどうかまでは分からない。

「そのことを、警察には伝えたのですか？」

思わず訊いてしまった。良縁は力なく、首を横に振った。

「妻には伝えましたが、警察には私も妻も話しませんでした。やはり、義兄が犯人だと判明した場合、我々親族が世間から受けるバッシングのことを、私も小絵も考えたんだと思います。それに、私も留美さんが行方不明になったときに履いていたのは白いスニーカーだということは、そのあと新聞などの記事を調べて知ったのですが、その色の一致が決定的かと言うと、そうでもない気もしたんです。白いスニーカーなんて、誰が履いていてもおかしくない当たり前の色ですからね」

そう言い終わると、良縁は視線を上げ、遠くを見る目つきになった。私は、良縁の気持ちはよく理解できた。良縁にしてみれば、小絵を納得させるつもりで関根のアパートを訪問したのに、それが裏目に出て、白いスニーカーを目撃し、かえって疑惑を深める結果になってしまった面は否めないのだ。

しかし一方で、良縁の言う通り、白いスニーカーがその靴箱にあったということが、即、関根が留美の誘拐に関与していたことの直接的証拠になるとも言えなかった。確かに、ヒールテープがピンク色の白いスニーカーが絶対に女性用と言えるわけではないし、靴のサイズは大人でも千差万別で、びっくりするほど小さなサイズの靴を履いている大人もいるかも知れない。中学校の教師をしている関根が何かの事情で、生徒の靴を保管していた可能性もあるだろう。

そもそも、女性用の靴があること自体は不思議なことではない。それが関根が交際していた女性の靴ではないとは言い切れないのだ。とは言え、私が呉から聞いた話からは、若い女性と普通に交際する関根の姿を想像するのは難しかった。いずれにせよ、留美の事件への関根の関与について、性急な結論を出すつもりはなかった。

やはり、私にとって、大きな問題は篠山君事件のほうだった。関根が当時ヒカリコーポ警固に住んでいたという新たな事実が分かったことは決定的に思えた。その事実に、公園でサッカーをしていた小学生たちの証言を重ね合わせて考えると、照幸が向かっていた先は、三幸荘ではなく、ヒカリコーポ警固の関根の部屋だった気さえしてくるのだ。

先走るな、危険な妄想だと自分を戒めつつも、私はその思考から完全に解放されることはなかった。それでも、響子が照幸の殺害とはまったく無関係だとも考えにくかった。

私の脳裏で、不規則に揺らめいていた炎が、前方の道の細部を的確に照らす明るい光に収斂し始めている。その光の先に見えるものが、響子と関根の接点なのは分かっていた。

私はこの時点で、ともかくも関根に会ってみる必要があることを強く意識していた。そして、『流麗社』の会議室で私が一度抱いた、我ながら野蛮な思考を忸怩たる思いで再び受け容れていた。率直に言って、関根が留美の事件をやっているとすれば、照幸の事件をやっていてもまったくおかしくないように思われたのだ。

3

私は渋る良縁から、関根の現住所と電話番号を聞きだしていた。そして、仮に関根と面会できた場合でも、良縁から情報をもらったことは絶対に口にしないことを約束していた。

実際、棚橋や呉の筋から警察に働きかけ、現在の関根の情報を手に入れることは不可能ではなかったはずで、私が単にそうしなかっただけなのだ。だから、私が退職した警察官と接触したことを告げれば、関根は私が彼の現住所や電話番号を知っていることをそう不思議には思わないだろう。

良縁が教えてくれた関根の電話番号は、固定電話のもので、良縁は関根の携帯番号を知らなかった。それは小絵も同じで、この十年近く、良縁も小絵も関根とはほぼ音信不通状態にあるらしい。

固定電話は何度掛けても繋がらなかった。私は不安になった。良縁夫妻が現在では、関根と著しく疎遠であるとすれば、良縁が教えてくれた場所には、関根はもう住んでいないのかも知れないと思ったのである。

　だが、私は住所を頼りに、何とか福岡市郊外の一戸建て住宅にたどり着いた。玄関の表札には、間違いなく「関根洋介」とあった。周辺には、かなり大きな住宅もあり、閑静な住宅街と呼んでいいような地域だった。

　良縁の話では、関根は何度か転勤したものの、結局、六十歳の定年まで中学校勤務は続けていたらしい。それなりの退職金をもらい、年金もあるので、生活には困らないはずだという。

　時刻は午後三時過ぎだった。関根自身は、もうどこにも勤めていないらしいとは言え、普通の人は在宅している可能性が非常に低い時間帯である。良縁の水産加工会社を辞去してから、ＪＲ博多駅の地下レストラン街で昼食を摂ったあと、道に迷いながら関根の自宅に向かうと、必然的にそんな時間帯になってしまったのだ。

　私もそろそろ焦り始めていた。次週から大学の授業も始まり、それに伴って様々な雑務も起こってくるから、小説家としての取材活動ばかりに従事しているわけにはいかない。

　来週の初めには、再び東京に戻り、そのあとは取材活動をいったん、中止せざるを得ないと考えていた。だから、今日、この日に何とか具体的かつ明らかな成果が欲しかったのだ。

　玄関に繋がる石のアプローチに足を踏み入れた途端、未だにぐずぐずと居残る晩夏の陽射しが不意に弱まったように思えた。その現象はアプローチの左右に鬱蒼と茂る樹木によってもたらされたものだったが、私はその濃い陰影にどこか恐怖に近いものを感じていた。

　玄関の柱に取り付けられた黒色のインターホンを鳴らした。予想した通り、応答はない。私は何故か安堵した気持ちになった。

　関根との面会を望んでいながら、一方では、関根に会うことによって、事態が予測不能な、私の手には負えない過酷な展開になることを恐れていたのかも知れない。

もう一度、インターホンを鳴らした。木製の扉の中央にある小さな矩形《くけい》の窓ガラスは磨りガラスで、中は見えなかった。諦めて、踵を返そうとした瞬間、中からごそごそという音が聞こえた。明らかに、人が動く音だ。胸の鼓動が高鳴った。この時点ですら、関根に会う心の準備ができていなかった。

「誰？」

インターホンではなく、直接、扉越しに男の声が聞こえた。

「あの、関根洋介さんはご在宅でしょうか？」

「俺だけど——」

同じ男の声がもう一度聞こえ、やがて扉が開いた。ぎょっとした。一瞬、老婆が現れたような錯覚が生じたのだ。真っ白な前髪が額に掛かり、同じように白い後髪《うしろがみ》はかなり長く、肩の付近を覆っている。その髪を黒く染めさえすれば、一九七〇年代の若い学生風の髪型にも見えたかも知れない。

顔の皺が深く刻まれ、所々に大きな黒いシミが広がっていた。それにも拘わらず、顔は童顔だった。私は能面の蟬丸《せみまる》を思い出した。あの滑らかな能面の表面を年老いた老人の汚れた皮膚と置きかえれば、今、私が目前に見ている顔になり、得体の知れない気味の悪さが伝わるように思われたのだ。

4

事態は、予想外の展開を遂げていた。私は関根の家に上がり込み、関根と共に、私が持参した日本酒を飲み始めていた。そもそも、私が関根と最初に顔を合わせたとき、こんな風になると予想することすら困難だった。関根は、最初から大荒れだったのだ。

「あんたがどこの三流小説家か知らんけど、三十年以上も前の不愉快な事件を蒸し返すために、わざわざ東京から俺に会いに来たのか。あんたは、覗き屋か？　俺があんたのインタビューに答えると本気で思っているとしたら、あんたはキチガイさ」

覗き屋はともかく、「キチガイ」というのは明らかに差別用語だった。しかし、この程度はまだ序の口だった。このあと関根は、とてもここでは具体的には書けないような差別用語満載の罵詈雑言を私に浴びせかけ、玄関の前で押し問答が三十分近く続いた。いや、差別用語とは限らないにしても、初対面の私の人格を根本的に傷つけるような発言を繰り返したのだ。

「大学教授というのは、そんなに暇なのか。どうせ、ろくな研究もしてないいんだろ。副業で売れもしない小説を書いているあんたなんかに、片手間に教えてもらう学生は、本当にかわいそうだよ」

私はまず口頭で小説家を名乗り、望月留美さん事件のことで話を聞きたいと告げたあと、前田裕司《ゆうじ》と書かれた名刺を渡していた。私は二種類の名刺を持っていた。小説家として編集者などに渡す肩書きなしのものと、勤務先の大学名入りの肩書き付きのものだ。初対面の人間に取材するような場合は、肩書き付きのほうを渡していた。

小説家と言っても、自称を含めればピンキリであり、相手の信用を得るのが難しいこともある。ある程度社会的な信用のある大学教授の肩書きを最初から示したほうが、こういう取材はやりやすいことを、経験的に分かっていたのだ。

だが、このやり方は関根にはまったく通用しなかった。私がそんな名刺を渡したことにより、火に油を注ぐ結果になり、私の二つの職業の正当性は木っ端微塵に打ち砕かれた気分だった。

実際、私はほとんどサンドバッグ状態で、言葉のパンチを浴び続け、ノックアウト寸前に追い込まれていた。最初は、何とか関根を宥めようとはしてみたが、私が一言《ひとこと》言う度に、速射砲のような激しい言葉が途切れることなく跳ね返ってくる。

最後は、私も諦めて、関根の言葉の暴力に耐え続け、ただひたすらうなずくことを繰り返していた。しかし、皮肉なことに、この防御一辺倒の姿勢が、関根から予期せぬ譲歩を引き出したのである。

関根は不意に真顔になって、私をなじることをやめ、「でも、いいですよ。そんなに僕の話が聞きたいのなら、中に入ってください」と、神妙な口調で言ったのだ。その豹変ぶりは、私にとってはいかにも不気味だった。ただ、ここまで罵倒された末に与えられた機会であれば、それを断る選択肢などあるはずがなかった。

私たちは、床の間のある六畳程度の畳部屋で話していた。きちんと整理された部屋だったから、関根は見かけの風貌とは違って、意外に几帳面な性格なのかも知れない。言葉遣いも、最初とは打って変わって、かなり丁重なものになっていた。

「もともと、生徒の冗談が、その噂話のきっかけだったんです。あなたのような大学の先生は別でしょうが、生徒と直接接触する機会の多い小・中・高の教員なら誰でも分かることです。生徒というものは必ずそういうことを言うものなのですよ。そんなたわいもない馬鹿話を、一部の質《たち》のわるい教師が取り上げて、警察にリークしたため、話が大きくなってしまったんです」

大学の教師を除外する必要もなく、そういう風潮は私にも十分に理解できた。確かに生徒というのは、教師を笑いのネタにする機会を虎視眈々《こしたんたん》と狙っているものなのだろう。

「実際、僕は噂の恐ろしさを思い知りましたよ。関東大震災のときに発生した朝鮮人虐殺の話を実感として受け止めることができたんですよ。『朝鮮人が井戸に毒を入れた』という根拠のない噂が伝播《でんぱ》したように、『関根先生の顔は留美さん事件の犯人に似ている』という噂が流れ、やがてそれは『関根先生が留美さん事件の犯人だ』という途方もない嘘に変化していったんです。噂が、多くの人々の口に伝わることによって、最初のものとはまったく違う内容になることは、社会学の理論でもよく知られていることですよ」

　話が負の日本史から社会学の理論にまで及び始め、私はいささか当惑気味だった。私が求めているものは、そんな大上段に構えた議論ではない。しかし、この時点では、関根は私が持参した日本酒をまだ一口しか飲んでおらず、十分にしらふの状態だった。

　それに、関根の言葉にほとんど訛りがないことも、私は若干気になっていた。留美を連れ去った男には、言葉の訛りがなかったという中学生の証言を思い出したからである。

　もっとも、私の個人的体験では、福岡県に住む人々は、九州の他県の人々に比べて言葉に訛りが少ないと感じていたので、そのことがそれほど重要とも思えなかった。

「それでは因果関係が逆転している気がするのですが。警察が動いたのは、その噂話がきっかけだったわけではないようですよ。もちろん、警察はその後の捜査で、そういう噂話があることを知りはしたでしょうが」

　私は慎重に言葉を選びながら、やんわりと反論した。呉から聞いていた通り、警察が動いた決定的理由は、小絵の告発であるのは分かっていた。しかし、私の取材に協力してくれた良縁の立場を考えれば、そのことを直接関根に伝えるわけにはいかない。

　一方では、私にも思惑があった。私は「望月留美さん誘拐事件」で関根のことをある程度疑っていることを仄《ほの》めかす必要があった。実際、それは嘘ではなく、呉の話を聞く限り、疑惑が完全に払拭されたとは言い切れない面があると私自身は考えていたのだ。

　ただ、私にとって、取材の狙いはあくまでも篠山君事件のほうだった。だから、この疑惑を早く出し過ぎて、関根の警戒心を引き上げてしまうのは、得策ではない。私が留美の事件のことで話を聞きに来たと思い込ませておいて、不意を衝くような形で照幸の事件を持ち出し、関根の反応を見たかったのだ。

「どうせ密告でしょ。誰がそれをしたか、僕には分かっていますよ」

関根はいかにも皮肉な口調で言った。この発言で、関根が良縁夫妻のことを匂わせているのは、何となく想像できた。今、関根が彼らと不仲だとすれば、まさにそれが原因かも知れないのだ。

「そうなんですか。私自身は、いくつかの重要な密告があったことは警察筋の情報で知っていますが、情報源は知りません。警察関係者は、そういうことはけっして言いませんから」

この私の発言は真実ではなかった。もちろん、小絵の密告について私に教えたのは、小絵でも良縁でもなく呉なのだ。しかし、こう言わなければ、私に密告のことを教えたのは小絵自身か良縁だと関根が勘違いすることを恐れたのである。

「妹には会ったんですか？」

関根が唐突に訊いた。その問いには、密告者が誰であるか宣言したのと同じ効果があった。同時に私には、それでも小絵が密告者だと関根が直接的には言わなかったことのほうにこそ、意味があるように思われた。

「いえ、妹さんにもご主人にも会っていません」

「良縁君にも会っていない？」

関根の目がギラリと、疑惑の光を放ったように見えた。その目は、「良縁のことなど訊いていない」と語っている。私はすぐに失言に気づいた。

確かに、関根は小絵のことを訊いただけなのだ。その質問に対して、良縁のことまで加えて答えたのは、言わずもがな、だった。すでに良縁に会っていることを知られたくないという意識が、過剰に働いたのだろう。

「ええ、最初に、当事者であるあなたのお話をお伺いしたかったのです」

やはり、良縁と交わした約束の手前、こういう嘘を吐かざるを得なかった。良縁にも、私が訪ねてきたことは、関根には絶対に言わないようにと頼んでおいた。

しかし、関根の疑惑はそれ以上広がることはなかったようで、関根は冷静な表情に戻って、再び、話し出した。

「そうですか。でもね、仮に妹が密告者だとしても、そんなことはどうでもいいんです。僕の妹に対する愛情はそんなことでは左右されませんから。妹も、僕のことを心配するあまり、警察に相談しただけで、悪意があったわけではないのでしょう。ただ、小絵も冷静な判断力を失っていたのでしょうね。あなたも小説家なら、想像できるでしょ。あんな卑劣な犯罪を実行する際、変装もしないで普段と同じ格好でやると思いますか？　あの事件の犯人にとって、おそらく太いつるの黒縁の眼鏡というのが、最大の変装だったのでしょうね。しかし、それは僕にとって、普段の素《す》の姿なんだから」

関根はこのとき初めて説得力のあることを言った。それは、私も呉の話を聞いたあと、漠然と疑問に思っていたことだったのだ。その疑問が、関根の発言でくっきりとした輪郭を帯びたように思われた。

「それは確かにそうですね。私もあの似顔絵があなたに似ているかどうかはともかく、眼鏡に関しては、疑問に思っていたんです。あなたがあんなトレードマークのような眼鏡を掛けたまま、犯行に及ぶものかと——普通は、しないですよね」

言いながら、私は眼鏡を掛けていない関根の年老いた童顔を見つめていた。

「そうでしょ。そういうことを、どしどしと小説に書いてくださいよ」

関根はやはり私が留美の事件に基づいた小説を書こうとしていると思い込んでいるようだった。私が最初に留美の事件のことで話を聞きたいと関根に伝えていたのは、確かである。ただ、何しろ、出会い頭に頭《がしら》ごなしに怒鳴りつけられ、防戦一方の状態に追い込まれたため、その内容を詳しく説明するチャンスさえもなかった。

いや、実際問題としては、そういうことをきちんと説明するのは避けたほうがいい。関根がそう思い込んでいることは、ある意味では私の思う壺だったからだ。私は、ただひたすら照幸の事件をいつ持ち出すか考え続けていた。


床の間の置き時計は午後七時過ぎを指しており、右手の窓ガラスから見える、緑の樹木に覆われた庭には、ひっそりとした薄闇が下りていた。関根と話し始めてから、すでに三時間以上が経過している。

「私やあなたの世代なら知っていると思うのですが、最高裁が、尊属殺の刑法の規定は憲法違反だと言って、初の違憲立法審査権を発動するきっかけとなった事件があったでしょ」

関根がこう話し出したとき、私は関根の呂律が多少怪しくなっているのを感じていた。それでも酩酊状態というわけではない。ただ、時間の経過と共に、酒量が増え、関根の話は脱線に脱線を重ねていた。今度はどんな話を始めるか、私が戦々恐々としていた矢先だった。

「栃木の実父殺しのことですか？」

「そうそう、さすがに小説家の先生だ。よくご存じですね」

関根は私の即答にすっかり上機嫌になっていた。この事件に関連して最高裁が尊属殺人罪に対して違憲立法審査権を発動したのは、私が大学生の頃で、新聞に大見出しが躍っていたのを記憶していた。関根も、私とあまり変わらない世代だから、当然、その頃の印象が強く残っているのだろう。

しかし、私自身はすでに、関根と話すことにうんざりしていた。関根の話には、日常会話という概念が根本的に欠落しており、聞き手の疲労感を増幅する話ばかりなのだ。

「僕はあの事件では、心から父親に同情しているんですよ」

これも、私にとって、唖然とする発言だった。やはり、関根は化け物だという思いが、じわりと体内から突き上げてくる。その童顔もよく見れば、子供のみが持つ、無垢の残酷さだけを凝縮的に体現しているようにさえ感じられるのだ。それでも、照幸の事件を持ち出す絶好のタイミングを見つけるためには、気長に関根と付き合うしかない。

「どうしてそう思われるのですか？」

「父親は、本源的なことをしただけのことだと思うんです。人間の愛情は、肉親関係が一番深いんです。その深い愛情に、肉体的な性行為が伴うのは、必然的なことでしょ。実相寺昭雄《じっそうじあきお》の『無常』にも描かれているじゃないですか。ウルトラマンの監督が、あんな映画を作るのも意外だけど、弟が姉とセックスしながら、『姉ちゃん、これが一番自然なんや』という台詞があるでしょ。それなのに、栃木の実父殺しでは、その一番自然な行為をした父親は、最大の愛情を込めて育てた娘に絞め殺されちゃったわけで、哀れを誘いますよ」

『無常』は、私も観たことがあった。関根があの芸術的かつ仏教哲学的な映画をどう解釈しているのか、その発言だけでは分からなかった。ただ、栃木の実父殺しに関しては、反論する気も起こらないほど、馬鹿げた意見だった。

そんな発言をする以上、関根は事件の詳細を知っているのかも知れない。しかし、この事件では、誰もが娘のほうに同情していたのは、明らかなのだ。

「栃木の実父殺し」というのは、十四歳のとき、父親に犯され、子供まで儲けて父親と夫婦同然の生活を強いられていた娘が、一九六八年に父親を殺害した事件だった。自分の境遇を恥じて外部との交渉をいっさい絶っていた娘が、文選工として印刷会社に勤め始め、二十九歳になって、そこで知り合った男性と初めて恋に落ち、結婚を決意する。

ところが、父親に反対され、激しい暴力を受けたために、思いあまって父親を股引《ももひき》の紐で絞殺したのである。一審は、被告人の刑を免除したが、検察側が控訴し、二審は三年六ヶ月の懲役刑の判決を下していた。

当時の尊属殺人罪には、死刑と無期懲役の刑しか存在しなかった。従って、酌量減軽などを最大限に活用したとしても、三年六ヶ月にしか減刑できず、執行猶予は三年以下の懲役刑にしか付けることができないため、この娘を収監せざるを得ない状況にあった。そこで、最高裁は違憲立法審査権を発動し、尊属殺の重罰規定に対して、戦後初の違憲判決を下したのである。

そして、普通殺人罪を適用した上で懲役二年六ヶ月とし、三年の執行猶予を付けることによって、実質的に被告の娘を救済したのだ。日頃は法律の条文に厳密に沿った杓子定規な裁定を下すことが多い最高裁にしては、血の通った人道的判決だった。

一審の起訴検事でさえも、被告人に同情の念を抱かざるを得なかったことを後に認めており、尊属殺の規定が存続している以上、その枠組みで起訴するしかなかったという趣旨の発言をしているのだ。

要するに、この事件に関しては、憲法に関わる法律問題を除けば、人間的な同情という共通の理解が裁判関係者の間には成立していて、それはほとんどの人々の支持を得られるものだったに違いないのだ。

しかし、関根の発言は、そういう文脈とはまったく外れた、どこか異様で、非倫理的なものに聞こえていた。私は情性欠如という言葉を思い浮かべた。

一般的には、この言葉は他人《ひと》の不幸に対する共感力や想像力の著しい欠如を意味するが、関根の場合、欠如というより、そういう共感力や想像力の方向性がいかにも、ちぐはぐな印象だった。

この事件で、父親に同情する人間は、あまりにも少数派だろう。

「僕は今でも小絵を愛しているんですよ。僕の瞼に浮かぶ、あの女になる前の小絵をね。そして、あの頃、小絵とどうして男女の仲にならなかったのか、後悔もしているんです」

関根は不意にそう言うと、その切れ長の目をつり上げるようにして、「ヘッ、ヘッ」という下卑た笑い声を立てた。私は雨の葉陰《はかげ》に隠れて鳴く、両生類を思い浮かべた。私は眉を顰めながら、その老婆のような長い白髪に、嫌悪の眼差しを向けていたに違いない。

「ところで、警固で起きた篠山君事件については、どうお考えですか？」

私は不意に話題を変えるように訊いた。もっと効果的に持ち出そうとしていた話題だったのに、小絵に対する関根の執拗なこだわりに煽られて、思わずこう訊いてしまったのだ。その意味では、私の計画は、この時点ですでに頓挫していた。

関根の目は、とろんとし始めていた。私が持参した日本酒の瓶には、三分の一程度の酒しか残っていない。関根が台所から、ガラスコップ二個を持ってきて、その一つを私に差しだし、私にも飲むように勧めていた。ただ、私は一杯目に少し口を付けた程度だったから、ほとんど関根が一人で飲んでいた。

「ああ、あの事件ね。実は、僕はあの事件で逮捕された女のことを知ってるんですよ」

言いながら、関根は酒の入ったコップを一気に傾けた。私はすかさず、注ぎ足した。こうなったら、関根が酔いに任せて決定的なことを話すのを期待するしかなかった。

「あなたは、事件が起きたとき、三幸荘のすぐ近くのアパートにお住まいになっていたそうですね」

私はさりげなく、言質《げんち》を取りにかかった。まず、関根が響子の家の近くに住んでいたことを認めさせることが重要だった。

「そうですよ。僕のアパートから見て、三幸荘は隣の通りにありましたからね」

そのあっさりした応答に、私は落胆を覚えた。この答え方の自然さは、関根が事件とは関係ないという印象を多少とも与えていた。しかし、このあと、不意に関根は分別ゴミの問題を巡って、近所の人たちから責め立てられていた響子を庇った話を持ち出したのだ。

「あの女は容貌には自信を持っていたみたいだけど、性格は世の中に揉まれ過ぎて、ひん曲がっていたね。それなのに、あのとき彼女を庇ったのは、近所のやつらが気にくわなかっただけなんです。ただ、妙に勘のいいところがある女で、度胸もあるって印象だったね——」

関根は冷笑的に言い放つと、その濁った視線を虚空に向けた。私はその関根の表情を見つめながら、そのあとの関根の言葉を心の中で補っていた。だから、利用する価値があったのだ、と。

5

一九八三年、十二月二十二日。

早朝から降り始めた雨のせいで、視界は悪く、ヒカリコーポ警固を含む、住宅街一帯には濃い靄《もや》が掛かり、周辺の風景は暗い陰影に満ちていた。

ゴミ集積場の近辺に、僅かな人だかりができている。不燃ゴミを運んできた関根は、傘と傘の隙間から、中年の主婦と若い女性がかなり険悪な雰囲気で、言い争う姿を目撃した。

「今日が燃えるゴミの日だと勘違いしただけですよ。普段は、きちんと分別して出しとります」

右手で派手な赤い傘を持つ若い女のほうが、強い口調で言い返していた。上背があり、顔立ちも整っている。関根はその女の顔を、これまでにも何度か近隣の路上で見たことがあった。

「でも、三藤さん、こういう不法投棄はこれが最初じゃなかとでしょ」

透明のビニール傘を差した中年の主婦が反論し、主婦の周りにいる何人かは大きくうなずいている。関根は、その女が三藤という苗字であることを、このとき、初めて知った。この様子からすると、女が孤立していて、他の人々から糾弾されているという雰囲気だった。

「不法投棄なんて、聞こえば悪かこと言わんといてください。ゴミの分別ミスなんて、どこでも起こることなのに、こげんしつこく追及するんは、うちがホステスしとるからですか？　それって、職業差別じゃなかとですか？」

「そげな大げさなこと！　職業差別とは関係なかです。わしらは、あんたが何度注意しても、同じことを繰り返すことを問題にしとるとですよ」

主婦の横に立つ、頭頂部が若干禿げ上がった高齢の男性が、諭すように言った。穏やかな口調で、女に比べて、理性的な対応に見えた。

「大げさはどっちですか？　不法投棄やなんて。これっぽっちのゴミなのに」

女はさらに興奮した口調で言い続けた。その足下には、三つのレジ袋に小分けにされた可燃ゴミが置かれている。確かに、たいした量ではないが、問題にされているのは、量ではなく、中身なのだ。

「この方、いつもはきちんとゴミの分別をしていらっしゃいますよ。今日は、たまたま曜日を間違えただけだから、それほど大げさに騒ぎ立てることでもないでしょ」

関根が不意に声を上げた。他の人々の視線が、一斉に関根のほうに向く。だが、そのあと、何とも言えぬ沈黙が浸潤した。

関根自身が変人として、近隣の人々から警戒され、色眼鏡で見られていることは自覚していた。関根の職業を知っている者もいたはずだが、中学校教師という職業と関根の風貌や言動のイメージが合わないと、囁かれているらしい。

その原因が、古い時代の教師を彷彿とさせる太いつるの黒縁眼鏡と白いベレー帽のせいなのか、関根にも分からなかった。当時の関根は、髪の毛は平均的長さで、特に目立つことはなかった。

雨が一気に勢いを増し、大粒の雨滴が地面を叩き始めた。まるでこの瞬間を狙いすましたかのようだった。

「じゃあ、そげなことにしときましょう。まあ、わしも今週のゴミ当番で責任があるけん、言うんやけど、今後ともゴミの分別はくれぐれも間違えないようにお願いしますよ」

高齢の男性は、皮肉に言い捨てて、足早に歩き始めた。関根と女を除く、他の人々もその激しい雨を避けるために、蜘蛛の子を散らすようにその場から立ち去った。中には、傘を持っていない人もいる。

「すみませんね。庇《かぼ》うてくれて、助かりました」

女が微妙な笑みを浮かべて、話しかけてきた。女の前髪が額に掛かり、女が差していた赤い傘の間隙を縫うように、激しい雨の滴が頬を濡らしている。

「別に庇ったわけじゃありません。本当のことを言っただけです」

関根も苦笑を浮かべながら、ぶっきらぼうに答えた。だが、女はその率直な答えにかえって好感を抱いたのか、関根のほうに一歩進み出て、自己紹介した。

「うち、三藤響子と申します。三幸荘に住んどります。よろしく。あなたも三幸荘のかたね？」

「いや、ヒカリコーポ警固に住んでいます。関根と言います」

関根の言葉に、響子は軽くうなずいた。互いに何度か路上ですれ違っていたはずだが、響子のほうは関根のことを覚えていないようだった。関根は覚えていたものの、関心はまったくなかった。関根にとっては、響子こそ、まさに典型的な成熟した女だったのだ。

それにも拘わらず、何故、こんな形で声を掛け、図らずも響子の味方をすることになったのか、関根自身にもよく分からなかった。ただ、近隣からの孤立という現象の中に、関根は響子との親和性を見いだしていたと言えなくもなかった。関根は、「類は友を呼ぶ」という、俗悪な格言を思い浮かべた。

「やっぱり、アパート暮らしの人間は、一軒家に住んどる人間から疎まれるとでしょうか？」

響子の言葉に、関根はもう一度苦笑した。それから、雨の轟音をもかき消すような大声で言い放った。

「そうでもないでしょ。やつら、暇なだけですよ」

関根は持っていたゴミ袋を廃棄場所に置いた。響子は、依然として持ってきた可燃ゴミをどうしようか迷っているように見えた。

そのとき、関根は響子の右手の小指が欠損していることに気づいた。この女は一体何者なのか。そう思いながら、関根は響子から視線を逸らし、黒い傘を掲げるようにして、後方の公園に視線を投げた。

豪雨に煙る無人の公園のブランコが、所在なく、揺れている。

6

「その後、関根さんは三藤さんと、親しく話すようになったのですね？」

さりげなさを装いながら、私は促すように訊いた。関根は皮肉な笑みを浮かべたように見えた。質問の本当の意図を理解しているようにも感じられる。しかし、関根の酩酊の程度は計りきれず、その心理状態をどう読むかの判断は難しかった。

「そうでもないね。まあ、道端で会うと、挨拶を交わし、ときどき短い話くらいすることはありましたけどね。それに、あの女、一介の学校教師が相手にできる女じゃありませんよ」

私は関根が響子の右手小指の欠損のことを仄めかしているように感じたが、あえて問い質すことは避けた。いずれにしても、どことなく警戒心を感じさせる答え方だった。完全には酔いきっていないと、私は判断していた。

　そのあと、沈黙が続いた。私は焦り始めた。とっておきの隠し球だったのに、このままでは何の成果もなく終わりそうに思えた。だがしばらくして、関根の口から、まったく予期せぬ言葉が飛び出した。

「実を言うとね、あの日、僕は彼女が篠山君を自分のアパートの部屋に連れ込むところを見ているんですよ」

「何ですって！」

　そう言ったきり、私は絶句した。一気に緊張感が高まっていた。にわかには信じられない話だった。

「小雨の降る、冬の日の午前中でしたよ。僕が朝刊を取るために、アパートの玄関の扉を開けたとき、ふと左斜め前方を見ると、彼女が部屋の前で、紺のレインコートを着た小学生くらいの男の子と話している姿が見えたんですよ。彼女も、私と同じように玄関の扉を半開きにして、その子としゃべっていたんです。もちろん、声なんかは聞こえませんでしたけど。と言うか、そういう光景を見たのは、ほんの数秒のことで、すぐにその男の子は響子に肩を抱かれるようにして、部屋の中に消えたんです」

　私は確かに、その話に動揺していたのだろう。頭の中が、十分には整理されていなかった。ただ、何か質問しなければならないと気ばかり焦らせていたのだ。

「当然、あなたはそのことを警察に通報したのですね」

「いや、しなかった」

　関根は、平然と答えた。

「どうしてなんです？」

私は身を乗り出すようにして訊いた。傍目からは、さぞ怒っているような口調に聞こえたことだろう。

「どうして、通報しなければならないんですか？　僕には、そんな義務はない」

関根は決めつけるように言い放つと、その濁った視線で、私の目の奥を覗き込むようにした。私は改めて納得した。やはり、この男には普通の倫理観が欠けているのだ。しかし、関根はすぐに表情を和らげて、言葉を繋いだ。

「いや、というより、関わり合いになるのが嫌だったんですよ。彼女とはそれほど親しいわけではないけど、知り合いと言えば知り合いだったし。下手な通報をして、共犯と見なされたりしたら、たまったものじゃありませんからね」

私が確かな手応えを感じたのは、この瞬間だった。共犯。この言葉が関根の口から飛び出したことが重要だった。

「それにね、警察は苦手なんですよ。私もすねに傷のある身で、可愛い小学生くらいの女の子を見ると、思わず小絵を思い出して、あとを尾《つ》けたりしていましたからね。でも、そんなこと、男の子なら誰でもやることでしょ。篠山君は男の子だから、その意味ではまったく興味はないけど、カムフラージュのために中学では男の子にも絵のモデルを頼んだりもしていたので、中には僕のことを、今で言うＬＧＢＴＱ領域の人間だと思っていたやつもいたでしょうね」

この言葉をどう受け止めるべきか。私の動揺は依然として収まっておらず、未だに次の質問が用意できていなかった。

「でもね、はっきり言っておきますが、僕は篠山君事件とは何の関係もありませんからね。裁判では無罪になったけど、彼女が犯人であるのは、間違いないですよ。何しろ、僕自身が、篠山君らしい男の子が彼女の部屋に迎え入れられるのを、この目で目撃しているんだから」

この辺りで関根の呂律は、ますます怪しくなっていた。しかし、それは私には演技とも感じられていた。

酔いを理由に、あとで自分の発言を撤回あるいは修正する準備をしているようにも見えるのだ。関根は、私の目には、単なる病的な人間というだけではなく、かなり狡猾な人間にも映っていた。それに、関根は見かけよりも遥かに鋭い人間なのかも知れない。私の訪問の狙いが篠山君事件であることには気づかれていないと思っていたのに、ここに来て、そうでもないような気がしてきたのだ。

あるいは、私が篠山君事件に関連して、関根を疑っていることに気づいたため、関根は咄嗟に、虚偽の目撃情報をでっち上げたのではないか。当時の関根と響子のアパートの位置関係を考えれば、その話に信憑性が生まれるのは、当然だろう。そのことを見越した上で、関根は私の疑惑を打ち消しに掛かったとも考えられる。

だとしたら、逆に、照幸が向かっていたのは、三幸荘ではなく、関根の住むヒカリコーポ警固だったという仮説は、私にとってますます真実みを帯びてくるように思われるのだ。ただ、この仮説に欠けているのは、関根の側から見た動機だった。

私は、関根とこうして長時間話した結果として、彼が男子児童に興味がないのは本当だと感じていた。だから、性的な目的で照幸を狙ったとは考えにくい。

と言って、関根が金銭的に困っていたという情報はないし、その性格から言っても、営利誘拐を企てるタイプには見えなかった。やはり、動機は響子との関係にあるとしか思えなかった。

私は土壇場に追い詰められた気分になりながらも、最後に大胆かつあからさまな質問を投げかけてみた。

「しかし、私の調査では、篠山君は三幸荘ではなく、ヒカリコーポ警固に向かった可能性のほうが高いんですけどね。そこに、たまたまあなたが住んでおられたというのは、単なる偶然でしょうか？」

私は奇妙に甲高い声で、挑発的に言い放った。関根は明らかにぎょっとした表情をして、上目遣いに私の顔を見上げた。

その顔は、完全にしらふだった。

7

私は帰京を一日延ばし、下関市内にある呉の自宅マンションを、翌日の午後一時過ぎに訪問していた。呉は渋い表情だった。私の再訪が嫌だったというより、私が持ち込んだ話題が嫌だったのだろう。

「確かに、先生にはそげな話はせんかったかも知れんが、何か特別な意図があったわけやなかとですよ。我々が調べて、関根が篠山君事件とは無関係なことははっきりしとったけん、言わんかっただけですたい」

私はリビングの応接セットで、呉と対座していた。呉の後ろの本棚の上には、五年前に癌で他界したという妻の遺影が飾られている。娘が二人いるらしいが、二人ともすでに嫁いでいて、呉はこの2ＬＤＫのマンションで現在は一人暮らしだという。

私は別に、詰問するような口調で、関根がヒカリコーポ警固に住んでいたことを呉が私に教えなかった理由の説明を求めたわけではない。私なりに気を遣い、ごく普通の口調で「関根は、当時、ヒカリコーポ警固に住んでいたんですね」と切り出しただけだった。それにしては、呉の反応は過剰だった。

「なるほど。ただ、私が棚橋さんから聞いた話では、響子は任意の事情聴取のとき、共犯者の存在を匂わせていたらしいですね。ですから、その二つのアパートの位置関係から言っても、警察が響子と関根の共犯関係を疑ってもおかしくないと思うんですよ。特に、関根は一時、留美さん事件の有力な容疑者だったのだから、そういう疑いを持つのは、むしろ自然だったんじゃないでしょうか」

「その通りです。やけん、我々も彼と響子の関係は、一応、洗ったとですよ。やけど、二人がときおり立ち話をしていたという程度の情報はあったものの、それ以上の情報は何も出てこんかったね。そうそう、念のため、彼が〈マドンナ〉の客だったことはないかまで調べましたが、そういう事実はなかった。それで、我々としては、二人の関係はときおり路上で立ち話する程度やったと判断したとですよ。近所に住んどるけん、立ち話くらいしても、それを以て、親密な関係だったとは言えんでしょ」

呉の説明からは、私が関根から直接聞いたゴミ集積場でのトラブルの一件が抜け落ちていた。私はあえてその話を持ち出さなかった。

私はその部分についての関根の話は本当だと感じていたが、そうだとしてもその話が関根と響子の親密な関係を決定的に裏づけるわけではない。それはせいぜい関根と響子の接点を証明する一つの傍証程度のものとしか、解釈されないだろう。

「それにね、関根は曲がりなりにも学校の先生ですよ。その男が、堅気《かたぎ》には見えない響子と親しくなるというのも、考えにくいですたい」

私は「堅気には見えない」という呉の言葉にはっとしていた。呉が響子の右手小指の欠損のことを仄めかしているのだろうと感じていたのだ。それは、響子に関する関根の発言とも符合している。その点を、私も客観的に確認しておきたかった。

「響子の右手小指が欠損しているというのは本当なのでしょうか?」

「ああ、そりゃあ、本当ですたい。人権問題になるとまずいけん、理由までは訊かんかったけど、私が事情聴取でこの目で確認しとりますから、間違いなか。それに十年後に、響子が逮捕されたとき、留置のために身体検査を受けとるとですが、そのとき、太股の刺青を硫酸で焼いた痕があることも確認されとるとですよ」

だから、響子は堅気ではないと、言いたげな口調だった。しかし、この呉の発言は、私にはやはり差別的に聞こえた。右手小指が欠損していたとしても、太股の刺青を硫酸で消した痕があるとしても、それぞれの人間にはそれぞれの人生があるのだから、それが堅気ではない証拠にはならないだろう。

ただ、そのときの私には、そんな反論をする時間も余裕もなく、ひたすら話が逸れるのを恐れていた。私は、強引に話題を元に戻した。

「しかし、呉さん、私にはどうしても公園でサッカーをしていた三人の小学生の証言が気になるんですよ。彼らは、篠山君がT字路を左折して、ヒカリコーポ警固のほうに向かったと証言しているわけです。そして、この証言以外には、篠山君を見たという信憑性の高い目撃証言がないことを考えると、彼が三幸荘ではなく、ヒカリコーポ警固に向かったというのが、自然な考え方だと思うんです。そのアパートに、後に留美さん事件の有力な容疑者になる関根が住んでいたというのは、単なる偶然と言って、片付けていいのでしょうか?」

「先生、そういう根拠のない想像でものを言うのは、やめたほうがよか!」

呉は気色ばんだ口調で、言い放った。初めて会ったときに印象的だった愛嬌のある笑顔は消え、気むずかしげな老人の鬱屈が、その表情には滲み出ていた。

「いいえ、必ずしも根拠がないわけではないんです。棚橋さんから聞いたのですが、響子が三幸荘を出て行ったあと、警察はルミノール反応の検査をしたけど、血液反応はなかったそうですね。裁判では、検察側はこのことを響子が自分の部屋で篠山君を絞殺などの出血を伴わない方法で殺害した証左と主張しているようですが、私にはこの主張はあまり説得力がありません。絞殺でも鼻血を出すことはあり得るでしょう。響子のアパートには、人を殺害したような痕跡はまったくなかったというじゃないですか。でしたら、むしろ、篠山君の殺害は、ヒカリコーポ警固の関根の部屋で行われたと考えるほうが、自然でしょう」

「関根自身が、篠山君を殺したと言うとですか？　先生、忘れちゃいかんですたい。電話は、女の声で掛かってきたとですよ」

呉は幾分、落ち着きを取り戻した声で言った。だが、この点についても、私は若干、懐疑的だった。

「でも、篠山君自身が、家族に女の人から電話が掛かってきたような説明をしたから、家族もそう思っただけで、篠山君以外には、誰も相手の電話の声を聞いていないんでしょう」

「そうじゃなかとですよ。篠山君のお母さんはほんの少しだけ相手の声を聞いとるんです。実は、当時、篠山家の電話は親子電話になっとって、篠山君が親機に先に出たけど、そのあと一瞬遅れて、母親も子機のほうを取ったらしいです。ただ、母親にはすぐに聞こえんくなった。これは母親の推測なんだけど、どうも篠山君が親機の『秘話』のボタンを押したらしいとです。やけん、母親も相手が何と言っとったのか、まったく分からなかったが、女の声であったことは間違いないと言うとるんです」

それは私にとって、新しい情報だった。この電話については、棚橋とも話していたが、棚橋はここまで詳細なことは言わなかった。おそらく、所轄の刑事として最初から篠山君事件の現場に入り込んでいた呉のほうが、県警の係長で、初動捜査段階ではそれほど深く関わっていなかった棚橋より、細部については詳しいのだろう。

それにしても、照幸が家族に電話の内容を聞かれるのを恐れて、「秘話」のボタンを押したとしたら、やはり照幸は、相手の用件を初めから知っていたことになる。あるいは、相手の女性の指示で、そのボタンを押したと考えるべきなのか。

「なるほど、初めて知りました。マスコミもそこまで詳細な報道はしていませんでしたね」

私はその件について、棚橋と話したことには言及しなかった。棚橋の情報が不正確であると非難しているように聞こえることを何となく避けたのかも知れない。

「あれほど大きな事件になると、マスコミの報道もいろいろですたい。詳細どころか、間違った報道も少なくなかですよ。篠山君の履いていた靴についても、大手の全国紙のすべてが『黒のゴム長靴』と書いとるんです。当日雨だったのが影響しとるのかね。しかし、小雨でゴム長靴を履いて出かけるような雨やなかった。さすがに、地元紙の『北九州タイムス』だけが、『青の運動靴』と正しく報道しとるとですたい」

これも私の知らない情報だった。私自身、全国紙の報道を読んでいたため、篠山君は「黒のゴム長靴」を履いて出かけたと思いこんでいたのだ。

「そうだったんですか」

私は驚いたように言った。しかし、私はここでも照幸が当時履いていた靴の話に、話題を移したくなかった。

「でも、靴の話はともかく、響子と関根の間には役割分担があって、響子は、電話を掛けるだけの役割だったとは考えられませんか？」

「何のために？　二人が一緒に篠山君を誘拐したという共犯関係を示す証拠も、まったくなかとですよ」

「それはそうです。だから、この仮説は、もちろん、もっとよく検証される必要があるでしょう。しかし、呉さん、実は昨日、私は関根さんに会ってきたんですよ」

「ほんなこつね？」

私にとってあまり聞き慣れないその博多弁は、呉の心理的驚きを如実に表しているように思われた。ただ、私としては、呉からも重要情報をもらっている以上、私の調査で分かったことは、すべて呉にも伝えるつもりだった。

退職警官である呉が未だに福岡県警とどの程度の繋がりがあるのかは、私には分からない。しかし、呉が私から得た情報を、捜査本部の刑事に伝えるとしても、それはやむを得ないことだと考えていた。「望月留美さん誘拐事件」については、相変わらず、継続捜査が行われているはずである。

留美の生死は分からない。だが、仮に殺人事件だとすれば、殺人事件の時効が十五年から二十五年に延長された二〇〇五年時点で、事件発生の一九九一年から十四年が経過しているが、十五年までは一年足りず、時効は成立していない。

また、時効自体が撤廃された二〇一〇年でも、事件発生から十九年で、二十五年が経過するまで六年足りず、ここでも時効は成立しない。その結果、留美を殺害しているとすれば、犯人は一生、司直の追及から逃れられないことになるのだ。

私は関根との面会の模様を、かなり丁寧に呉にしゃべった。呉も身を乗り出すようにして聞いていた。留美の事件の有力な容疑者であった関根に対して、呉が今でも大きな関心を寄せているのは確かに思われた。

「それに、関根は篠山君事件についても、驚くべきことを言ったんです」

呉は一瞬、ぎょっとしたような表情を浮かべ、体をさらに前傾させた。私は呉の緊張した顔を見据えたまま、さらに言葉を繋いだ。

「事件が起きた日、彼は自分のアパートの玄関から、響子が篠山君らしい男の子を自分の部屋に連れ込むのを見たと証言しているんです」

このとき、私は呉の表情がはっきりと変化したのを見逃さなかった。その顔から緊張が消え、どこか安堵したように見えたのだ。

「やったら、それはやっぱり、我々の見解が正しいことを示しとる目撃証言やなかとですか」

呉は勝ち誇ったように、奇妙なほど明るい声で言った。普通に考えれば、そうだろう。しかし、私は即答せず、首をかしげて見せた。あのとき、私と関根の間に成立していた異様な雰囲気を言葉で説明するのは難しかった。

「いや、私は必ずしもそうとは思っていません。関根さんは、ある時点で、私が留美さんの事件ではなく、篠山君の事件に関して、彼を疑っていることに気づいたと思うんです。そこで、先手を打つように、そういう嘘の発言をしたような気がするんです。関根さんは酔っているふりをしていましたが、それも計算ずくだった――」

「どうしても、篠山君は三幸荘ではなく、ヒカリコーポ警固に入ったと思いたかとですか？」

呉は遮るように言うと、再び表情を曇らせて、不機嫌に黙り込んだ。取り調べで、響子と直接対峙した経験を持つ呉にしてみれば、裁判上、有罪を免れた響子に対して、複雑な感情を持っているのは理解できる。

そういう負の感情は、響子が照幸を殺しているという前提なしには成立しない。その前提を維持するためには、照幸は間違いなく三幸荘に入っていなければならないのだ。

呉は、その前提が覆されることに我慢できないのだろう。しかし、私が知りたいのは、客観的事実であって、それ以上でも以下でもなかった。

私はもう少し丁寧に、私の考えていることを呉に説明しなければならないのかも知れない。そして同時に、呉がまだ私に話していない情報があるとしたら、それを是非とも聞きだしたかった。呉と私の関係が負の方向に振れているのは、自覚していた。呉とこれ以上、気まずい雰囲気になりたくはない。私は呉との関係を修正する言葉を必死で探し始めた。

8

何であんなことになったか、僕にも分からない。だが、いけないのは、僕ではなく留美のほうなのだ。僕は傷つきやすい。少しでも拒否されれば、そのダメージを二倍にも感じてしまうタイプの人間なのだ。

暗闇の中、僕は留美を愛撫していた。二日目の夜だったから、僕は彼女が少しでも僕に打ち解けてくれるのを期待していた。

僕はその夜、すべてをものにしようとしていたわけではない。ただ、留美が僕を愛するようになるきっかけを摑みたいと思っていただけなのだ。僕は公平で、相手の意に反することを無理矢理に押しつけるような人間ではけっしてない。

僕の唇が留美のそれと重なる。甘い香りがした。留美は拒否しなかった。僕は自信を深めた。いったん、唇を離した。

視線の先に、プラスチック製のパレットが転がっている。僕の仕事道具だ。

だが、仕事のことなど頭になかった。僕の手が、留美の未成熟な乳房に触れる。柔らかく、溶《と》けるような感触だ。小さな乳首もはっきりと見えている。高い小窓から差し込む、外の事業者管理灯の光が、若干、赤くなった留美の顔を照らし出す。その顔がますます羞恥に歪むのを、僕は楽しんだ。

「嫌です。家に帰してください」

分からない子だな。僕は心の中でつぶやいていた。家なんか、もうないんだよ。そのとき、啓示のように閃いた。家は、僕にもないのだ。考えてみれば、人間に家があること自体がおかしいのだ。僕らは、すべて、月の砂漠の住人さ。

意識が遠退《とおの》き始めた。幻想の黒いヴェールが、僕の胸奥を覆う。いつもの発作だ。僕という個体が消え、すべての物象が等質な距離を保って、闇空の星のように顕現《けんげん》するのだ。僕はその等質感に、妙な心の安定を覚えている。

少女の肌と接する、心地よいたゆたうような感覚。僕は海のクラゲ状態だ。このヴェールが消えた瞬間、僕は二日酔いのような頭痛と吐き気に襲われるだろう。だが、それまでは、僕は何物にも侵されることのない陶酔と愉悦の海に、不可視の肉体を浮かべることができるのだ。

強い衝撃が後頭部近辺を襲った。不意に現実に呼び戻された。ふらふらと立ち上がる。強烈な痛みを、頸筋と後頭部に感じている。こいつは、違うぞ。ヴェールが消えた瞬間、僕が現実に戻るときの、例の嫌な感覚とは違う。

足音が聞こえた。僕から何かが遠ざかっていく。白いショーツ一枚だけ穿いた留美が、戸口に向かって走るのが見えた。

ようやく、事態が飲み込めた。僕は、後頭部を何かで留美に殴られたのだ。油断していた。この中には、人を殴るのに適したものは、いくらでも落ちている。木材だろうが、金属片だろうが。それなのに、僕は留美の拘束を完全に解いていた。二人の信頼関係を重視したかったのだ。

僕は弾《はじ》かれたように走り始めた。留美の背中めがけて突進した。まるで怒りが、二人の距離を一気に圧縮したように、僕はあっという間に留美を、再び支配していた。僕は留美の正面に回り込んだ。

剝き出しになった、留美の白い頸筋の黒いほくろが、微弱なシーリングライトに照らされて、薄闇の中に浮かんでいる。きめの細かいきれいな肌だ。僕の生涯の宝物になるべきものだった。このチャンスを失ったら、僕は二度とこれと同じものを手に入れることはできないだろう。だが、裏切られたことに対する怒りが、そういう思いさえ、凌駕していた。

留美は僕の目を見ながら、許しを請うようにすすり泣いている。泣くんじゃないよ。泣きたいのはこっちのほうだ。

実際、僕も泣きながら、留美の頸筋に両手を掛けた。何をしようとしているか自覚していたが、制御のブレーキはすでに壊れていたのだ。

第五章　真相

1

　今年で八十歳になる滝沢絹江《たきざわきぬえ》は、その日、通勤途中で目撃した光景を長い年月が経過した現在でも、はっきりと記憶していた。

　一九八三年十二月五日時点において、絹江は福岡市内の私立小学校の教師を二十年務め、その年には四十一歳になっていた。自宅マンションから勤務先までは、徒歩二十分くらい掛かり、徒歩で通うには微妙な距離だが、混み合うバス通勤を避け、通常は徒歩で通勤していた。

　絹江はいつも通り、警固北交差点に差し掛かっていた。時刻は午前八時過ぎだったが、そんな通勤通学の時間帯でも、その交差点が特に混雑していることはあまりなかった。市の中心地に近い割に、通行車両の少ない交差点で、午後の二時や三時くらいには、凪のように路上に車が一台も見えないことさえある。

　だが、そのときは珍しく、交差点近辺には長い車列ができ、かなりひどい渋滞になっていた。確かに、平日のその時間帯であれば、通行車両は増えるが、それにしてもその渋滞ぶりは明らかにいつもとは違っていた。

　それもそのはずで、交差点の手前の薬局前に二台のパトカー、反対側の文房具店前にも警察車両と思われる黒色の車が一台停車していた。さらには、横断歩道の中央で、制服警官が信号とは別に、手信号と警笛による交通整理を行っていた。

　交通事故かも知れないと絹江は思った。しかし、目を凝らしてみても、どこにも事故車両とおぼしきものは見当たらない。ただ、文房具店前の黒色車両の陰に隠れるように小学生くらいの少女が立ち、その周りを何人かの男女が取り囲んでいるのが見えた。その中には、制服姿の女性警察官も混ざっている。

絹江はいったん、信号前で立ち止まり、制服警官の手信号に従って、反対側へ横断した。ここで反対側の道に渡ったほうが、絹江の勤務する小学校には早く到着するのだ。道を渡りきると、警察車両の陰に隠れるようにしていた少女と、その周辺にいる人々の様子が、絹江の視界には一層明瞭に入ってきた。

少女は制服の女性警察官の質問にうなずいて、何かを小声で答えている。薄ピンクのジャンパーを着ており、制服ではなく私服だったので、公立小学校に通う児童かも知れない。絹江の学校は私立で、制服が義務づけられているので、少なくとも絹江の小学校の児童ではない。

一瞬、見ただけだったが、顔の輪郭の整った、小学生にしては大人っぽい憂いと、清楚な恥じらいの雰囲気を持つ少女だった。おそらく、小学校高学年の児童だろう。

何人かの通行人が立ち止まり、近くの商店街の店主や従業員らしい人々も路上に出て、少女の方向に視線を投げていた。だが、絹江は立ち止まるわけにはいかなかった。

学校へは始業三十分前に到着するのが普通だったが、その日は出がけに知人から掛かってきた電話への応対が長引いて、家を出るのが遅れたのだ。急がなければ、朝の職員会議に遅刻しそうだった。

「誘拐未遂なんですか？」

「さあ、それはまだ分かりませんが――」

絹江の後方で会話が聞こえた。絹江が思わず振り返ると、文房具店の店主らしい男と制服警官が、店の前で立ち話をしているのが見えた。その会話がひどく気になったものの、絹江はすぐに視線を前方に戻し、足を早めた。

絹江が現場を離れて十メートルほど歩いたとき、前方を一人で歩く、制服姿の男子児童の黒いランドセルが見えた。その男子児童が着ているのは、絹江の小学校の制服だった。絹江はさらに小走りに駆けて、その児童を追い越すようにしながら、顔を覗き込んだ。

「あら、篠山君じゃないの。お早う」

絹江は篠山照幸のことはよく知っていた。照幸はそのとき、小学校四年生だったが、絹江は照幸が一年生と二年生の頃、照幸のクラス担任だったのだ。照幸が三年生になったときは、他のクラスの担任に移っていたが、二年間、照幸を教えていたのだから、照幸の顔をすぐに視認できたのは当然だった。

「お互い、遅刻しそうだね。急ごうね！」

絹江が笑いながら言うと、照幸は小さくうなずいて駆け始め、見る見る絹江の視界から遠ざかっていったのを覚えている。ややよそよそしい態度だったが、特に違和感もなかった。

担任として教えていた頃は、人懐っこい子供だったが、小学四年生くらいになると、それなりの自我が芽生えてきて、急に教師との距離を取り始める児童もいることは、長い教員生活で熟知していた。

絹江は、その日、授業を終えて自宅に戻るとすぐに、『北九州タイムス』の夕刊を開いた。そして、警固北交差点で発生した少女誘拐未遂事件の概要を、その日のうちに知ることができたのだ。

警固北交差点で誘拐未遂　小六少女、危うく難を逃れる

五日、午前八時五分ごろ、福岡市警固北交差点で、小学六年生の女子児童（十二歳）が、補導員を名乗る男に声を掛けられ、無理矢理に連れ去られそうになる事件が発生した。男は横断歩道を横断中の女子児童に「補導員だが、訊きたいことがある」と声を掛け、横断歩道を渡りきった先の路上に停車させていた乗用車に女子児童の手を引いて連れ込もうとした。不審に感じた女子児童が手を振り切って抵抗したため、男はそのまま乗用車に乗って逃走した。女子児童は、目の前の商店に飛び込んで助けを求め、従業員が一一〇番通報した。

現場は、地下鉄赤坂《あかさか》駅から徒歩八分の場所。「福岡市の中心地に近い割には、車の往来も、人通りも日中でもそれほど多いわけではない。時間帯によっては、都会の死角のような場所になる」と、近隣に住む人々は話している。

絹江が照幸の姿を目撃して、声を掛けたのは、おそらくこの事件が発生して数分後のことだったのだろう。それからしばらくの間、絹江の頭の中には、交差点で起こった事件のことが巡っていたため、照幸をそこで偶然見かけたことなど、ほとんど記憶の片隅に追いやられていた。しかし、それから約一ヶ月後、照幸の行方不明が報じられ、警察が小学校に聞き込みに来たとき、絹江は不意にこの出来事を思い出し、すでに遠くなった記憶を呼び覚ましながら、とりあえず、このことを刑事に伝えている。

ただ、絹江は照幸の通常の通学路が警固北交差点を含んでいないことには気づいていなかった。照幸にとって、そこを通るということは、大きな迂回ルートになり、時間的にも十分以上、余計に掛かることになるのだ。

2

私は九月上旬に東京に戻ってから、一ヶ月ほど東京に留まり続けた。良縁や関根、あるいは呉や棚橋に確認したいことはあった。だが、大学の授業が始まっている以上、それを優先せざるを得ず、私はじりじりしながらも、福岡にもう一度行きたいという気持ちを抑えるしかなかった。ただ、東京に留まった分、私の頭は整理され、少なくとも篠山君事件に関しては、ある程度筋道の立った仮説に近いものにたどり着いていた。私があの日、呉との関係を修正するために、言葉を尽くして、自分の考えを説明したのがよかったのだろう。

呉は私の言うことに納得したわけではないが、もともと人柄の良い男だったから、私の疑問に誠実に答えてくれた上、新しい情報も提供してくれたのだ。

そういう情報の中で、私にとって一番衝撃的だったのは、やはり一九八三年十二月に警固北交差点で発生した水元有里《みずもとゆり》という小学校六年生の女子児童に対する、誘拐未遂事件だった。呉自身は、この事件をそれほど重視しておらず、だからこそ、気楽に話してくれたことも確かである。ところが、私にとっては、この事件は決定的に重要な意味を持っているように思われたのだ。

後に発生する「望月留美さん誘拐事件」で犯人が補導員を騙るという手口が使われたことを考えると、この事件もそれなりに注目されてしかるべきだった。しかし、報道ベースでは、香椎駅前のコンビニで起こった誘拐未遂事件と同様、一部の新聞が一度取り上げただけで、それ以降はほとんどニュースになることはなかった。

留美の事件との関連で言えば、香椎と警固という場所の違いも大きかったが、時期的にも八年近く離れていたため、補導員という言葉の一致でさえも、ほとんど気づかれることがなかったのかも知れない。つまり、この事件は、場所的には近い照幸の事件との関連では、事件態様の相異から注目されず、留美の事件との関連では、補導員という重要な言葉の一致にも拘わらず、物理的な時間と距離の隔たりによって、やはり注目されることがなかったと言わざるを得ないだろう。

私にとって幸運だったのは、呉が後輩の現役刑事に電話して、未遂事件現場で照幸を目撃したと証言した女性教員の連絡先を聞いてくれたことだった。呉ははっきりとは言わなかったが、彼が問い合わせた相手は、現在でも「望月留美さん誘拐事件」の継続捜査に参加している刑事のようだった。その電話の模様を横で聞いていた私は、呉が捜査本部の現役刑事に私の取材のこともしゃべっているのは明らかだと感じていた。

私は東京に戻ってから、滝沢絹江に連絡して、電話インタビューを行った。絹江は、照幸のことを刑事に話した時点では、警固北交差点を通る経路が照幸の普段の通学路から外れていることに気づいてはいなかったという。しかし、そのあとしばらくしてから、照幸が二年生の頃、通学していた道を思い出し、どうしてそのような迂回ルートを取ったのか、不思議に思ったらしい。

「先生、照幸君は、その女の子のあとを毎日、尾けていたとは考えられませんか？」

私は思いきって訊いた。

「でも、交差点で篠山君を見たのは、そのときが最初で最後でしたからね」

絹江は落ち着いた口調で答えた。高齢だったが、そのしっかりした口調は確かな記憶力を保証しているように思えた。だが絹江は、その日は掛かってきた電話への応対が長引いたため、いつもより二十分近く遅れて家を出たと話していたのだ。

従って、普段はもっと早い時間帯にその交差点に差し掛かっており、仮に照幸がその迂回ルートをこれまでに何回か通っていたとしても、時間差で照幸を目撃しなかった可能性はあるだろう。

このあと、大学生の頃、教育心理学を勉強していたという絹江が、教師としての体験的知識も交えて私に話してくれたことは、私にとって大変参考になるものだった。

「確かに、男子児童の場合、三年生か、遅くても四年生くらいになると、異性に対する興味が湧き、意識し始めるようになるのは、発達心理学の視点で言えば、ごく普通のことですよ。ですから、それは尾行というような大げさなことではなく、少しだけ通学ルートを変えて、興味のある女の子の後ろを何となくついていったということじゃないかしら。私はその子の顔を交差点でちらっと見ただけでしたが、大人びた雰囲気のきれいな子でしたよ。ただ、異性への興味が芽生え始める時期というのは、児童もすごく過敏になっていますから、それを人から指摘されることを非常に恥ずかしがり、何かとんでもなく悪いことをしたと思い込んでしまうのは、特に男子児童の場合、よくあることなんです」

それだと、私は心の中で叫んでいた。照幸が響子の呼び出しに応じた理由が、はっきりと分かったように思えたのだ。例えば、響子が補導員、もしくは有里の小学校の教員を名乗って、照幸が有里を尾行していたことを指摘し、そのことで聞きたいことがあるから、親には内緒で家を出るように指示することはできただろう。

そして、その場合は、響子と照幸が顔見知りだったという前提には必ずしもこだわる必要はなくなるのだ。篠山家の電話番号は、当時、電話帳に記載されており、調べれば誰にでも分かったはずである。

問題は、照幸が通学時に有里のあとを尾けていたのが、何故、響子の知るところとなったかだった。だが、それは私には、ある程度想像が付くことに思えた。

関根がこの未遂事件の犯人だとしたら、いきなり犯行に及んだとは思えない。少なくとも何度かは尾行行為を繰り返し、有里の通学路を確認したことだろう。その過程で、同じように有里のあとを尾ける照幸の姿に、関根は気づいていたのではないか。

あるいは、実際に見られたかどうかはともかく、犯行時の姿を照幸に見られたと関根が感じたとしたら、関根がそれを確かめたくなるのは、当然だった。呉の話では、身長や服装等に関する目撃証言はあったものの、犯人の人相については、金縁の眼鏡を掛けていたことが分かっていたくらいで、決め手となるような情報はなかったというのだ。

肝心の車についても、黒色の中型車という雑駁な証言が二、三あったものの、車種までは分からず、警察が立て看板で情報提供を呼びかけたあとも、めぼしい情報が寄せられることはなかったらしい。

しかし、こういう情報の乏しさは犯人側からは知るよしもなく、誰かにその顔をはっきりと目撃された可能性に怯えるものなのだ。私は、有里の手を引いて車に連れ込もうとしている関根の目と、そこを通りかかった照幸の目が交錯する瞬間の光景を想像した。関根は、照幸の口から、自分の人相が警察に正確に伝えられるのを恐れたのかも知れない。

それとも、問題は車だったのか。車のナンバープレートを覗き込むように見つめる照幸の顔が浮かぶ。子供の場合、大人より数字等をよく覚えているのは、案外あることなのだ。

いずれにせよ、どういう情報が警察に寄せられているのか、疑心暗鬼になっていた関根が、いつも有里の後方を歩いていた少年のことが気になり始め、照幸のことを調べた可能性がないとは言えないだろう。そして、三幸荘近くの公園でいつも遊んでいた照幸のことを響子が知っていたとしたら、何かの機会に照幸の身元を関根に教えた可能性も排除できないのだ。

ただ、私は関根が口封じのために、照幸を誘拐して殺害した可能性は低いと考えていた。そういう考え方には、ある種の飛躍を感じていたのだ。

むしろ、関根としては、響子を通して照幸を自宅アパートに呼び出し、やはり響子と同じように補導員か有里の小学校の教員を名乗って、照幸がどの程度のことを目撃していたのか、訊き出そうとしていたのではないか。その上で、有里のことを尾行していたことで脅しをかけ、あの交差点で目撃したことを、誰にもしゃべらないと約束させるつもりだったような気がするのだ。

ただし、その途中で、何かハプニングが発生したため、のっぴきならない事態に立ち至った可能性はある。例えば、照幸が恐怖のあまり泣き出して暴れたため、関根が動揺して思わず絞殺してしまったとも考えられる。もしくは、関根の代わりに、響子自身が関根の部屋で照幸と話し、同じことが起こったという推測も不可能ではない。

あるいは、響子は深い事情を知らず、おそらくは金銭を受け取って、照幸を呼び出す役割を果たしたに過ぎないという考え方も排除できないように思われるのだ。だが、そうだとしても、どういう経緯で照幸の死体が響子の手に渡り、それを響子が何故婚家に運んでいたのかが解明されなければならない。

響子と関根が最初から共謀して、営利誘拐を企てていたとは私は考えていなかった。そう考えるには、その後の響子の行動は、あまりにもちぐはぐで、一貫性に欠けているのだ。

福岡地裁の判決は、多くの点について検察の主張を受け容れていたにも拘わらず、営利誘拐の可能性については否定的だった。それは主として、響子の経済的困窮度に関する推察として述べられていたが、と言って、誘拐の目的は何だったのか裁判所の判断を明確に示していたわけではない。ただ、ここで、関根という第三の人物を介在させて考えてみると、誘拐の目的がはっきりと見えてくるように思われるのだ。

最初、私は身代金の要求がなかったことを、棚橋や呉の見解通り、警察官が思いの外、早く響子の自宅アパートにやって来たため、勘のいい響子が危険を察知して、身代金の要求を諦めたのだろうと考えていた。しかし、そもそも営利誘拐の意図がなかったという前提に立てば、身代金の要求がないのは当たり前で、殊更説明が必要なことでもないのだ。

響子が長い間、照幸の死体を手放さなかった理由については、私は二つの仮説を視野に入れていた。第一の仮説は、「完黙の女」と呼ばれた響子が、案外、罪の意識に苦しんでいて、位牌を持ち歩くような気持ちで、照幸の骨を手元に置いていたという考え方である。

実際、これは棚橋から聞いたことだが、響子が男子児童用の勉強机を買い、その横に仏壇を作って、その骨の入った袋を前に置き、毎日経《きょう》の文言を口に出して拝んでいたという知人の証言も伝わっている。こういう言動も、単に照幸を殺害したことによって生じた罪の意識を表しているだけでなく、やはりそれ以上の、死者に対する愛情に近いものを感じさせるのだ。

第二の仮説は、響子が関根を脅す目的で、死体や骨を保管していたという考え方だ。ただ、この場合でも、響子が積極的に照幸の死体の処理を買って出たとは考えにくい。

私は、関根が照幸殺害後、その死体を段ボール箱に詰め、強引に響子のアパートに持ち込んだ可能性を考えていた。響子の留守中に宅配便を装って、その段ボール箱を扉の外に置いておき、響子が中に運び込まざるを得ない状況を作ることはできただろう。

響子が激怒したことは想像に難くないが、関根は言葉巧みに響子を宥め、同時に共犯者に仕立てあげていったことはあり得る。照幸を殺してしまったことを響子に認め、高額な報酬を提示して、一時的に照幸の死体を保管することを頼んだのかも知れない。そして、響子が事情を知らない〈マドンナ〉の客、早川孝夫に頼んで、その段ボール箱を実家と称して知人女性の家に運び込んだという事件の流れは、それほど不自然ではない。

最初の段階では、響子は手元にある照幸の死体を、関根が照幸を殺害した決定的証拠という意味で、関根から約束の金を確実に受け取るための脅しの材料と見なしていた。しかし、時間が経つにつれて、それはむしろ、響子が共犯であること、いや、主犯でさえあり得ることを示す厄介な物証に思われてきたのではないか。

関根は金を払う約束を口ではのらりくらりと繰り返しながら、同時に警察が響子を共犯と見なす可能性を仄めかし、響子がそのまま照幸の死体を保管するように誘導していた。

私の印象でも、関根は酔ったふりをしながらも、そういう巧みな言葉の誘導を得意とする男だった。ただ、犯罪の隠蔽という意味では、どう考えても死体をどこかに遺棄したほうが安全に決まっているのだ。だから、響子も途中で死体を遺棄することは考えただろう。

しかし、もしも死体が見つかってしまえば、脅しの材料を失うばかりか、響子への疑いがますます深まるとも考えられる。仮に響子が深い事情を知らずに、照幸を電話で呼び出す役割を果たしただけに過ぎないとしても、響子が死体の入った段ボール箱を一定の期間保管したあとでは、警察が響子の言うことをすぐに信じるとは思えない。

その死体がいつ骨と灰に変わったのかを特定するのは難しいが、花村家の隣に住む主婦の証言を考えると、響子が喜美夫と結婚したあと、火災死亡事件が発生するまでの間に、死体の焼却が行われたと考えるのが、常識的だろう。

棚橋と呉が任意で響子から事情を聴いたとき、「私がしゃべれば事件は解決します。でも、他に逮捕者が出るとですよ」と話したことは、棚橋から聞いているし、新聞などでも報道されている。マスコミのほとんどが、また棚橋自身も、それを響子のはったりと考えているようだったが、それは案外、本当だったのかも知れない。

私はこういう仮説の細部までが、かなり信憑性の高いものだと考えていたわけではない。もちろん、具体的な細部に関してはいくつかの別バージョンが考えられるだろう。

とはいえ大筋においては、こういう事件の流れだったと考えると、これまでは説明の付かなかったことが、一応の理解の枠に収まるように思えるのだ。

それでも、響子が逮捕され、起訴される状況にまで追い詰められても、関根のことをしゃべらなかったのは、なお不自然とみなす向きもあるだろう。だが、関根が約束の金をすでに支払っているとしたら、あるいは関根が必ず金を支払うと響子が確信していたとしたら、響子が黙秘を貫いたことはそう不自然ではないはずだ。

響子は、その状況では関根のことをしゃべったとしても、警察が信じない可能性のほうが高いと冷静に判断していて、名《な》を捨てて実《じつ》を取ったのかも知れない。いや、名が無罪判決だとすれば、結局無罪となったのだから、響子はその両方を得たとも言えるのだ。

実際、響子は一審で有罪になった場合は、二審で関根のことを持ち出すつもりだったのかも知れない。ところが、一審は響子が思った以上に有利に進み、無罪判決を得て、二審でもそのまま押し切れると判断したとも考えられる。

私は、響子が浜松での二回目の事情聴取のあと、しばらく事情聴取を拒否していて、その間、誰かに相談していた形跡があると棚橋が話していたことを思い出していた。そして、そのとき、響子が相談していた相手というのは関根だったのではないかという思いに駆られていた。

関根は、証拠が何もないのだから逃げ切れると必死になって響子を説得し、響子が関根の身代わりになる代償として、さらなる金の支払いを申し出ていた可能性もあるだろう。そう考えると、黙秘という消極的な作戦も、すっきりと腑に落ちてくるのだ。

加えて、第二の仮説におけるこうした事件の流れは、響子が照幸の死体や骨を、罪の意識やある種の愛情から手元に置き続けていたという第一の仮説と必ずしも矛盾するものではない。最初は脅しの材料と考えていたものが、やがて罪の意識を喚起し、それを捨てきれなくなることは、あり得なくはないだろう。

私はこの時点では、照幸を直接に殺害したのは関根の可能性のほうが高いという判断に傾きかかっていた。しかし、その場合でも響子は照幸の誘拐には荷担しており、響子があたかも自分自身が照幸を殺害したかのような罪の意識に苛まれていたとしても、おかしくはないだろうと考えていた。

3

十月に入って、私は思いきって、またもや福岡行きを決行した。私は十日の「スポーツの日」に東京を出て、十一日の夜に戻るつもりだった。十一日の火曜日は大学の授業がなく、翌日の水曜には午前中から授業が入っていたのだ。

限られた日程だったので、面会する相手は厳選する必要があった。私はまず良縁に会うことを決めた。そのあと、状況次第で関根に会うことも考えていた。

篠山君事件に関根が関与していたという私の仮説をより精緻に検証するためには、関根にもう一度直接会う前に良縁と話して、現在の関根の動向を確かめる必要があると感じていたのだ。関根と良縁夫妻が音信不通状態だとしても、私の最初の訪問後、良縁が関根と連絡を取った可能性もあり、その場合は、関根がどんな反応をしたのか知りたかった。

良縁は、私の二度目の訪問を拒むことはなかったが、面会場所はやはりイチクラ水産の事務所を指定していた。口にこそ出さなかったが、自宅で面会すると、私が小絵にも会うことになり、それを嫌ったとも考えられる。私が内心では小絵にも会いたいと思っていたのは事実だが、妻を苦しめたくないという良縁の気持ちを考えると、そういう要求は控えるべきだと判断していた。

「休日も、基本的にはこの事務所に来て、『いのちの木』の仕事をすることにしているんです」

良縁の言葉は、私には多少とも言い訳がましく響いた。私が小絵に会うことを嫌っていると思われたくないという意図を込めた発言にも聞こえたのだ。

午後五時過ぎ、私たちは前回と同じ応接室で話していたが、事務所内には従業員は一人もいない。隣の倉庫からもトラックが出入りする音はまったく聞こえず、深閑とした雰囲気だった。

良縁は、白いシャツに紺のカーディガンという、やはり休日にふさわしい服装だった。ただ、その顔はやや緊張していて、青白く見える。それは、電話で私がある程度、関根との面会模様を伝えていて、その内容に不安を覚えていたからだろう。

「その後、関根さんとは連絡をお取りになったのでしょうか？」

今回は、前置きもなく、ずばり本題から入った。私の質問に良縁は当惑の表情を浮かべた。

「いや、取っていません。というか、固定電話の番号しか知らないので、いくら電話しても相手が出てくれないんです」

良縁の言うことは、私もすでに同じ経験をしていたから、それなりの信憑性を感じた。私の訪問に不安になった良縁が、それまで音信不通になっていた関根と連絡を取ろうという気持ちになるかも知れないという私の予想は当たっていた。

ただ、私も前回関根に面会した日だけではなく、東京に戻ってからも何度か電話を掛けてみたが、やはり関根が電話に出ることは一度もなかった。

私は前回の訪問の別れ際に、関根に携帯番号の交換を申し出ていたが、拒否されていた。確かに、その直前に私が投げかけた言葉により、関根の態度は一変して、不穏で険悪な雰囲気に逆戻りしていた。結局、その最悪の雰囲気のまま、私は関根の家を辞去していたのだ。

「関根さんは、本当に篠山君が肩を抱かれるようにして、三藤響子の部屋に入っていったのを目撃したと言ったのですか？」

私が電話で話したことを、良縁は改めて念を押すように訊いた。

「ええ、確かにそう言いました。しかし、私はその話を信じてはいません」

私はそのときの状況をもう少し細かく説明した。基本的には、呉に言ったのと同じことを繰り返した。要するに、篠山君事件に関して、関根が少なくとも響子と共犯の関係にあることを隠蔽するために、虚偽の目撃情報をでっち上げたのではないかという疑惑について語ったのだ。

「そうですね。関根さんには、そういうところが昔からあったんです。あることないことを織り交ぜてしゃべるため、結局、何が本当か分からなくなってしまうんです」

良縁は、私の推測を否定することなく、深いため息を吐きながら言った。それから、ふと思い出したように付け加えた。

「そうそう、前回、あなたがいらしたとき、彼が篠山君事件について何か話したことはないかと訊かれたと思うのですが、そのときは忘れていたんですが、最近になってあることを思い出したんです。彼が、直接、篠山君事件について話したわけではないのですが——」

良縁は、躊躇と不安の表情で、一語一語を嚙みしめるように、ゆっくりと話し出した。

一九八四年の一月十日の夕方六時過ぎに、関根から電話が入り「人に送りたいものがあるので、大きな段ボール箱はないか」と訊かれたというのだ。良縁の仕事場に行けば、そんなものはいくらでもあったが、良縁はその電話を自宅で受けていた。

従って、明日の午後にでもイチクラ水産のほうに来れば、段ボール箱を渡すことができるという趣旨のことを良縁は答えていた。だが、関根は「そんなのめんどくさいな」と言って、電話を切ったらしい。

私には、この情報提供はやはり決定的に思えた。結局、関根は良縁から段ボール箱を受け取らなかったようだが、関根が段ボール箱を手に入れるのは、それほど難しくはなかっただろう。近くのコンビニやスーパーマーケットで分けてもらうことも、どこかの量販店で購入することも可能だったはずだ。

関根が良縁に電話したのは、親戚や知人から譲ってもらったほうが、足が付かないと考えたからかも知れない。しかし、良縁からもらうのは、時間的な制約から無理と判断したのだろう。

「すると、関根さんは、望月留美さん誘拐事件にも、篠山君事件にも関与していたことになるのですか？」

良縁の声は、若干震えていた。その顔は、ますます青ざめており、いかにも深刻に見える。

「断言はできませんが、少なくとも篠山君事件については、何らかの関与があったと私は考えています」

誠実に話してくれている良縁に嘘を吐く気持ちにはなれなかった。ただ、私の言ったことも微妙だった。篠山君事件については、すべての罪名について時効が成立しており、すでに無罪が確定している響子はもちろんのこと、関根が仮に共犯だったとしても、起訴することはできない。

関根にとって危険なのは、「望月留美さん誘拐事件」のほうだった。一九九一年に発生したこの事件に殺人罪が適用できるとすれば、二〇一〇年の時効撤廃時に時効は成立しておらず、今後も恒久的に殺人罪での訴追は可能だった。しかし、この事件に関しては、新しい事実が出てきているわけでもなく、関根の逮捕は今の段階ではやはり難しいのだ。

「ところで、市倉さんは、関根さんの件で私が訪ねてきたことを奥様にお話ししているのでしょうか？」

私は思いきって訊いた。やはり、小絵に会いたいという未練は捨てきれていなかった。

良縁は、無言のまま悲しげに首を横に振った。その表情を見て、私は次の言葉を呑み込まざるを得なかった。

4

足音は続いていた。イチクラ水産を出たとき、午後七時を過ぎ、かなり薄暗くなっていた。波打ち際の防波堤に沿ってアスファルトの道を歩き、バスの発着所まで向かうつもりだった。十メートルくらいの間隔で設置されていた街路灯はすでに点灯されており、私以外の通行人もちらほらと散見される。

波音と足音が微妙に交錯し、次第にその二つを区別するのが、難しくなりつつあった。振り向くな。私は、胸の鼓動の高まりを感じながら、何度も自分自身に言い聞かせていた。関根の顔を思い浮かべていた。

関根が、前回の私の訪問に不安を募らせなかったはずはない。その上、東京に戻ってからも、私は何度も彼の固定電話に電話を入れていたから、私の調査が現在進行形であるのは、関根も当然、理解していることだろう。

だが、後方を歩く人物が関根であるとは考えにくかった。彼は私が福岡に来ることは知らないはずである。かと言って尾行者が誰なのか見当がつかなかった。

バス停の明かりが見えていた。途中、タクシーが見つかれば乗るつもりだったが、タクシーなど見つけられそうもなかった。私は、小さなコンクリートの階段を上がり、普通の道路に出た。

不意に商店街のような街並みが広がり始めた。ネオンと人通りが増え、喧噪が高まる。後ろの足音はまったく分からなくなった。私はさらに五十メートルほど歩き、バス停に到着した。

ようやく、後方に振り向く。無機質な人々の波が、無声の記録映画が映す光景のように、私の網膜の奥を通り過ぎていく。

グレーのパーカーを着て、黒いズボンを穿いた長身の男が近づいてきた。眼鏡を掛けていない細い目が、どこか油断のならない印象を与えていた。

男は、私との距離を一気に詰めてきた。ぎょっとした。襲われるような錯覚が生じたのだ。

「市倉さんとは、お話しできましたか？」

男は私の顔の上で、囁くように訊いた。私にとっては、唐突で不気味な質問だった。私も長身のほうだが、私の目線よりさらに数センチ高い。

四十代に見える男だ。気が付くと、男の後ろにもう一人、やや太り加減の男が立っている。

「あなた方は？」

私は必死で動揺を隠しながら、あえてぶっきらぼうな口調で訊いた。自分の心臓の鼓動がはっきりと聞こえていた。何故か、警察官に身柄を拘束される直前のような心境に陥っていたのだ。

「福岡県警の瀬古《せこ》と申します。少しお話を伺いたいんですが」

私が誰なのか、確かめようともしない。つまり、この瀬古と名乗る男にとって、私が誰なのかは自明なのだろう。私は呉の顔を思い浮かべた。

呉には電話でその日、良縁に会うことを話したはずである。この時点で、私は今更のように確信した。私の言動は、福岡県警に筒抜けなのだ。

別に呉に悪気があったわけではなく、それは元警察官の矜持として、後輩たちの捜査に協力したいという純粋な気持ちの表れに過ぎないのかも知れない。実際、呉が特に私の動きを警戒しているようにも見えなかった。

「お時間のほうは？」

瀬古が気を遣うように訊いた。

「構いませんよ。あとは、ホテルに戻るだけですから」

私の答えに、瀬古は無言で踵を返し、歩き始めた。後《あと》に付いてこいという意味なのか。まさかそのまま福岡県警に連行されるとは思わなかったが、再び、体内に妙な不安がせり上がって来るのを感じていた。

私は軽く深呼吸して、歩き出した。関根について、私と良縁がどんな会話をしたかを、聞きだすつもりなのか。

ということは、私が呉から聞きだした捜査情報が、まずは良縁に流れて、それがさらに関根に伝わるのを瀬古たちは恐れているのかも知れない。彼らがこのあと、私に口止めを掛けてくることも考えられなくはない。

遠くで、防波堤に打ち付ける波音が聞こえている。

5

テレビの横に置かれた固定電話が鳴っている。夕方の五時過ぎだった。

小絵は、出ようかどうか迷っていた。近頃では、固定電話は常に留守電にしてあって、自宅にいる場合でも、基本的には電話のベルの音を無視していた。

相変わらず「オレオレ詐欺」や「アポ電強盗」が流行っていて、地元警察は高齢者に対しては、直接、固定電話に出ないことを推奨している。今年で六十二歳になった小絵が、すでに高齢者の部類に入ることは自覚していた。

本当に用がある者であれば、必ず留守電にメッセージを残すだろう。だから、小絵は自宅にいるときでも、すぐには受話器を取らず、メッセージが始まって知人と分かった場合に限って、出るようにしていた。

まだ、詐欺の電話を経験したことはないが、固定電話に掛かってくる電話の半数が、宣伝、もしくは怪しげな勧誘電話であるのは確かだった。

だが、小絵がその一瞬、受話器を取ろうかどうか迷ったのには、理由《わけ》があった。その電話が、何となく兄の洋介からではないかという予感がしていたのだ。

前日にも、ほぼ同じ時刻に電話が入り、小絵が出ないでいると、留守電にメッセージを残すことなく切れた。その切り方がいかにも洋介らしいと思ったのだ。

激しい苛立ちが、その切断音に反映されている気がした。その上、洋介は昔からけっして留守電にメッセージを残すことがなかったのを思い出したのである。

小絵は思わず受話器に手を伸ばした。長い間、音信不通になっている兄との関係を、何とか修復しなければならないという気持ちがないわけではない。それが十年前に他界した母親の願いでもあったのだ。

小絵と良縁の間には、子供がいなかった。小絵が長い間、高校で歴史の教師を務め、子供を作ることに前向きではなかったことも、子供がいない原因の一つだったのだろう。その意味では、良縁には申し訳ないという気持ちはある。

洋介も、その年まで独身なのだから、子供ができる可能性など考えられなかった。従って、関根家の血筋は、おそらく洋介と小絵で絶えることになり、小絵は両親に対しても申し訳ないような気持ちに駆られていた。それなら、せめて兄との関係だけでも修復しなければならないという義務感に似たものさえ感じ始めていたのだ。

「もしもし、市倉ですが――」

小絵の応答に対して、微妙な間が生じた。まるで突然の応答に、相手のほうが戸惑っているような印象だった。兄かも知れないと、小絵は真剣に思った。だが、洋介の若干、甲高い声とは似ても似つかない、低く太い声が受話器の奥から聞こえてきた。

「市倉良縁さんはご在宅でしょうか？」

今度は、小絵のほうが間を置いた。受話器を取る前に感じていたのとは、明らかに種類の違う緊張感が襲い掛かってきた。相手の声色が、その丁寧な言葉遣いとは裏腹に、妙に威圧的に感じられたのだ。

「あの――夫は会社のほうにおりますが――」

「そうですか。では、会社のほうに電話してみます」

「どなた様でしょうか？」

小絵は思わず上ずった声で訊いた。会社の電話番号を訊かないところを見ると、取り引き関係のある業者とも思ったが、それなら初めから、会社のほうに電話しそうなものだ。

「福岡県警の瀬古と申します」

小絵の心臓が早鐘《はやがね》のように打ち始めた。不安で、胸が締め付けられるように感じていた。用件を聞きだしたかったが、怖くて訊けなかった。

「では、失礼します」

小絵の僅かな沈黙の間隙を衝くように、電話は不意に切れた。

小絵は確信していた。やはり、三十一年も経った今になって、洋介に対する再捜査が始まったのだ。瀬古という男が、会社の電話番号を訊かなかったのは、あらかじめ調べていたからに違いない。

本人をすぐに呼び出すのではなく、まず周縁の人間を何人か呼び出し、確実に証拠を固めてから最終ターゲットを呼び出すことは、ごく普通の戦略に思えた。最初に夫の良縁が呼び出され、次には小絵自身が呼び出されるのかも知れない。小絵は、福岡県警が兄に対する本格的な捜査を再開したことを確信した。

自分のことはいい。ただ、夫には兄のことで迷惑を掛けっぱなしで、本当に申し訳ないと思っていた。こうなることは、ここ一週間ほどの夫の様子で、何となく想像が付いていた。

東京から小説家という男が訪ねてきて、過去の事件のことを調べており、夫にいろいろと質問しているらしいことは分かっていた。夫はいつもの優しさで、小絵を傷つけるのを恐れ、その小説家との詳しい会話内容は教えてくれなかった。

すでに三十一年も経った事件を、何故今更蒸し返すのか、小絵には分からない。しかし、洋介が本当に「望月留美さん誘拐事件」に関与しているのだとしたら、償いはきちんと果たさなければならないだろう。

小絵は、望月留美の母親のことを思うと、胸が塞がれるような気持ちになった。仮に留美が、今生きていて、母親のところに戻って来たとしても、すでに四十四歳になっているのだ。失われた空白の時間を誰も埋めることはできないのは、言うまでもなかった。

それ以上に恐ろしいのは、留美がすでに死亡しているという想像だった。三十一年間、行方が分からないということ自体が、生存の可能性を否定しているように思えた。生きていれば、必ずどこかにその生《せい》の痕跡が残されているものなのだ。

小絵は、携帯で夫に連絡しようかどうか迷った。だが、結局しなかった。夫に連絡することすら怖かったのだ。

良縁が帰ってきたら、警察にすべて話すように言うつもりだ。自分でもすべて本当のことを話すしかないと決意していた。

良縁が洋介の部屋の靴箱の中に見つけたという、白いスニーカーのことも話すべきだろう。小絵も良縁もこれまでは警察には黙っていたが、今回こそはそのこともしっかりと話して、警察の判断を仰ぐべきだという気持ちになっていた。

それだけでは夫も言っているように確かに決定的な証拠とは言えないが、夫が電話で聞いたという少女の声、そして洋介の普段の言動や、特異な性的嗜好を合わせて評価すれば、これ以上ないほど状況証拠は揃っているのだ。

小絵は、その夜、夫とじっくり話し合い、場合によっては二人揃って、福岡県警に出向くつもりだった。それが例のスニーカーの話を警察にしなかったことに対する、罪の意識の清算のようにさえ思えた。

良縁は夜の八時を過ぎても、戻らなかった。小絵は耐えきれず、この時点でようやく携帯に電話を入れてみたが、繋がらなかった。「お掛けになった電話番号は、現在お繋ぎすることができません」というあらかじめ録音された女性の声が繰り返されるばかりだ。

夜の十時を過ぎた。帰宅してきた夫の車の音は聞こえない。小絵は夫と自分のために作ったキンキの煮付けと関サバの刺身の夕食に手を付けることもなく、待ち続けた。

その間、小絵の脳裏では、不吉な予兆が浮かんでは消え、消えては浮かんだ。こんな時間まで戻らないところを見ると、良縁がその日、福岡県警に呼び出された可能性が高いのではないか。やはり、瀬古からの電話は良縁を呼び出すための所在確認の電話だったのだ。もちろん、県警の目的は、兄の洋介のことを夫から聞きだすことだろう。

しかし、小絵の立場を考え、良縁は供述を拒み、そのため帰るに帰れない状況になっているのかも知れない。それなら、小絵自身が駆けつけ、良縁にすべて話すように説得してもいい。小絵は、そんな切羽詰まった気持ちになっていた。

小絵はついに我慢できなくなり、固定電話から福岡県警に電話を掛け、刑事課に繋いでもらった。

「あの――市倉良縁は、現在、そちらで事情聴取を受けているのでしょうか？」

「あんた誰？」

ぞんざいでぶっきらぼうな男の声が返ってきた。小絵の訊き方が唐突だったことは否定できないが、それにしてもその男の答え方は、市民警察として失格という他はなかった。

「市倉の家の者です。瀬古さんという刑事さんは、いらっしゃるでしょうか？」

「そういう質問には、答えられないの。ごめんなさいね」

せせら笑うような声だった。電話はそのまま切れた。あまりにも非礼な態度だ。いや、非礼という以上に、不気味だった。

小絵は全身が硬直するような、荒涼とした気分になった。やはり、夫は拘束状態にあるのかも知れない。改めて、そんな風に思ったのだ。

これまでとは違う、実に嫌な想念が小絵の頭の中に出現する。警察は、良縁が関根に関する決定的な秘密を握っていると思い込んでいて、必死でその秘密をしゃべらせようとしているのではないか。

しかし、小絵の知る限り、良縁が警察に与えることができる唯一の新情報は、留美のものである可能性がある白いスニーカーの目撃談だけだった。これは良縁にも、小絵自身にも言えることだが、二人とも関根について、何か決定的な情報を持っているわけではないのだ。

にも拘わらず、警察はそれ以上のことを良縁が知っていると思い込んでいて、責め立てているとも考えられる。夫が過剰に洋介を庇った証言をすれば、犯人隠避罪や証拠隠滅罪に問われることもあり得るだろう。先ほどの小絵の電話に対する、警察の辛辣な対応は、明らかに意図的な悪意を含んでいた。

不意にドアチャイムが鳴った。小絵は、一瞬、得体の知れない恐怖を覚えた。それでも、すぐに気を取り直して、居間の襖を開け、薄暗い廊下に出た。十メートルほど歩いて、玄関ホールに移動した。

良縁の留守中は、軒下のシーリングライトだけでなく、三和土の真上のペンダントライトも点灯させている。防犯のためにはそのほうがいいと、良縁からうるさく言われていた。夫は防犯に関しては、ひどく神経質だった。

小絵は息を呑んだ。和式玄関の引き戸のガラスの向こうに、人間の黒いシルエットがくっきりと浮かんでいたのだ。長髪で小太り、背はけっして高くはない。小絵の心臓が激しい音を刻み始めた。

「兄さん、兄さんなの？」

小絵は上ずった声で問いかけた。兄の姿を見るのは、十年ぶりに近かった。返事はない。異様な静寂だけが、きれいに掃き清められた三和土のコンクリートに浸潤していた。

小絵は三和土のサンダルを突っかけると、よろけるような足取りで錠前に近づき、震える手で施錠を解き始めた。

不意にシルエットが消えた。小絵は恐る恐る玄関の戸を開けた。誰もいない。アプローチの白い石畳の列が点々と連なり、深い闇の奥に吸い込まれるように消えていた。

左手の駐車場には、良縁の愛車、黒のフォルクスワーゲンのミニバンもやはり戻っていなかった。

小絵は呆然としていた。チャイムの音も、玄関の窓ガラスに映ったシルエットも、幻聴であり、幻視だったというのか。いや、小絵が目撃した洋介のシルエットは、兄の亡霊の出現とさえ思えた。十年近く、その姿も見ておらず、声も聞いていない洋介が、死んでいても少しもおかしくないように思われたのだ。

小絵は高校時代に、父親の自殺に関して、洋介から言われた言葉を反芻していた。鬱病と自殺の系譜さ。洋介は、父が自殺した年齢をとうに超えている。

小絵の不安は、募るばかりだった。良縁が戻ってくる気配はない。小絵は、再び施錠し、引きずるような重い足取りで居間へ戻り、畳の上に置かれた座卓の上に倒れるように座り込んだ。

6

「市倉さん、私はその小説家の意見ではなく、あなたのご意見を訊いているんですよ。あなたは、関根さんが本当に留美さん事件に関係しているとお考えですか？」

棘のある言い方だった。良縁は、事情聴取が二時間を超えた辺りから、瀬古の言葉遣いが急にきつくなり始めたのを感じていた。

良縁は、それまでは主として訪ねてきた小説家の見解を話していたのだが、刑事たちの反応は希薄だった。良縁の印象では、あの小説家の見解を初めから知っているようだったのだ。

良縁には、刑事たちの狙いがどこにあるのか分からなくなり始めていた。確かに、事務所に掛かってきた電話では、瀬古は「関根さんのことでお話を伺いたい」と言っていた。

ただ、事情聴取が始まってみると、警察は必ずしも関根のことを再捜査している雰囲気でもないのだ。質問は、関根に関することだけでなく、ほぼ均等に良縁に関することにも及んでいる。

「それは分かりませんが、その白いスニーカーや電話での少女の音声、それにこれはむしろ、篠山君事件との関連かも知れませんが、篠山君が誘拐された日の夜、私に掛かってきた『段ボール箱はないか』という電話のことを考えると、私は彼が本当にやっていないのか、自信がなくなってしまったんです」

「なるほど、仰ることは分かります。しかし、その三つの話には、奇妙な共通点があることにお気づきになりませんか？」

そう言うと瀬古は、微妙な間を置き、良縁の顔を覗き込むようにした。長いステンレスの机を挟んで、良縁と瀬古が対峙し、瀬古の横には、瀬古以上に目つきの鋭い佐古田《さこた》という三十代に見える刑事が座っていた。

だが、佐古田は先ほどから一言も口を利いていない。その沈黙が不気味だった。二人の後方には、若い女性警察官が座り、良縁と瀬古の会話をパソコンに打ち込んでいる。

「共通点？　いったいどういうことでしょう？」

良縁は痰の絡んだような声で聞き返した。

「いずれの話も、すべて同一人物の証言、つまりあなたの証言だということですよ。先ほどから聞いていると、あなたは関根さんを庇うような態度を常に漂わせながら、実際に言っていることはそれとは真逆なんですよ。あなたがしゃべればしゃべるほど、関根さんが怪しいという印象が増してくる。いったいどっちなんですか？　あなたは関根さんが犯人であって欲しいんですか？それとも犯人であって欲しくないんですか？」

強烈な皮肉だった。その決めつけるような口調に、良縁はすっかり動揺していた。

「もちろん、関根さんは妻の兄ですから、犯人であって欲しいわけがないじゃないですか」

良縁は、低い力のない声で言った。それは瀬古や佐古田には、反論というより、弱々しい弁解にしか聞こえなかったかも知れない。

「それはそうでしょうね」

しかし、瀬古はいったん話を収めるように、穏やかな口調に戻った。

「ところで、市倉さん、あなたも奥さんも、関根さんの小児性愛の傾向についてお話をされているわけですが、あなたご自身には、若い頃、そういう性向はなかったのでしょうか？」

「失礼な！」

良縁は、思わず怒気の籠もった声で言い返した。怒りで顔が紅潮しているのは分かっていた。何を言われても怒らない男だと思ったら、大間違いだぞ。良縁は、心の中でつぶやいていた。だが、瀬古は平然とした表情で言葉を繋いだ。

「いや、もちろん、これは念のために聞いているだけですから、お気を悪くされたなら謝りますよ。しかし、実はある県の教育委員会が公立の小学校教員に対して行った、ロリコンに関するアンケート調査があるのですが、そのアンケートの中で、一定数の教員が、自分に小児性愛の傾向があることを正直に認め、それが小学校教員になった動機だと告白しているんです。専門家によると、その数は全体の十パーセントくらいだろうと予測されているようですね。もちろん、その他の大半の先生たちはそんなことはないのでしょうが、そういう残念な先生がいることは、確かなんです。関根さんが留美さんの事件に関与しているかどうかはともかくとして、彼がそういう教員の一人であったことは否定できないかも知れませんね。でもね、市倉さん、それは小学校教員だけの話とは限らないと思うんですよ。一見、まともな社会活動に見えることが、隠れ蓑になっていて、そこに個人的な性的嗜好が微妙に絡んでいることも――」

ここで瀬古は言葉を切り、いかにも皮肉な目つきで、歪んだ笑みを浮かべた。

「『いのちの木』のことを言っているんですか？　でしたら、まったくのお門違《かど》いですよ！」

良縁は震える声で反論した。その大声と震える声がいかにも不調和なのは、自分でも分かっていた。

「あれは真っ当な社会活動、いや、政治活動でもあるんです。もちろん、事柄次第では、政府批判もやります。警察が、それが気に入らず、そんな言いがかりをつけるなら――」

「とんでもありません！」

瀬古は言いながら、大げさに両手を広げて見せた。それから、宥めるように付け加えた。

「我々は、政治向きのことなどには関心がありませんよ。我々は公安の刑事ではないのですから。ただ、これを見ていただきたいんです」

そのとき、瀬古の横に座っていた佐古田が、Ｂ４判の茶封筒を瀬古に手渡すのが見えた。瀬古は落ち着き払った表情で、その中からA４判のコピー用紙を取り出し、良縁の前に差し出した。

良縁は焦ったように、いかにも不器用な手つきで、それを受け取った。

「それは捜査報告書というもので、大きな事件のときはもちろんのこと、どんな小さな事件でも我々警察官は、上司に対してそういう報告書を出すことになっているんですよ。それは一九八一年の、随分古いもので、当時の交番の巡査が書いたものなんです。ちょっとお読みいただけませんか？　二、三分もあれば読める内容ですから」

良縁は、虚ろな目でその文言に視線を投げた。印字されたものではない、手書きの文字が項目別に細かく並んでいる。

犯罪捜査報告書

次の犯罪を捜査したから報告する。
罪名、罰条　軽犯罪法違反　同法１条28号
捜査の端緒　被害者伊藤香《かおり》の母伊藤有紀子《ゆきこ》の訴出による

犯罪事実
被疑者は、昭和56年7月12日午前10時半頃、福岡市博多区相生町《あいおいまち》5丁目4番1号自宅前の路上で、一人遊んでいた女子児童伊藤香（４歳）に「公園に行って、お兄さんと一緒に遊ぼう」と声を掛け、同女を約50メートル離れた「スミレ公園」まで連れて行った。そこでブランコ等の遊具で遊ばせたあと、同女が尿意を訴えたため、公園の女子トイレに連れ込み、同女が一人でできると言ったのを無視して、同女のパンツを脱がせて、放尿させ、同女を不安に陥れたものである。

証拠関係
被害者伊藤香の供述調書および被害者の母伊藤有紀子の供述調書２通
現認時の状況又は捜査過程
１　本日午前10時58分ごろ、本職が相生町５丁目交番において立番勤務中、「スミレ公園」方面から小さな子供（被害者伊藤香）の手を引いて走ってきた女性（被害者の母伊藤有紀子）が、「お巡りさん、この子が公園のトイレで、見知らぬ男にいたずらされたみたいなんです。犯人は私たちの後ろを歩いている男です」と訴え出た。
２　本職は、同女の約15メートル後方地点から同交番に進行してくる一見優しげな表情の男を発見、呼び止めて、「この子にいたずらをした覚えはあるか」と質問した。被疑者は、「いたずらはしていない。ただ、あの子が尿意を訴えたため、トイレで介助をしてあげただけだ」と抗弁したが、同女をトイレの個室に連れ込んだことは認めた。従って、自白と判断し、軽犯罪法１条28号違反の被疑者として、住所氏名を質問したところこれを明らかにしたので、同法違反として本署に任意同行した。

「おい市倉、その報告書の被疑者氏名のところを読み上げてみろ」

これまで一言も口を利いていなかった佐古田が、不意に大声で恫喝《どうかつ》するように言った。

「イチクラ　リョウエン」

良縁は、まるで条件反射のようにつぶやいた。だが、その声が二人の刑事に届いたかは分からない。記録係の女性警官がパソコンを打つ打鍵音《だけんおん》が、異様に高く室内に響き渡っていた。

良縁は、自分の額から脂汗が噴き出すのを感じていた。はっきりと記憶に残っている事件だ。言い訳したいことは山ほどある。

そもそも自分のほうから公園で遊ぼうと声を掛けたのではない。家の前で話しかけてくる女児の相手をするうちに、公園へ行こうということになったのだ。あれを女児に対する猥褻行為とは認めたくなかった。

「なあ、お前はそういう男なんだ。何が『いのちの木』だ！　お前は裏では、そんな変態行為をやっている男なんだよ。それもがんぜない子供に対してだ！」

さらに、佐古田の大声が室内の緊迫した空気を切り裂いた。まるでその声に伴奏を付けるように、強い打鍵音が響き渡る。

「違いますよ！　あの子が一人ではできないと言ったから、手伝っただけです。だから、私は逃げず、子供の母親のあとを追って、交番まで行って、事情を説明したんだ！」

良縁は首を左右に大きく振りながら、必死で抗弁した。四十一年前、交番の巡査に言ったのとほぼ同じ内容の発言だった。

「その報告書には、真逆のことが書いてあるよ」

佐古田はなおも嘲るように言い募った。佐古田の得体の知れない冷酷な表情は、良縁には悪意の塊としか映らなかった。

「じゃあ、何故、私は逮捕されなかったんですか！」

良縁は、ほとんどヒステリックに絶叫した。自分の小児性愛的性向を認めることは、断じてできなかった。

「まあ、市倉さん、そんな事件はどうでもいいじゃないですか」

再び瀬古が、佐古田を目で制し、丁寧な口調で話し始めた。彼らが持ち出してきた話題なのに、どうでもいいとは何事だ。

良縁は、その時点で瀬古と佐古田の精神的な揺さぶりに、完全に翻弄されている自分を意識していた。これは事情聴取ではなく、取り調べだ。良縁は血を吐くような思いで、その言葉を心の中でつぶやき続けた。

「あなたは被害者の女児からおしっこをさせて欲しいと頼まれたと主張したが、被害者の母親は、あなたに無理矢理パンツを脱がされたと女児が言っていると主張した。所詮、トイレの個室の中の出来事で、あなたと女児しかいなかったのだから、どちらが正しいとも言いかねるでしょう。だから、警察も逮捕を見送ったんです。あなただって、そんな四十年以上も前の事件について、今更、言い訳する気にもなれないでしょ。いや、率直に言うと、私はあなたの主張のほうが正しいかも知れないとさえ思っているんですよ。何故だか、分かりますか？」

瀬古は言葉を止め、いかにも皮肉な目つきで良縁を見つめた。良縁は、体がますます固まっていくのを感じていた。

「あなたの性的嗜好の問題ですよ。確かに、この報告書に記載されている女児は幼すぎる。あなたが関心を持っているのは、十歳から十五歳くらいまでの女子児童じゃないんですか？」

「だったら、何でこんなくだらない事件を持ち出したんだ！」

良縁は、思わず叫ぶように言った。

「おや、今、お認めになりましたね。あなたの本当の性的嗜好を」

「そんなのペテンじゃないか」

良縁は不意を衝かれたように、上ずった声で言った。瀬古の言葉の巧みな誘導に見事に嵌められたと感じていたのだ。だが、「ペテン」という非難を無視して、瀬古は悪意に満ちた笑みを浮かべながら、言葉を繋いだ。

「あなたの反応を見たかったんですよ。この事件に関しては、実際あなたは潔白なのかも知れない。しかし、あなたがひどく動揺していたのは間違いないでしょ。この事件が、別のもっと大きな事件に繋がるかも知れないという不安が、あなたの反応にははっきりと出ていた。私はそれを確かめたかっただけなんです」

瀬古はここで、僅かばかりの間を置いた。まるで良縁に言い訳の機会を与えているかのような、余裕の態度にも見えた。良縁は何か言おうとしたが、金縛りに遭ったように言葉が出てこない。

「それより市倉さん、私はもっと別のことを聞きたいんですよ」

瀬古はこう言うと、じっと良縁を見つめた。佐古田は以前と同じ沈黙に戻っているが、やはりその過剰に酷薄な視線が不気味だ。良縁の心臓は、恐ろしく不正確な鼓動を続けている。

「一九九二年三月、あなたは所有していたプレジャーボートをお売りになっていますね。まあ、会社の経営が思わしくないような場合、そういう贅沢品を売却することはよく耳にする話ですが、我々の調査では、あなたの会社の業績は、この時期けっして悪くなかった。だから、どうしてプレジャーボートをお売りになったのか、その理由を聞かせていただけませんか？　それともう一つ、あなたはそのプレジャーボートの中に、とても大切な忘れ物をしませんでしたか？　なにぶん、随分昔のことですから、お忘れになっているかも知れませんが、よく思い出してみてください」

良縁は、瀬古の刺すような目つきを避けようとするかのように、取り調べ室の扉の上に取り付けられた時計に、覚束ない視線を投げた。茫然自失の状態だった。これ以上の精神的揺さぶりに耐えられる自信は、まったくなかった。

時計の針は、午後十時十五分を少し回ったところを指している。だが、良縁はその事情聴取は任意なのだから、自宅に戻ると主張できることに、気づいてさえいなかった。

7

静かだった。カモメの死んだ夜の海は、けっしてざわめかないのだ。

波音も船のエンジンの音も聞こえない。実際には、聞こえているのだろうが、僕には聞こえないのだ。物象も音も、すべての現象は、意識の問題に過ぎない。僕は、どこかで読みかじった仏教哲学の原理を反芻した。

後悔していないと言ったら、嘘になる。一時の怒りを制御できなかった僕も悪い。でも、君だって悪い。いや、君のほうがもっと悪いのだ。どうして、今更、逃げ出す必要があったのか。僕たちの心が通い合う寸前に、そんな暴走をした君の気持ちが、僕には分からない。

だが、もう終わったことだ。僕は船底に横たわる、細長い段ボール箱を見つめた。それから、涙で濡れた顔を天空に向けた。月が見える。いや、これだって、実際に見えているのかどうかは分からない。しかし、少なくとも僕には見えるのだ。

月の砂漠ならぬ、月の海原だ。できるだけ、遠くに行こう。地平線の彼方に、何があるか確かめたかった。君との別れはそれからでも、遅くはない。

僕は船内のフロアハッチに入れたある物を思い出した。だが、すぐに取り出す気にはなれなかった。犯罪の隠蔽のことなどたいして考えていなかったのだろう。

実際、僕の宝物がこの世から消失した以上、そんなことはどうでもよかった。とにかく、僕は生々しく留美を思い出させる物を、今は、あるいは永遠に見たくなかったのだ。

僕は操舵室に移動した。舵輪を思い切り、左に切った。その瞬間、不意にエンジン音が聞こえ始めた。次に、波の音だ。本当の意味で、現実が戻って来たのだ。

生への渇望が湧き上がった。逃げのびよう。僕は罪という言葉から逃れるように、前方で弾け散る波の彼方の黒い地平線に視線を投げた。

8

それにしても意外な、そして私にとって、あまりにも衝撃的な結末だった。市倉良縁が、自殺したのだ。私は、留美の事件に良縁が関与していることなどまったく予想しておらず、唖然とする他はなかった。

時系列的に考えてみると、良縁が福岡県警の事情聴取を受けた前日、私は瀬古にバス停で呼び止められ、近くの喫茶店で二時間近く話を聴かれているのだ。だが、その会話の中でも、瀬古は県警が関根ではなく、良縁を疑っていることなどおくびにも出していなかった。

遠回しではあったが、私がもう一度関根に会うことを止めているような口調だったため、私は県警がやはり関根を再捜査していると判断していた。実際、私はそういう県警側の思惑を考慮して、今回は関根に会うことを見送ったのだ。

ただ、今から思えば、関根に関することを訊いているように見せかけて、実は良縁のことを訊いていたのだと思えるいくつかの質問があったのは確かである。

良縁の死を電話で私に伝えてくれた呉の話では、県警の事情聴取では、良縁は留美の事件に対する関与をはっきりと認めたわけではないらしい。任意だったので、事情聴取は自白のないまま、午後十一時過ぎに打ち切られたという。

良縁は翌日も事情聴取に応じることを約束していた。しかし、良縁はその夜自宅に戻って、留美を誘拐して絞殺したことを小絵に告白する。そして、日付が変わった午前二時頃、車に乗って自宅を出て、自分の事務所に行き、倉庫で縊死《いし》を遂げていた。

県警は、何故か良縁に行確を掛けていなかった。呉の話では、三十一年前の事件を継続捜査していたのだから、捜査人員は限られており、行確に割くことができる刑事はいなかったのだという。私はいささか形式的に過ぎる呉の説明をあまり信じていなかった。

三十一年前の事件で、物証を得ることは難しく、県警は逮捕までの道のりはまだ相当に遠いと判断しており、行確を掛ける意味を見いだせなかったのではないか。行確は、やはり、逮捕寸前の人間の逃亡や自殺を防ぐために掛けるのが、普通なのだ。その意味では、良縁のほうが県警のそういう判断を見越して、先手を打ったとも言える。

実際問題として、これで福岡県警が「望月留美さん誘拐事件」の犯人として、良縁を被疑者死亡で書類送検することさえも難しくなったように思われるのだ。良縁が小絵にすべての真実を告白したのは間違いないとしても、遺書は残されていないというから、仮に小絵が良縁の告白内容をすべて証言した場合でも、それは伝聞証拠と見なされ、正式な証拠にはならないだろう。

物証があるとも思えない。呉の話では、県警は良縁が留美の死体を遺棄するのに使ったと推定されているプレジャーボートを売却した事実を摑んでおり、仲介業者が引き取り後の清掃で、船内のフロアハッチから、望月留美が行方不明時に着ていたものに酷似している縄目模様の白い長袖セーターを発見していた。

だが、あらかじめ良縁から、船内に残っている物はすべて処分するように言われていたので、そのセーターはすでに焼却処分されていた。良縁は、玄界灘で留美の死体を遺棄したと小絵に言ったらしいが、それが本当だったとしたら、長い年月の間に対馬海流に乗って東シナ海まで流れた可能性もあり、死体の発見は実質、不可能だろう。

ただ、このプレジャーボートに一定期間残されていた縄目模様の白い長袖セーターの存在が、心理的に良縁を追い詰めたのは、確かなようだ。良縁がそれを故意に残したとは考えにくい。留美を殺害した心理的動揺から、そんな単純なミスを犯してしまったに違いない。

実際、ハッチに入れた物を取り出すのを忘れることは、日常生活においても、普通に起こることなのだ。ましてや、殺人の興奮が冷めやらぬ状態にあるときは、なおさらである。

ここからは私の推測だが、取り調べの刑事たちは、おそらく、そのセーターがフロアハッチにあったという事実に言及しただけで、それが今でも証拠として残っているかどうかには、触れなかったのだろう。しかし、そのセーターがすでに県警の手に渡っていると思いこんだ良縁が、もはや逃げ切れないと判断して、死を選んだ可能性はある。

それにしても、良縁の死にあまりに唐突感があるのは否定できなかった。純粋に客観的証拠という意味で言えば、福岡県警が良縁を逮捕するためには、まだまだかなり大きなハードルがあったはずなのだ。

良縁はけっして気の強い人間には見えなかったが、それと粘り強さはまた別の問題にも思われるのだ。私の経験では、気の弱い人間が、意外なほどの粘り強さを発揮することはよくあることだった。

私は、良縁が性急な死を選択した理由は、むしろ、警察から戻ってきたあと、自宅で交わした小絵との会話のほうにあるのではないかと考えていた。その意味でも、何としても小絵に会いたかったのだ。

一方では、私はひどく複雑な心境に陥っていた。良縁が死んだのは私のせいかもしれないと、自責の念を覚えなくもなかったからだ。呉も認めていたことだが、私が篠山君事件との関連で、「望月留美さん誘拐事件」のことも調べ始め、その情報が棚橋や呉を通して、福岡県警の捜査陣に伝わっていた。

その結果、留美の事件がもう一度新たな角度から見直されることになり、もともと一部の捜査陣の間でくすぶっていた良縁に対する疑惑が再浮上したことは否定できなかった。呉の話では、関根に対するほどあからさまではなかったにしても、良縁の証言に対する疑惑の声は、事件捜査開始の当初から、少数ながらなかったわけではないという。

電話から聞こえてきた少女の声や、関根の自宅アパートで見たという白いスニーカーの目撃談、さらに篠山君が誘拐された日の夜、良縁の自宅の固定電話に掛かってきた「大きな段ボール箱はないか」という電話の話も、すべて良縁の証言のみによって成り立っていることに、ここに来て、多くの捜査員が疑問を抱き始めたらしい。

特に、三十八年前、篠山君が誘拐された日の夕方六時頃、良縁の自宅に掛かった電話については、良縁は事情聴取の前日に私にも話しており、そのことは私の口からその日のうちに瀬古に伝わっていた。そのため、捜査本部は、良縁を呼び出す前にＮＴＴに問い合わせることができたのだが、さすがに年月が経ちすぎているため、確認するのは不可能という回答を得ていたようだ。ただ、常識的に考えて、そんな大昔に掛かってきた電話のことを、今頃になって思い出すのはきわめて不自然という意見が、大勢を占めていた。

結局、この段ボール箱に関する良縁の発言は、私が篠山君事件について関根を疑っていることを知った良縁が思いついた嘘だったと推定される。関根が篠山君事件をやっているとすれば、実際には良縁の犯行である「望月留美さん誘拐事件」に対する関根への疑いも深まるだろうという判断があったのかも知れない。

その思いつきの嘘が、良縁の足をすくったことになる。二つの重大事件の罪を関根に負わせようとする意図が露骨に透けて見えていて、それがかえって捜査本部の刑事たちの良縁に対する疑惑を増幅させる結果になったのだ。

その意味では私が再び良縁を訪ねてきたため、それに焦った良縁が自ら墓穴《ぼけつ》を掘ったとも言えるだろう。最終的に、県警はこれらの三つの良縁の証言は、すべて作り話と判断するに至ったのだ。

　しかし、長い時間の経過という壁は予想以上に大きく、仮に良縁が生きていたとしても、立件は相当難しいと思われる事案であるのは確かだった。ましてや、良縁が死んでしまった以上、事件の捜査は完全にストップしたとしか思えなかった。

　実際、良縁の自殺は、一週間ほど経った現時点でも、主要なメディアではほとんど取り上げられていない。被疑者の人権問題だけでなく、誘拐された中学生の生死にも関わる深刻な問題を伴うため、マスコミが慎重になるのは当然だろう。

　新聞やテレビはまったく沈黙しており、一部の週刊誌が、良縁の任意の事情聴取が望月留美さん事件との関わりで行われ、それが良縁の自殺の引き金になったことを報じているだけだ。週刊誌でさえ、良縁の氏名は匿名表記になっていた。

　私は現在の良縁しか見ていないので、事件当時の良縁の体型は知らなかった。今はごく普通の中肉中背の男に見えるものの、三十一年前はやや太り加減で、身長は若干、関根よりは高いものの、体型的には似ていなくもなかったらしい。

　従って、太いつるの黒縁眼鏡という小道具を利用すれば、良縁が関根になりすますのは、そう難しくもなかったのだろう。

　私は初めて良縁と面会したとき、互いにマスクを外して冷たい日本茶を飲んだ瞬間、私が良縁の顔に不思議な既視感を覚えたのを記憶していた。その既視感の正体は、その時点ではまったく分からなかったが、今にして思えば、良縁の顔も犯人の似顔絵にある程度似ていたことがその原因だったのかも知れない。

　事件が起こった香椎も、かつて関根が家族と一緒に住んでいた市営住宅のある場所だったから、土地勘のある関根に嫌疑がかかりやすい場所を、良縁が故意に選んだ可能性が高い。

いずれにしても、私の頭の中では、留美の事件はさすがに決着しており、市倉良縁が犯人だと認めざるを得なかった。だが、もう一つの事件については、この期《ご》に及んでも私の判断は揺れており、未だにあの仮説を放棄しているわけではなかった。

9

私は下関にある呉のマンションを訪ねたあと、良縁の自宅に向かっていた。小絵に会うためだが、アポイントメントは取っていない。

それで四度目の福岡訪問だった。すでに季節は十一月に入っている。東京に比べて、福岡のほうが幾分暖かい気がするが、それでも私はすでに薄手のコートを身につけていた。

私は関根にもう一度会う前に、やはりどうしても小絵にも会っておきたかった。ただ、現在、小絵が置かれている状況を考えると、電話でアポイントメントを取れるとも思えなかった。私はいきなり小絵の家を訪問するのもやむなしと考えていたのだ。しかし、小絵が私に会って、話してくれるかは、まったく自信がなかった。

紺のズボンに、厚手の黒いセーターを着た女性の背中が見えた。黒いバッグから鍵を取り出し、和式玄関の引き戸に鍵を差し込もうとしている。買い物から帰ったばかりのようで、右横の空っぽの駐車場には、ダークブルーの自転車が置かれていた。

「すみません。市倉小絵さんですか？」

女性が振り返った。マスクは着けていない。その顔を見た瞬間、私は小絵に違いないと確信した。「二十七歳頃の森昌子に似とるとですよ」という呉の言葉を思い出していた。実際、髪には白髪が交じっていたものの、「二十七歳頃の森昌子」というイメージははっきりと残っていて、年齢も四十代後半か五十代前半くらいにしか見えない。

品のいい銀縁の眼鏡を掛けていて、それが淡い初冬の陽射しを受けて、キラリと光った。少なくとも、「もう婆さんですたい」といういかにも不謹慎な呉の言葉は、外見的には当たっていなかった。

私は自分の名を名乗って自己紹介し、まず良縁についてお悔やみの挨拶を述べたあと、お話を伺いたいと申し出た。小絵の顔に何とも言えない悲しげな躊躇の色が浮かんだ。それでも、私が恐れていた拒絶の言葉は発せられなかった。

「前田さんのことは夫から聞いておりました。犯罪者の妻としては、知っていることはすべてお話しすべきなんでしょうね。どうぞお入りになってください」

そのうち沈んだ掠れた声は、ほんの二、三メートルの間を空けて立っている私にようやく届く程度だった。それにしても、小絵があまりにもあっさりと私と話すことに同意したので、その予想外な反応に、私のほうがむしろ動揺していた。

「犯罪者の妻」という自虐的な言葉も、私にはあまりにも衝撃的だった。それは、私が抱いていた罪の意識を否応なく増幅した。

しかし、法的にはその言葉は不適切で、良縁は犯罪者と認定されたわけではなく、おそらくは今後もそういうことにはならないだろう。だから、小絵も「犯罪者の妻」ではけっしてないのだ。

私は自分で小絵との面会を望んでおきながら、いたたまれないような気持ちに陥っていた。ただ、小絵が留美の事件について、生き残った者として夫の罪まで引き受けようとしている心理は分からなくもない。

私は居間と思われる、六畳程度の畳の和室で、座卓を挟んで小絵と話した。私が固辞したにも拘わらず、小絵はいったんキッチンに引き返し、紅茶の入ったトレイを持って、戻って来た。

「こんなときに、約束もなく急にお邪魔して、本当に申し訳ないと思っています。しかし、私としては、奥様に対して私の取材趣旨を説明し、ご主人とどんな話をしていたか、お伝えするのが義務だと感じています」

私はマスクを外すことなく、紅茶にも手を付けず、話し始めた。小絵に会ったことによって、私自身が多少とも興奮状態に陥っていることは自覚していた。それに、自分の罪の意識を軽減するためにしゃべっている気もして、そんな自分に自己嫌悪すら感じていた。

私はこのあと、良縁との会話内容を一通り説明した。もちろん、良縁の口からすでに小絵に伝わっていることもあっただろうが、伝わっていないこと、あるいは良縁が故意に伝えなかったこともあったはずだ。

今から思えば、良縁が私を小絵に会わせようとしなかったのは、妻の気持ちを慮《おもんぱか》ったからでは必ずしもなかったのだろう。小絵が、良縁の意図とは異なる証言を私にすることを恐れたためとも解釈できるのだ。しかし、今更、二人の発言の齟齬を問題にする気もなかった。

小絵は、ほとんど言葉を挟まず、悲しげな憂いを帯びた表情で、私の話を聞き続けた。私の勝手な希望的観測かも知れないが、小絵からすれば、夫の自殺のきっかけを作った男にも見える私を恨んでいる気配もまったくない。

というか、小絵からはそういう反発心も憎悪も根こそぎ奪い取られていて、ただひたすら夫の犯した罪に怯え戦《おのの》き、贖罪の重圧に打ちのめされている妻にしか見えなかった。

私は十分ほど一人でしゃべり、間を置いた。良縁との二度の面会模様を十分足らずで説明できるはずもなかったが、小絵にとって、そんな話は苦痛以外の何物でもないと思ったので、ほんの概略しか述べなかったのだ。

「あの——一つだけお訊きしてよろしいでしょうか？」

小絵がようやく口を開いた。礼儀を心得た丁寧な話し方というだけでなく、うち沈んでいるものの、理性は失ってはいないと感じさせる口調だった。

「どうぞ。何でもお訊きになってください」

私は張り詰めた声で答えた。最初に小絵に会ったときに感じた緊張は、いささかも緩んでいなかった。

「夫から聞いていたのですが、私の兄が、篠山君事件にも関与しているのではないかというご意見をあなたはお持ちのようですが、夫が留美さん事件の犯人と判明した現在でも、そのご意見に変わりはないのでしょうか?」

それこそ、まさに私のほうから、持ち出したい話題だった。小絵は私が何を一番訊きたいのか、とっくに見抜いていたのだろう。だが、それは小絵にとっても、やはり決定的に重要な質問だったのだ。

確かに、関根ではなく、良縁が留美の事件の犯人と判明した時点で、篠山君事件に対する関根の疑惑も消えたような錯覚に陥りそうだった。しかし、これらの二つの事象、つまり、関根が留美の事件の犯人ではないということと、照幸の事件に関与しているのかいないのかということは、まったく無関係なのだ。

「それはとても難しいご質問です。私自身が、未だに判断に迷っているんです。申しあげにくいことですが、ご主人があなたに留美さんの誘拐を認めたとすれば、私もそれを信じないわけにはいきません。そうすると、あなたのお兄さん、つまり、関根さんは留美さんの誘拐に関しては無実だということになる。それは、私が関根さんと話したときの印象とも一致しているんです。変な言い方だけど、私が留美さん事件について質問したとき、関根さんの態度に、妙な余裕みたいなものを感じたんです。そのときは、その余裕がどこから来ているのか、私にはよく分からなかったのですが、市倉さんが犯人だったという結果を見ると、その余裕の源は明らかな気がするんです。元々やっていないんだから、余裕を持って私の質問に答えられるのは、当然でしょう。それに比べて、篠山君事件に関する私の質問に対しては、彼はけっこうせっぱ詰まった答え方をしているんです」

「それは、夫が最後に私に言い残した言葉とも、一致しています。最初にその言葉を聞いたとき、私には何のことか意味不明でした。あとでいろいろと調べて、ようやく意味が分かったんです。でも、私はこのことだけは、警察に話すことはできませんでした。本当かどうか私には判断できませんでしたから」

小絵は、思わぬほど強い口調で言い放った。聞き違えたのかと思うほど、私にとって意外な発言だった。小絵が、警察にすべてを話したわけではないと、初対面の私に告白することの意味が理解できなかった。しかも、それは良縁が死ぬ直前に言い残した最後の言葉だというのだ。それがどんな内容だったか、誰だって知りたくなるだろう。

ただ、小絵が私と会ったときにすぐに言った「――犯罪者の妻としては、知っていることはすべてお話しすべきなんでしょうね――」という言葉の真意が、ここにきてようやく理解できたように思えた。あるいは小絵は、警察である重要なことを言いそびれたことを後悔し、たまたまやって来た、客観的な第三者の私にそれを話そうとしているのかも知れない。

「どういうことでしょうか？」

私は過剰な圧力を小絵に掛けないようにするため、あえてゆっくりとした冷静な口調で訊いた。夫が「望月留美さん誘拐事件」の犯人と判明しただけで、ほとんど致命的な心の傷を負っているはずなのに、その上、兄が篠山君事件に関与していることが分かれば、もはや小絵には生きる術がなくなってしまうような気さえしていた。

従って、私にしてみれば、真相を知りたいという強い欲求を持つ反面、これ以上、小絵を苦しめるような質問を自分のほうからしたくなかった。

小絵は、ある種の諦念の籠もった、悲しげな口調で話し始めた。

「実は、警察から戻って来たとき、夫は私に対しても、すぐに本当のことを言ったわけではないのです。警察が兄ではなく、夫のほうを疑っていることは、最初から言っていましたが、自分は無実だと話していました。でも、私が夫に突きつけた決定的な証拠のために、夫は私に対して、自白せざるを得なくなってしまったんです」

「決定的な証拠？」

私は思わずその言葉を反復した。しかも、小絵はそれを自分のほうから突きつけたと言っているのだ。そんなものがあるとは、にわかには信じられなかった。

私は小絵がさらに言葉を繋ぐのを待った。

10

既に夜の十時半になっていた。やはり、夫の帰りを告げる車の音は聞こえない。小絵の不安は、既に極点を超え、意識が朦朧とし始めているようにさえ感じられた。

不安は人間を、普段は考えられないような思いがけない行動に駆り立てることがある。それは、そのときの小絵の行動にも当てはまったのかも知れない。

小絵は突然、夫の仕事部屋に入った。居間の隣にある、六畳程度のフローリングの洋室だ。夫はその部屋で会社から持ち帰った仕事をすることがあり、「いのちの木」の仕事をすることもあった。

窓側に面した木製のデスクの上には、かなり古いノートパソコンが一台置かれており、それは良縁が会社で使っている数台のパソコンとは別のものだった。小絵の認識としては、「いのちの木」に関連する仕事を行うときに使うパソコンだったが、良縁はそれを会社まで持って行くこともあれば、家に置きっ放しにしていることもある。その日は、たまたまそこに残されていたのだ。

以前から小絵はそのパソコンのことが気になっていた。良縁が何台ものパソコンを持っているにも拘わらず、その年式の古いパソコンを廃棄しないのを不思議に思っていたのだ。

もちろん、パソコンの廃棄が意外に複雑な問題を孕んでいるのは小絵も知っている。外部に知られたくない会社の機密情報が入っている場合は、その廃棄は相当慎重に行われなければならない。

機密情報とは言えないまでも、人に見せたくない画像などが入っている場合もあるだろう。男性がポルノ画像などをそういうパソコンに保存していることがあるのは小絵も知らないわけではない。ただ、まじめな夫がそういう画像をそこに隠し持っているとも思えなかった。

それにも拘わらず、小絵はその古いパソコンを見る度に、胸騒ぎのようなものを覚えていた。まったく根拠はなかったが、やはり兄を巡っての長年にわたる良縁との確執と、その古いパソコンの中に入っている情報が無関係ではないように思われたからだ。夫は優しかったが、兄の洋介のことが話題に上る度に、明らかな動揺と鬱屈した怒りを示したことは確かだった。

事件のことではない。洋介と小絵の関係そのものについて、夫がある種の不安を抱いているのは否定できなかった。特に、かつて小絵が兄から性的暴行を受けそうになったと告白したことを、良縁は被害妄想的に解釈し、小絵は実際にそういう暴行を兄から受けたのかも知れないと疑っているような節があった。

良縁は、ある時期には洋介と酒を飲む機会もかなりあり、そういう場で洋介は小絵と性的行為をしたことを仄めかしていたらしい。それを良縁から訊かれて、小絵は強く否定したのだが、良縁は疑心暗鬼に陥っていて、洋介に対して複雑な憎しみの感情を垣間見せるようになっていた。

　洋介の性格を熟知する小絵にとって、良縁の気持ちは分からなくもない。洋介は酔いが回ると、そういう偽悪的な話し方をする男なのだ。純粋だった良縁は、関根の発言を真《ま》に受けていたのかも知れない。

　ときたま、あの優しい良縁が信じられないような、棘のある皮肉に満ちた言葉を小絵に投げつけることがあったのだ。その言葉を聞く度に、小絵はひどく傷ついていた。そんな過去の不愉快な光景が走馬灯のように小絵の脳裏を流れていた。

　小絵はほとんど無意識のうちにそのパソコンの電源を入れていた。もちろん、開くためにはパスワードが必要なことは分かっていたが、小絵は絶対に開こうという強い意志を持っていたわけではない。

　一つのパスワードで試してみて、開かなかったら諦めるつもりだった。Tree.life.225。良縁は日頃から、いちいちパスワードを変えるのは面倒だから、すべてこのパスワードに統一していると言っていたのだ。２２５は良縁の誕生日二月二十五日を表している。

　小絵はまったく期待していなかった。そのパソコンに極秘情報が入っているとしたら、良縁が普段と同じパスワードを使用しているとはとても思えなかった。だから、そのパソコンがあっさり開いたとき、むしろ安堵していた。そのパスワードで開くということは、逆に言えば、取り立てて重要な情報が入っているわけではない証左のように思われたのである。

　実際、そこに保存されていたものは、小絵の予想通り、「いのちの木」に関連する資料がほとんどだった。少しだけ気になったのは、良縁が援助活動をしている日本や外国の子供たちの顔写真が多く保存されており、その中で女子児童の割合がかなり多いように思われたことだった。ただ、男子児童もいないわけではなかったので、これも特に違和感を覚えたというほどでもない。

しかし、小絵は「ドキュメント」に保存されていた長い文章を見た瞬間、全身が痙攣した。内容をすぐに理解できたわけではない。小絵にとって、意味不明な文章がいきなり目に飛び込んで来たとしか言いようがなかった。

ばらばらの思考力のまま、断片的に読み飛ばした。やがて、ある文章が、小絵の目を釘付けにした。

後悔していないと言ったら、嘘になる。一時の怒りを制御できなかった僕も悪い。でも、君だって悪い。いや、君のほうがもっと悪いのだ。どうして、今更、逃げ出す必要があったのか。僕たちの心が通い合う寸前に、そんな暴走をした君の気持ちが、僕には分からない。

「君」とは誰なのだ。小絵は狂ったように前後左右に視線を移動させ、断片的な文言を拾った。

「剝き出しになった、留美の白い頸筋の黒いほくろが、微弱なシーリングライトに照らされて、薄闇の中に浮かんでいる」

「留美は僕の目を見ながら、許しを請うようにすすり泣いている」

「実際、僕も泣きながら、留美の頸筋に両手を掛けた」

留美、留美、留美。その名前は決定的に思えた。「僕」とは良縁のこととしか思えなかった。それに、「僕」が「留美」を監禁している場所は、どう考えてもイチクラ水産の倉庫だろう。

小絵にとって一番衝撃的だったのは、「白い頸筋の黒いほくろ」という表現だった。行方不明の留美の頸筋にほくろがあることを、小絵は呉から聞いて知っていたが、そのことは良縁には話していない。

呉から、本人を特定する重要な情報だから、誰にも話さないように口止めされていたのだ。そして、小絵が知る限り、どの新聞にもそういう事実は書かれていなかった。

画面をスクロールさせて、冒頭を見た。タイトルは、『誘拐犯の手記』（小説）となっている。だが、（小説）となっているのは、この文書の存在が発覚したときに備えて、言い訳しているようにも見えるのだ。

外で車の音が聞こえた。ようやく良縁が帰ってきたのだろう。ほんの一時間ほど前までは、あれほどその車の音が聞こえてくるのを切望していたのに、小絵は呆然自失の状態で、安堵の感情などまったく湧き起こってこなかった。

玄関で良縁を迎えた小絵は、良縁と共に居間に入った。最初は、良縁も警察に冤罪を掛けられようとしていると話していた。

良縁の仕事部屋にある古いパソコンに保存された手記に小絵が言及したときも、あれは留美の事件を題材にした、自分の書こうとしている小説の一部だと言い訳していた。しかし、小絵が手記に書かれていた、留美の頸筋のほくろに言及したとき、良縁は不意に泣き崩れ、留美を誘拐して殺害し、玄界灘に遺棄したことを告白したのだ。

小絵は涙ながらに、自首するように懇願した。それに対して、良縁は人格が変わったような恐ろしい形相になって叫んだ。

「君にそんなことを言う資格があるのか！　僕のパソコンの中身を盗み見るような女に」

良縁の目からは、いつの間にか涙は消えている。小絵はショックを通り越して、最初は良縁の言葉の意味さえ理解できないくらいだった。

良縁の口調は若干、呂律が回っておらず、顔も赤くなっているのに気づいた。そう言えば、昔、車の運転席のダッシュボードにウイスキーの小瓶が入っているのを見たことがあった。

良縁のまじめな性格を考えると、普段から飲酒運転しているとは思えない。ただ、このときは警察の厳しい事情聴取の鬱憤《うっぷん》を晴らすために、警察から家に戻ってくる間に、車の中でこのウイスキーを飲んでいたのかも知れない。いずれにせよ、良縁が酔っているのは確かに思えたが、酔いが本音を吐かせることもある。

「君は実の兄と乳繰り合っておきながら、夫である僕とのセックスにはろくに応じなかった。僕は、欲望をどこにぶつければよかったんだ？」

何というひどいことを言うのだと、小絵は絶望的な気分で思った。普段は、良縁の語彙カードにない言葉が、無意識のうちに、口から飛び出してきている印象だった。小絵が性的に夫を受け容れなかったことが、留美誘拐の動機に繋がったと言っているようにも聞こえるのだ。

兄と乳繰り合ったことなどない。夫とのセックスを特に拒否した覚えもない。しかし、小絵は何か言おうとしても、喉が詰まったようになって、一言も言葉が出てこなかった。

「まあ、そんなことはどうでもいい。ただ、最後に言っておきたいことがあるんだ」

ここで良縁は間を置き、不意に黙り込んだ。その顔は完全にしらふに戻っているように見えた。やがて、良縁は再び話し出した。

「白いスニーカーのことは、確かに僕の作り話だよ。洋介を留美の事件の犯人に仕立てあげたかったんだ。だが、あれは完全な嘘でもなかった。僕はあの部屋で、本当は白いスニーカーではなくて、青いスニーカーを見たんだ。小絵、僕が死んだあと、その意味をよく考えてみて欲しい」

奇妙に冷静な口調でそう言い終わった瞬間、良縁は小絵を押しのけるようにして、隣にある自分の仕事部屋に飛び込んだ。そのあと、部屋の外に出た良縁が廊下を走る音が響き、玄関の戸の開閉音がした。しばらくあたりを静寂が支配したあと、エンジンの掛かる音に続いて、良縁の車が出ていく音が聞こえてきた。

小絵の全身は痙攣していた。ようやく、ふらふらした足取りで、もう一度良縁の仕事部屋に入った。予想通りだった。やはり、机の上に置かれていたパソコンが消えていた。良縁の行き先は分かっている。良縁が自死を遂げるとしたら、イチクラ水産の倉庫しかあり得なかった。だが、小絵には良縁を追いかけて、自殺を止めようとする気力も残されていなかった。小絵はただ、無機質で、雑然とした倉庫内を思い浮かべた。至る所に置かれた、荷物を積載するためのパレット。良縁が常々自慢していた、採光に優れた天窓も、こんな時刻では夜の闇の不気味な深淵を映す鏡にしか見えないだろう。

パレットを積み重ね、その上に乗って、天窓の操作ロッドにロープを繋ごうとしている良縁の哀れな姿が、小絵の目の奥に浮かんでいる。

11

「それで響子は、我々のインタビューを受けることに同意したんですか？」

その一報は、朝から陰気な雨が降り続く午後一時過ぎに、影山から私の携帯に掛かってきた電話で知らされた。福岡市内に住んでいる響子が見つかったというのだ。冷静な影山にしては、珍しく興奮気味の声が、携帯の奥から聞こえて来た。

「ええ、実は『週刊流麗』の野田君が、三日前から福岡に入って、響子と接触を重ねていたんです。そして、響子は今日になって、我々のインタビューを受けることにはっきりと同意したようです。それで前田さん、誠に急なことで申し訳ないんですが、明日の午前中、福岡に飛べますか？　飛行機のチケットはこっちで何とかしますから」

否《いや》も応《おう》もなかった。私は、この時点では響子に会わない限り、何事も解決しないというようなせっぱ詰まった気持ちになっていたのだ。私は影山の電話を切ると、すぐに大学の教務に電話して、翌日の授業の休講を申し出た。幸いなことに、近年はどの大学でも、補講期間というものが設けられていて、休講した授業をその期間中に代替できるようになっているのだ。私はついでに補講日の日程についても、教務に伝えた。

　翌日の午前十時過ぎ、私は影山と共に、羽田を離陸する全日空機で福岡に飛んだ。すでに十一月の末だった。福岡市内のホテルで、響子を連れてくることになっている野田と合流する予定だった。私は野田には会ったことがなかったが、影山の話ではまだ二十五歳で、週刊誌記者としての経験は浅いが、やる気は満々らしい。

　野田がどうやって響子を探し出したか、私は詳しいことを影山から聞いていなかった。いや、正確に言えば、私のほうが質問していなかった。『流麗社』から見れば、私は部外者であり、そういうニュースソースの秘匿を崩すような質問は憚られたのだ。

　響子が私たちと会って、どんな発言をするのか、見当が付かなかった。『週刊流麗』がインタビューに当たって、何らかの金銭的供与を約束したのかも分からなかった。通常の取材の場合は、謝礼に類するものは支払わないらしいが、今回もそうだとは言い切れないだろう。

　この点については影山に訊いてみたが、影山は「そんな謝礼の約束はしていないと思いますよ」と答えたものの、彼は同じ出版社とは言え、週刊誌の担当ではないので、そのあたりの詳しい事情は知らないようだった。

　私が金銭的供与の有無を気にしたのは、正直に言って、響子が金銭目当てでインタビューに応じ、裁判と同様、実質的に完黙状態でインタビューを終えることを危惧したからだ。響子が現在、経済的に窮していれば、それもあり得ないことではない。

　響子は、裁判で無罪が確定後の二〇〇二年五月二日に、国家賠償請求を行い、それが認められ、後に補償金として九三〇万円の支払いを受けていた。

　このとき響子が、未だに有罪を信じる人々から激しいバッシングを浴びたのは想像に難くない。

しかし、それはともかくとして、すでに経過した二十年という歳月を凌ぐのに、そんな金額だけではいくらの足しにもならなかったことだろう。

響子のその後の人生が分からない以上、何とも言えないが、加齢による容色の衰えを考えれば、水商売で稼ぐことも次第に難しくなるはずである。従って、響子が現在、豊かな生活を享受している可能性は低いように思われたのだ。

午後一時過ぎに、私たちは、『流麗社』が用意した西中洲にあるシティーホテルの一室に入った。午後二時に、野田が響子をその部屋に案内して来るという。

宿泊用ではない部屋だったので、ベッドなどは置かれていない。約束の時間まで一時間近く空いていたので、私たちは部屋の中央に置かれた気品のあるパープルの大きな応接セットに対座して、話し合った。

「市倉良縁が小絵に話したという青いスニーカーの件はやはり気になりますね」

影山の言葉に、私はうなずいた。小絵との面会模様については、影山だけに伝えていた。しかし、良縁が目撃した靴が白いスニーカーではなく、青いスニーカーだったという証言は微妙だった。

「篠山君が行方不明になった当日、『黒のゴム長靴』を履いて出かけたことは、全国紙の地方版のすべてが報道しています。しかし、呉さんは、篠山君が履いていたのは、青の運動靴だと言っています。実際、地元紙の『北九州タイムス』だけは、『青の運動靴』と書いているんです。どちらが正しいのか、すぐには断言できませんが、おそらく呉さんは、篠山君の家族からそれを直接聞きだしたのだろうから、呉さんの言うことを信じるべきじゃないでしょうか。地元福岡では全国紙ではなく、地元紙の『北九州タイムス』を取っている家庭もかなりあり、駅の売店などでも、『北九州タイムス』は全国紙より目立つ位置に置かれていることが多いようです。もちろん、市倉家がどこの新聞を取っていたかは分かりませんが、『北九州タイムス』を取っていたとしたら、良縁が語ったことは、新聞情報に基づいて話したことになり、実際に見たわけではないのかも知れません。でも、逆の場合は、つまり彼が全国紙のほうを読んでいたとしたら、『黒のゴム長靴』と書かれていたわけですから、その情報とは違う、見た通りのことを言った可能性も出てくると思うんです」

私の言ったことは細かすぎて、影山にはいささか話の本筋を外しているように聞こえたのだろう。影山はあいまいな表情をして、すぐには反応しなかった。私は慌てたように、早口で付け加えた。

「もちろん、『北九州タイムス』を読んでいた良縁が新聞情報を使って、単なる嫌がらせとして、篠山君事件に関する関根への疑惑が深まるように、そんな証言をした可能性も十分に考えられますが」

実際、小絵が警察に対して知っているほとんどすべてのことを話しながら、その部分だけを伝えなかったのは、小絵が兄や親族の名誉を考えたというより、良縁の発言を信じていなかったとも解釈できなくはないのだ。

「前田さんの印象では、良縁はそんな嘘を吐きそうな男なんですか？」

影山の質問は、いかにも私を困惑させるものだった。良縁の事件への関与をまったく予想していなかった私が、彼の人格を的確に評価していたとはとても思えなかった。

一言で言えば、私はまんまと良縁に騙されており、そのことにまったく気づいていなかったのだ。私の調査に協力的に見えたのも、私の疑惑をますます関根のほうに誘導する方便だったとも言える。

「いや、そんなことはありません。私にはとても誠実な人間に見えていました。しかし、結局、彼が留美さんの誘拐犯であることが判明したのですから、私の観察眼も当てにならないことになります。ただ、私が実際に知っている良縁は、小絵が私に伝えた自殺直前の良縁の姿とあまりにも違いすぎるんですよ。小絵の話では、そのとき良縁は飲酒していて、完全にしらふの状態ではなかったようだけど、それにしても、結局自殺を遂げた良縁が、死ぬ直前にまで関根に罪を着せるためだけに嘘を吐いたという解釈もにわかには信じられないんです」

「でも、良縁は家を出るとき問題のパソコンを運び出しているわけでしょ。従って、その時点では完全に自殺を決意していたわけではなく、未だに罪を逃れることも視野に入れていたんじゃないでしょうか。ただ、結局、諦めて自殺の道を選んだということでしょ」

「仰る通りかも知れませんね」

私はあっさりと影山の言うことに同意した。しかし、今のところ、そのパソコンも発見されていない。めちゃくちゃに破壊して、良縁の会社近くの海にでも放り込めば、発見は難しいし、仮に発見されたとしても、中身を復元するのは絶望的だろう。

「とにかく、良縁が本当のことを言っているとしたら、関根が篠山君事件に関与している可能性はますます高まって来るわけですからね」

影山が気を取り直すように言った。

「ええ、それはそうでしょうね。すでにすべての罪について時効が成立しているとは言え、私は事件の真相を明らかにする義務があると思っています」

「そうですよ。私たちは、あの事件を法的に検証しているわけではないんです。ある意味では、法律を超えたところにある真相を追究しているわけですからね」

「しかし、私は小絵から聞いた青いスニーカーに関する良縁の証言を呉さんにさえ伝えていないんです。呉さんにはお世話になりっぱなしで心苦しいんだけど、呉さんに伝えると、間違いなく福岡県警に伝わりますからね」

「それでいいんじゃないでしょうか。前田さんは出版社の社員ではないし、週刊誌の記者でもないんだから、ニュースソースの秘匿については、我々のような義務はない。だから、それを警察に話すかどうかは、基本的には前田さんの意志次第です。しかし、市倉小絵との信頼関係もあるでしょうから、私も前田さんの立場に立ったら、やはり警察には話さないでしょうね」

ここで、話がいったん落ち着き、私と影山はしばらくの間、黙り込んだ。響子のインタビューについては、すでに私と影山が質問すべき内容は打ち合わせていたので、話し合うべきことはほとんどなかった。

部屋は夜の九時まで取ってあり、延長も可能だったが、私も影山も三時間くらいを目安に打ち切ることを想定していた。響子に本気で話す気があるのかないのか、その時間内で見極めるつもりだった。

野田の立場としては、当然、このインタビューの内容を週刊誌に掲載し、その場合は週刊誌特有の誇張表現で現在の響子の生活や心境について伝えるつもりなのだろう。しかし、私も、そしておそらくは影山も、響子が真実を告白するか否かにしか興味がなかった。

『週刊流麗』側では、野田以外にデスクも同席する予定だったのだが、影山が編集長に頼み込んで、週刊誌側は野田一人にしてもらっていた。響子が緊張して口が重くなることを防ぐために、できるだけ人数を絞りたいというのが、影山の主張だった。

だが、本音を言うと、週刊誌的な質問内容が先行して、客観的な事実の聴取がおろそかになるのを影山は嫌ったのだろう。それは私も同じだった。

実際、週刊誌のデスクが入れば、そういう雰囲気になりかねない。週刊誌側が若い野田一人なら、影山と私でインタビューのイニシアチブを取れると踏んでいたのだ。

私は新聞や週刊誌の報道写真でしか知らない響子の顔が、長い年月を経てどんなふうに変わっているのか、いささかの興味があった。私はここでも小絵の顔を思い浮かべ、無意識のうちにこれから見ることになる響子の顔と比べようとしていたのかも知れない。

もちろん、小絵も加齢による容姿の変化を免れることができなかったのは当然だが、それでも呉が私に伝えた容姿のイメージが見事なほど反映されていた。年齢も実際より遥かに下に見え、若い頃の顔を十分に想像できるほどだった。

それに対して、写真では何度も見たことがある響子が、どんな表情で現れるのか、私は不思議なほど想像することができなかったのだ。

青いスニーカーについての深刻な話をしたあとは、私と影山はとりとめもない雑談をしながら、響子を待った。その間、影山の携帯に一度野田から連絡が入り、到着が三十分程度遅れると伝えてきた。

「まさか響子が、気が変わって、インタビューは嫌だと言い出したんじゃないでしょうね」

私は影山の顔を見つめながら訊いた。

「いや、そういうことではないみたいですよ。響子と野田君の間に、待ち合わせ時間の誤解があったみたいです」

影山はこともなげに言った。どうやら、響子と野田は別の場所で待ち合わせたあと、一緒にこのホテルの部屋に来る予定らしい。

さらに三十分ほどが経過した頃、室内のチャイムが鳴った。私の体内を、強い緊張感を伴う痺れるような疼痛が走り抜けた。いよいよ響子に会えるのだ。

だが、それはどこか不吉な予感に近い感覚だった。心臓の鼓動が早くも強く打ち始めている。

影山がすぐに立ち上がり、部屋の入口に向かった。私が座っている位置からは入口は死角になっていたが、私はあえて体の位置をずらして覗き込むことはしなかった。

すぐに扉が開く音が聞こえ、影山とおそらく野田と思われる男の声がした。野田らしい男が、

「遅れてすみません」と謝っている。女の声は聞こえない。

私はゆっくりと立ち上がり、野田たちを迎え入れた。戻って来た影山は私の立つ側に移動した。野田の顔が私の視界を過《よ》ぎった。

赤いパーカーを着た、若々しい長身の男だった。眼鏡は掛けていない。しかし、私は野田の顔などろくに見ていなかった。

私の視線は、野田の背中の陰に隠れるように立つ、女性の姿に注がれていた。何とも言えない感慨に似た感情が湧き上がった。これが響子なのか。それは初めて私が小絵に会ったときに感じた感慨とは明らかに異なっていた。

髪には、夥しい数の白髪が混ざっていた。染めていないのが不思議なほどの量だ。予想通りの長身だったが、丸くなった背中は、老いの衰えを残酷なばかりに忠実に映しているように見えた。

黒地に薄茶の花柄模様の入った長袖ワンピースを着ていた。両手には薄手の黒い手袋を嵌めている。顔は白いマスクを着けているため、若干細めの目が分かる以外は、特徴を言うのは難しかった。

「こちらが、三藤響子さんです」

野田が、幾分緊張気味の声で紹介した。

響子は無言のまま、深々と頭を下げた。私と影山もそれに応じて、頭を下げる。

「三藤さん、今日はわざわざおいでくださり、ありがとうございます。私は『流麗社』で編集者をしている影山と申します。こちらは小説家の前田裕司さん、今回の作品をお書きになっている著者の方です」

私が篠山君事件について、小説を書こうとしていることは、あらかじめ野田の口から響子に伝えられているようだった。野田は、私の小説とこれから掲載されることになる週刊誌の記事は、基本的には別の事項だと説明しているらしい。

影山が私を紹介したとき、私と響子の目が微妙に交錯した。響子は軽く会釈したが、その目には警戒の色が滲んでいるように見える。

ただ、それは気のせいにも感じられ、未だに一言も言葉を発していない響子の心境を推し量るのは不可能だった。私はいかにも硬い笑顔で、会釈を返したに違いない。

影山に促されて、私たちは一斉にソファーに座った。私と影山が並んで座り、響子と野田が反対側に座る。その結果、私と響子が、至近距離で正面から向き合うことになった。

「まずはルームサービスで飲み物を注文しましょう。三藤さん、何になさいますか？　コーヒーか紅茶、それにオレンジジュース、コーラなどのソフトドリンクもあります」

「オレンジジュースをお願いします」

これが響子の第一声だった。女性にしては太い、しっかりした声だった。

立ち上がって電話機の方に歩こうとする影山を手で制して、野田が素早い動作で立ち上がった。結局、響子以外は全員コーヒーを注文した。飲み物が来る間、私たちは雑談した。しばらくすれば、飲み物を運んでくるホテル従業員が部屋に入ってくる以上、すぐにインタビューを始めるわけにはいかなかった。

響子の場合は、何を訊いても、雑談の範疇を逸脱するように思えた。影山は、ときおり、響子の目を覗き込むようにして、そのたわいもない会話に誘うような雰囲気を漂わせたが、響子は沈黙したままだ。

やがてルームサービス担当の従業員によって飲み物が運ばれてきたが、その若い男性従業員は、室内に浸潤している異様な緊張感に気づいたかのように、足早に立ち去った。

「三藤さん、どうぞお飲みになってください」

言いながら、影山自身も、コーヒーにミルクを入れ始めた。響子がストローの封を切って、オレンジジュースの中に入れる。それから、徐《おもむろ》にマスクを外して、半透明のテーブルの上に置いた。私はさりげなく、響子の顔を観察した。

不思議な虚脱感が私を襲っていた。奇妙に大まかな顔立ちだった。まず濃い口紅に比べて、ひどく薄い眉が異様に目立った。

マスクを外したことによって現れた口と下顎の面積は、顔の上部よりも広く、不均衡にさえ見える。才気の欠如した、暗く鈍重な印象だった。私が写真で知っていた、若い頃の響子の顔の面影はなかった。

もう一つ気になったのは、ジュースを飲むときも、響子が両手に嵌めた黒い手袋を外さなかったことだ。結局、響子は最後まで、その手袋を外すことはなかった。

しかし、インタビューの開始に備えて、緊張しきっていた私は、その意味を深く考えることはなかった。冬が始まり掛かった季節だったから、響子が手袋を嵌めてやって来たこと自体は、それほどおかしいことではなかっただろう。

「三藤さん、インタビューの内容を録音させていただきたいので、集音マイクを設置させていただきますが、よろしいでしょうか？」

それぞれが飲み物に少しだけ口を付けたところで、影山がさっそく言った。響子は小さくうなずいただけで、特に何も言わなかった。ここでも影山ではなく、野田が動き、黒い鞄から小型のスタンドマイクを取り出して、テーブルの隅に設置した。

「現在は、お一人でお住まいですか？」

影山が訊いた。さりげなさを装った口調の質問だったが、これがインタビューの第一問だったことは間違いない。

「いえ、二人の娘と一緒に暮らしております」

やはり、太い声だったが、言葉の訛りはほとんど感じなかった。

「お仕事などは？」

「週三回、清掃のお仕事をやっております。それだけでは食べていけないんですが、娘たちも働いていますので、何とか三人で暮らしております」

丁寧で謙虚な話し方だった。だが、感情の起伏はほとんど感じられなかった。人間の感情表現を記憶したＡＩを彷彿とさせる反応にも見える。

「そうですか。では、少し事件のことをお訊きしてよろしいでしょうか？　三藤さんは、無罪という裁判の結論自体には当然満足されていると思いますが、一審判決の判決文の内容については、率直にどんな感想をお持ちでしょうか？　当時、一部の専門家が『まるで有罪判決のようだ』と評したように、必ずしもあなたの意に沿わぬことが書かれていると思うのですが」

「お答えすることはありません」

間髪を容れずに響子が答えた。私は思わずうめき声を上げそうになった。何故か、私はこの言葉だけは想像もしていなかった。だが、考えてみれば、当然に予想すべき答えだった。何しろ、響子は「完黙の女」なのだ。

私たちは、ある意味では、響子がインタビューに応じると言っていることを伝えた野田の言葉を、あまりにも素直に受け止め過ぎていたのかも知れない。確かに、響子は「インタビューに応じる」と言っただけで、「事件について真実を話す」と言ったわけではない。また、インタビューには様々な種類と範疇があり、実際、響子は日常生活について訊いた影山の第一問には、きちんと答えているのだ。

　従って、響子は嘘を吐いたとも言えず、響子にとってのインタビューとは、過去において冤罪を晴らした女性が、現在の生活について語るという程度の意味だったとも考えられる。しかし、篠山君事件にのめり込む私も、そしておそらくは影山も、響子が篠山君事件の真相を語ってくれると勝手に期待していたのかも知れない。

　冷静な影山も、響子の答えに動揺しているようで、絶句したままだ。これまで何度か響子に接触している野田でさえ、不意を衝かれたような表情で、呆然としていた。

　居心地の悪い沈黙がしばらく続いたあと、影山がようやく気を取り直したように口を開いた。

「しかし、あなたの無罪は裁判的にはもう確定しており、今は絶対に安全な立場にいらっしゃるのだから、判決内容について多少の感想をお述べになっても、まったく問題ないと思うのですが。あの判決内容を肯定するのか、否定するのかくらいは教えていただけないでしょうか？」

　私たちの沈黙が響子に引き継がれたように、今度は響子が長い間、黙る番だった。三分程度沈黙が続いたあと、野田がたまりかねたのか、口を開いた。

「僕には分からないのですが、あなたは僕に対して、インタビューに応じてもいいという意味のことを仰ってくれましたよね。あれはどういう意味だったのでしょうか？　裁判の判決内容について、ご自身の感想を述べるくらい、それほど高いハードルでもないですよね。あなたがあの判決内容に不満を持っているのは当然、僕たちも予想できることですし、どこがどう不満なのかを簡略に言っていただくだけでもいいんです」

　野田にしてみれば、響子がこのまま実質的に何もしゃべらなければ、響子がインタビューに応じる意向を持っていると伝えた自分の判断力さえ、問題にされかねないと焦っているのだろう。その必死さが、言葉の隅々に滲み出ているように思われた。

だが、響子はこの野田の発言も無視した。隣に座る野田の顔を見ようともしなかった。再び、影山が質疑を引き継ぐしかなかった。

「分かりました。裁判の判決内容にコメントしたくないというのであれば、我々もそのことについて、お訊きするのはやめにします。では、ＤＮＡ鑑定について、お訊きします。あの骨を篠山君のものと断定した鑑定について、あなたのご意見を教えていただけないでしょうか？　批判でも何でも構いません」

この質問も打ち合わせ通りだった。私の質問は、最後の決定的な一つに限られていた。

「お答えすることはありません」

またしても、響子がこう答えたとき、響子の顔がはっきりと紅潮するのが分かった。棚橋が言っていた通りの反応だった。会話が肝心な部分に差し掛かると、響子の顔は紅潮するのだ。その表情にも、若干の生気が戻ってきたように見えた。

そのあとは、その常套句と沈黙の、果てしない繰り返しになった。私は何のためにインタビューをしているのか、分からなくなり始めていた。私と影山が密かに定めていた三時間程度の長さのインタビューどころか、一時間もたせるのも難しそうに思えたのだ。

私は内心では、いったん事件の話題を中断し、響子の日常に関する話題に戻って、何でもいいから響子にしゃべらせたほうがいいと、判断していた。ところが、影山はまるで響子の口を力尽くでこじ開けようとするかのように、事件に関連する質問をし続けた。

浜松市における火災死亡事件にも言及していた。「地元で、あれは放火だという噂があったのは、ご存じだったのでしょうか？」「ご主人の喜美夫さんとは、実際のところ、夫婦仲はどうだったのでしょうか？」「保険金の請求はどうしてなさらなかったのでしょうか？　やましいところがないのでしたら、堂々と請求なさればよかったじゃないですか？」「例の骨の入ったビニール袋を、何故花村家の納屋に残していったのでしょうか？」

沈黙。沈黙。沈黙。そして、ときおり「お答えすることはありません」という常套句が、織り交ぜられる。影山の顔にも、露骨な苛立ちが現れ始めた。

私には、冷静な影山でさえ、響子の術中に嵌まっているようにしか見えなかった。やはり、とてつもない女だという思いが、胸を過ぎる。

野田は最初の発言ですでに精根が尽き果てたように、不満とも諦念とも取れるような表情を浮かべたまま、沈黙している。こういう修羅場に接するには、野田は若すぎるのかも知れない。

影山が私の顔を見た。その意図は明らかだった。だが、私にしてみれば、まだまったく傷ついていない敵陣の鉄砲隊に、竹槍で突っ込めと言われているに等しい気分だった。

「三藤さんは関根洋介さんをご存じですね？」

私が覚悟を決めてこう訊いたとき、うつむいていた響子が僅かに顔を上げ、一瞬、ちらりと、正面に座る私を見たように思えた。

「関根さんのことは、よく存じ上げております」

私の胸の中を強い衝撃が走り抜けた。ともかくも響子が答えたのだ。不意を衝かれた気分でもあった。影山も野田もそうだったのだろう。二人とも驚愕の表情で、響子を凝視しているように見えた。

これまで黙秘を重ねてきた響子が、私の問いに答えたということも意外だったが、それ以上に、響子の答えの中身も意外だった。関根のことをよく知っていると答えたこと自体が、関根との共犯関係を認めたようにも聞こえたのだ。

もはや無罪が確定している響子にとって、法的には意味がないこととは言え、確かに関根が事件に関与しているほうが、未だに世間に蔓延している響子有罪説を、少なくとも緩和することができるのだ。ただ、私の印象では、そこまで計算して言ったというよりは、ごく自然に事実を告げただけにも思われた。

私は勢いづくように、さらに決定的な質問を投げかけた。

「率直に訊きます。あなたと関根さんはお二人とも篠山君事件に関与したのでしょうか？」

共犯という言葉は、あえて避けた。言っていることは同じだった。

響子が再び顔を上げ、もう一度ちらりと、私を見たように思えた。だが、返ってきたのは、沈黙だった。私はその沈黙を無視するように、一気に言い放った。

「私は篠山君事件の主犯は、あなたではなく、関根さんだと思っています。それにも拘わらず、あなたが長い間、篠山君の死体や骨を手元に置いて離さなかった理由を知りたいんです」

細かな説明を加える気はなかった。大ざっぱに私が考えていることを伝えるだけでいい。私はやはり響子の罪の意識にこだわっていた。いや、そこに賭けていたと言うべきだろう。

もちろん、関根に関する私の発言が、法的に危険どころか、完全にアウトであることは分かっていた。名誉毀損罪で訴えられれば、敗訴は間違いない発言だった。

「関根さんのことはとやかく言いたくありません。でも、一つだけ申しあげたいことがあるんです。それはきっとあなたのご質問に対する答えになると思うんです」

響子が妙に冷静な口調で言った。ただ、関根については、直接答える気がないのは、何となく分かった。

「どういうことでしょうか？　何でも仰ってください」

私は仕切り直しをするように言った。完黙の女が、自ら積極的に何かを話そうとしているのは、間違いないように思えた。

「花村家の納屋で発見された骨が、本当に篠山君のものであったのか、そうではなかったのか、他人には分からないと思います。科学も万能ではありませんから」

響子はいったん言葉を切って、じっと私を見つめた。それから、奇妙に事務的な口調で、言葉を繋いだ。

「でも、私は血の繋がっていない子供の骨と位牌を手元に置いて毎日拝むほど、信心深くはありません」

再び、強い衝撃が私を襲った。私は、一瞬、絶句した。私がさらに質問しようと口を動かしかけた矢先、響子がさらに言葉を加えた。その声は、若干、震えているようにも感じられた。

「あれが篠山君の骨であっても、そうでなくても、私にとっては同じことだったんです」

私の心の中で、何かがけたたましい音を立てて壊れていくのを感じた。本能的に、響子の言っていることを理解できたような気がしたのだ。

あれは照幸の骨ではない。そして、響子はその骨が誰のものかを知っている。響子の言葉は、そういうことを示唆しているとしか考えられなかった。ＤＮＡ鑑定の精度などという科学的な根拠を超越した決定的事実を、響子が知っていることを表明したように思えたのだ。

不意に、浜松市の繁華街を、髪の長い男と一緒に、足の不自由な、小さな男の子の手を引いて歩く響子の姿が私の目に浮かんだ。響子が、その誰とも分からない男の子を殺したというのは、妄想が過ぎるだろう。しかし、その光景は、ある種の象徴的な意味合いを帯びているように思われた。

結婚と離婚を繰り返す響子の男性遍歴を考えれば、正式な婚姻関係になくとも、三人の離婚した元夫以外にも、男女関係にあった男があまた存在したと想像される。だとしたら、響子が現在一緒に住んでいるという二人の娘以外にも子供がいて、その子供を何かの事情で死に至らしめた過去があるという推測は、それほど突飛な飛躍とも言えないだろう。

むしろ、そう考えることによってこそ、響子が否認ではなく、沈黙を選んだことの意味が初めて氷解するように思われたのだ。響子はあの骨が照幸のものではないことを確信していた。確信する理由があったのだ。しかし、響子はそれを主張するわけにはいかなかった。

　何故なら、そういう主張を展開すれば、照幸殺害の容疑からは遠ざかるとしても、別の暗い過去の決定的行為が浮き彫りになる可能性があったからだ。結局、響子はその二つの事象を秤に掛け、どちらでもない沈黙を選んだということではないのか。そういう状況を響子の言葉が暗示的に表現しているのは、明らかに思えた。

　私が照幸に対する愛情と思いこんでいたものは、実は響子が過去に死に至らしめた自分の子供に対する愛情だったのかも知れない。いや、照幸がその子供を思い起こさせる存在だったとしたら、それを照幸に対する愛情と言い換えるのも、あながち間違いではないだろう。

　響子の言わんとしていることは理解できたものの、その信憑性を即座には判断できなかった。私の脳裏をさらに暗黒の思考が旋回した。

「となると、篠山君は今、どこにいるのでしょうか？　すでに殺されてどこかに埋められているのか、それとも――」

「それは関根さんに訊いてください！」

　響子が私の言葉の語尾を断ち切るように、強い口調で言い放った。

「では、篠山君を誘拐した犯人は関根さんと考えていいのですか？　少なくとも主犯という意味では」

　私は念を押すように食い下がった。「少なくとも主犯という意味では」と付け加えたのは、響子がまったく無関係なわけではなく、共犯の役割を果たしたことを示唆したつもりだった。

「お答えすることはありません」

　そのあと、再び、果てしもなく底が深いように思われる長い沈黙が始まった。

　私に代わって、影山と野田が、交互に響子に向かって何かを訊いている姿が、私の網膜の奥に映っている。だが、私はまるで入れ子構造の望遠鏡を覗き込んでいるような気分で、二人の質問は私の耳には届いていなかった。

12

　響子とのインタビューは、結局、正味二時間足らずで終了した。響子を送り出したあと、私たちはそのままその部屋に留まり、一時間程度の反省会を開いた。

　何とも評価の難しいインタビューだった。私には成功という感覚はなく、響子の全面的な告白を引き出せなかったという意味では、忸怩たる思いだった。

　ただ、いいところまでは聞きだしたと感じていた。それ以外の質問には、ほとんど沈黙を守っていた響子が、関根の関与については肯定に近い発言をしたのだ。

　実際、影山は、響子のあの発言を引き出せたのはお手柄だと言って、私を持ち上げてくれた。もちろん、私の執筆意欲をいたずらに削ぎたくないというある種の政治的配慮が影山にあったのは、確かだろう。

　しかし、よくよく話し合ってみれば、響子の言ったことに対する受け取り方は、私、影山、野田の間では、三者三様だった。

　一番はっきりと自分の解釈を主張したのは、若い野田だった。やる気満々という、影山の野田評は、この点では間違ってはいなかったのかも知れない。

「あの発言で、関根の関与が明らかになったと考えるのはどうかと思いますよ。僕には、彼女が前田さんの言葉に乗っかって、自分の立場を少しでも良くしようとしたようにしか見えなかったな。関根の関与があったとすれば、彼女にとっては、少なくとも単独犯説を否定できるわけですから、けっしてマイナス要素ではないでしょう。しかも、前田さんは関根が主犯とまで言ってくれているのだから、あえて否定する必要もないかと。自分の子供と結びつけているように聞こえた、納屋に残されていた骨の話も、そういう文脈で捉えれば、分からなくはないですよ。つまり、あの骨が篠山君のものではないことになれば、当然、篠山君は別の誰かに殺されたのではないかという疑惑が生まれるわけですよね。別の誰かとなれば、あの文脈では関根しかいませんからね。もちろん、僕にも確信は持てませんけど、あの骨の話は、やっぱり彼女の作り話のような気がするなあ」

野田は関根が篠山君事件に関与しているという見方には懐疑的なようだった。要するに、響子の単独犯説で、その意味では棚橋や呉に近い。ただ、それをはっきりと口に出さなかったのは、おそらく、小説の執筆者である私に対する遠慮があったのだろう。

「そうだとしても、篠山君の骨であれ、自分の子供の骨であれ、そんな大切なものを、花村家の納屋に置いたままにして、何で花村家を離れたのかという疑問は、解消されないね」

ここで、影山が口を挟んだ。これは影山自身が響子に訊いたことでもあったが、響子はやはり答えていなかった。それに、その問題は私と影山の間でも、すでに何度も議論されてきた疑問だった。

「でも、それは案外、単純なことのようにも思えるんですよ。あの火災死亡事件が放火殺人だったとしたら、彼女にとっても大変な賭けだったわけで、ひどく混乱していて、うっかりあの骨を納屋に置き忘れたまま、夫の実家を去ってしまった。取りに戻るにも、親族一同から激しいバッシングを受けていたわけですから、そう簡単に戻れなかったでしょう」

影山は、野田のこの発言には特に異論を挟むことはなかった。確かに、そういう解釈も不可能ではないだろう。しかし、私はそんなあいまいな解釈に対しては、完全には納得できなかった。

私はゆっくりとした口調で話し始めた。

「響子は、当時、いろんな意味で疲れ果てていたと思うんです。だから私は、骨を放置したのは一種の衝動的な自白だったような気がしています。どうせ捕まえるなら早く捕まえて欲しいという、罪の意識に耐えかねた心の叫びだったのかも知れない。罪を逃れようと隠蔽工作に明け暮れていた人間が、一瞬、そんな気持ちになることは、あり得ないことではないでしょ。棚橋さんも言っていたように、響子はけっして罪の意識のない犯罪者ではなかった。そして、それを不用意に表に出してしまうような人間的なところがあった。娘しかいないのに、男子児童用の勉強机を買ってみたり、人前で仏壇の前に骨の入った箱を置いて拝んでみたり。そういう点では、自分の弱みを徹底的に隠蔽したヒ素カレー殺人事件の林田雅美などとは対照的な女性のような気がするんです」

私の発言のあと、短い沈黙が続いた。だが、影山がやがて、やや遠慮がちに口を開いた。

「そういう考え方は、あの骨が篠山君のものであっても、響子が殺したかも知れない自分の子供のものであっても、当てはまるわけですね。前田さんは、響子があれは自分の子供の骨だと仄めかしたことを、本当だと信じているんですか？」

「そこはちょっと複雑ですね。確かに、あれは篠山君の骨ではないという意味に取れる発言は、私にはショッキングでしたが、私は裁判所が科学的かつ客観的に行った判断を、あの発言だけで、そう軽々には覆せないと考えています。ただ、まったくデタラメかというと、私はそこまでの確信は持てません。私は関根が篠山君を殺した可能性も、依然として排除していません。しかし、仮に関根が主犯だとしても、響子が事件にまったく無関係だということはあり得ず、少なくとも死体の隠蔽には関与しているはずです。今日の響子のインタビューはそういう複雑な感情を反映しているとも考えられます」

影山はうなずいたが、野田は相変わらず、納得していない表情だった。

「野田君、このインタビュー記事は、君のほうではいつ出すつもりなの？」

影山が話題を変えるように訊いた。このまま議論を続けても、堂々巡りになるだけだと思ったのだろう。

影山の質問意図は何となく分かった。『週刊流麗』が近日中に、今日の響子とのインタビュー記事を掲載するのは間違いないので、それからあまりにも長い時を置いて、私の本を出版するわけにはいかないのかも知れない。

週刊誌の記事が、多少とも私の作品の宣伝を兼ねる役割を果たすとしたら、編集者がその費用対効果を考えるのは当然である。しかし、完成時期について私はまったく白紙状態だった。書かなければならない枚数がまだ相当残っている上、そもそもどういう結論になるのか、自分でも見当が付かなかったのだ。

「そうですね。早ければ、再来週あたりには出るかも知れませんね。もちろん、今日のインタビューの報告を受けて、最終的には編集長が決定するでしょうが」

「そうか。さぞかし、扇情的なタイトルにするんだろうな。『完黙の女がついに激白！　あれは篠山君の骨ではありません！』なんてね」

私は思わず苦笑した。影山にしては、珍しくおどけた口調だった。ただ、影山にも週刊誌側の立場にある野田を牽制する意図があるように思われた。私の小説と、週刊誌の記事にあまりにも大きな齟齬が出るのは、確かに好ましくないだろう。

「そこまではっきりとは書けないでしょうが、まあ、デスクはそれに近い大げさなタイトルで行きたがるでしょうね。タイトルと、本文の記事内容がかなり異なるのは、週刊誌の得意技ですから。タイトルでは、虚偽に近い大げさなことを書いておいて、本文ではそれなりに正確に書いて、訴訟リスクを減らすというのも、週刊誌は普通にやりますからね。でも、実際にインタビューに臨んだ僕としては、複雑ですよ。響子の発言をどう取るのか、そう単純でないのは分かっていますから」

野田の発言に、私も影山も大きくうなずいていた。響子とのインタビューに臨んだ三人には、ある共通の理解があるのは、確かだった。もちろん、それを一言で言うのは難しい。

しかし、私自身は、それを事実の両義性と呼びたかった。カポーティは、カンザス州で起こった一家四人殺しを取材して『冷血』を書いたとき、その作品が「紛《まご》うことなき事実」に基づくと宣言したが、私は逆に「紛うことなき事実」とは何かと自問していたのだ。

13

影山と野田と別れてから、二時間後、私は再び、関根の家の前に立っていた。私は単独で関根に会うことを決意していた。響子が客観的な真実を話したかどうかはともかくとしても、少なくとも響子は関根が照幸を殺したことを仄めかしているのだ。ただ、響子側の話だけを一方的に信じて、関根が篠山君事件の主犯だと決めつけるわけにはいかない。

ただし、響子の発言を関根に直接ぶつけて、関根の反論を聞くという正攻法を取るつもりはなかった。私はもっと微妙な方法を考えていた。

今回もアポイントメントは取っていない。関根が固定電話に出ない以上、取りようがなかった。玄関の門灯は点いており、奥の室内にも明かりが見えている。私は前回と同じように、玄関の柱に取り付けられた黒色のインターホンを鳴らした。

「どなたですか？」

すぐに女の声の応答があった。意外だった。同時に嫌な予感がした。すでに関根は引っ越していて、ぜんぜん無関係な人が住んでいる可能性を考えたのだ。しかし、玄関の表札は、「関根洋介」のままである。

「あの――関根洋介さんはご在宅でしょうか？　前田と申しますが」

一瞬、応答が途切れたように思えた。だが、再び同じ女の声がインターホンから聞こえてきた。

「少々お待ちください」

しばらくして、廊下を歩くような足音が聞こえ、玄関の扉が開いた。顔を出したのは女ではなく、男だった。白髪の多い、短髪の男だ。

私はてっきり嫌な予感が的中して、この家の新しい住人が顔を出したと思いかけていた。表札を、まだ取り替えていないだけということは、あり得るだろう。

「前田さん、やはりいらっしゃると思っていましたよ」

男の言葉に、あっけに取られた。まったく見覚えのない男から、親しげな言葉を掛けられた印象だったのだ。

私は改めて男を凝視した。切れ長の目と皮膚の黒いシミが目についた。はっとした。髪を切った関根だったのだ。その容貌はまるっきり違っていて、そこらで見かけるごくありふれた中高年の男にしか見えなかった。

「ああ、関根さん？　申し訳ないのですが、ちょっとお話を伺いたいのですが」

もちろん、私は前回、かなり険悪な雰囲気で別れたことを意識していたので、なるべく低姿勢に言ったつもりだった。関根のほうは、そのことをそれほど気にしている様子でもなく、一言「どうぞ」と言っただけで、私を中に迎え入れた。これも意外な反応だった。

前回の面会の最後のほうは、関根は単に酩酊しているふりをしているに過ぎないと私は思っていた。だが、この日の関根の反応を見ると、実際にかなり酔っていて、別れ際のやり取りや雰囲気をあまり覚えていないのかも知れないと考え直さざるを得なかった。

通された部屋は、やはり、床の間のある六畳程度の畳部屋だった。床の間の置き時計が午後七時四十分過ぎを指している。右手の窓ガラスの外には、濃い樹木に覆われた庭の薄闇が見えている。すべてが、前回のデジャブに思えた。

私が部屋に入って座ったあと、関根はすぐに席を外し、五分くらいしてから再び戻って来て、私の目の前に座った。

「突然、お邪魔してすみません。実は、本日――」

そう言いかけたとき、廊下で足音が聞こえた。やがて私の背中側の障子が開いて、地味な紺の化織の袷《あわせ》を着た女性が、盆に湯飲み茶碗を二つ載せて入ってきた。

その女性は、盆をいったん大きな木製の座卓の上に置くと、私の斜め右横に座り、深々と頭を下げた。銀縁の眼鏡を掛けた細面の顔。すぐに分かった。小絵だった。

私はこの日最初に関根を見たときとは、また種類の違う衝撃を感じた。何故、ここに小絵がいるのか、分からなかった。まさか、私の訪問を見越して、兄の家で私を待ち構えていたということもないだろう。ただ、先ほどインターホンに応答したのが小絵であるのは、間違いなかった。

小絵が私に話したいことがあってもおかしくはない。特に、小絵が警察には伝えず、私だけに伝えた良縁の最後の言葉、つまり例の青いスニーカーの件で、さらに何か言いたいことがあるのではないかと予想していたのだ。

小絵は私と関根の前に湯飲み茶碗を置くと、盆を座卓に残したまま、兄の横に居ずまいを正して座った。私は、その顔にさりげない視線を注いだ。

その日は前回いささか目立っていた白髪を黒く染めているようで、そのため一層若く見えた。

憂いを帯びた表情に変わりはなかった。

「小絵と一緒に暮らすことにしたんですよ。それが亡くなった母の願いでもあったんです。それに、小絵はいくら年を取っても僕にとっては可愛い妹ですよ。小絵が長い髪を嫌がるんで、僕もこうして髪を切ったんです」

関根の言葉を聞きながら、私は不意打ちを食らったような表情で、小絵に覚束ない視線を向けていたに違いない。小絵は、関根がしゃべっている間、若干うつむき加減に視線を落としていた。

小絵が本当に、兄と一緒に暮らすことに同意したのか、私は半信半疑だった。だが、小絵は少なくとも関根の言ったことを、私の前で否定することはなかった。私は、関根の言葉を無言でやり過ごすしかなかった。

「それで、さきほど言いかけたことは何ですか？」

関根がごくさりげない口調で訊いた。まるで髪の毛を切ったことによって何か憑き物が落ちたようになり、これまでは根本的に欠落していた常識的な言動が不意に出現したような印象さえあった。

「実は、私は本日、出版関係者と一緒に三藤響子さんに会ったんです」

私はここで言葉を切り、関根の顔を見つめた。関根の反応を、見極めたかった。特別な反応はなく、いたって冷静に見えた。

むしろ、小絵のほうが顔を上げ、私のほうに真剣な眼差しを向けていた。その表情は依然として、篠山君事件に兄が関与している可能性に対する不安が消えていないことを伝えているように思えた。

「それで、彼女は事件の真相をすべて話したのですか？」

事務的とさえ言えるような冷めた口調で、関根が訊いた。

「いいえ、残念ながら、彼女は事件の真相を話すことはありませんでした。ただ一つだけ、重要なことを言いました」

「一つだけ、重要なこと？」

関根がすぐに問い返した。

「ええ、関根さん、つまりあなたが事件とはまったく関係がないと断言したんです」

私は明らかな嘘を吐いた。しかし、これは私があらかじめ決めていた戦略だった。こう言って、ひとまず関根を油断させる必要を感じていたのだ。

多少とも力の入った私の言葉に、関根は会心の笑みを浮かべたように見えた。小絵の目にも幾分安堵の色が映っているようだった。

その小絵の目を見たとき、私はやはり、罪の意識を覚えずにはいられなかった。ただ、ある目的で吐いた嘘とは言え、小絵のためにはこのほうがいいのかも知れないと感じていた。私がもたらす情報のせいで、これ以上、小絵を苦しめたくないという気持ちは、相変わらず続いていた。

「そうですか。彼女も、法的には罰せられる可能性がないので、その点については本当のことを言ったのでしょう。それで、あなたにも納得いただけたのでしょうね。私が、篠山君事件とは何の関係もないということを」

関根は笑いながら言った。しかし、私はその刺すような目はけっして笑っていないことに気づいていた。

「ええ、その通りです。ですから、今日、そのことをお伝えして、お詫びするために、突然、お伺いさせていただいたのです」

こう言わざるを得なかった。実際は、関根に対する疑念は、依然として消えていなかった。それは響子に対する疑念と一対《いっつい》になって、私の脳裏で絶えず不安定な浮沈《ふちん》を繰り返しているのだ。

「いや、詫びてもらうには及びませんよ。あなただけじゃないんです。考えてみれば、僕の人生は根も葉もない噂に翻弄されっ放しでしたからね。もう疲れました。髪もばっさり切って、心機一転したことだし、あとは小絵と一緒に平穏な余生を送るだけですよ」

関根の声には、微かに人間の香りを感じさせる、人生の悲哀のようなものが籠もっていた。だが、私は関根よりはむしろ小絵のほうを見ていた。

ここで、小絵が何かを言うことを期待していたのだ。

「小絵、今日はもういいよ。まだ、家の片付けが残ってるんだろ」

私の思いの裏をかくように、関根が突然言った。小絵は一瞬意味不明な笑みを浮かべて、ちらりと私のほうに視線を投げた。何故か私はぎょっとしていた。その表情がどこか薄気味悪く感じられたからだ。私の耳奥で関根の言葉が続いている。

「実は、小絵はまだここに完全に引っ越したわけじゃないんですよ。今、良縁君と住んでいた家を整理しているんです。大半の物は処分するんですが、どうしても小絵が必要な物だけをこの家に少しずつ、運び込んでいる状態なんです。もちろん、良縁君と小絵の家、それに事務所と倉庫はすべて売却します。事務所と倉庫を売るのは当然でしょうが、自宅についても僕は売るように勧めたんですよ。あんな大きな家に小絵が一人で住んでいてもしょうがないでしょ。それよりも、ここで僕と一緒に暮らしたほうが、経済的にもよほど効率的ですからね」

関根の言葉が終わった瞬間、小絵が響子の発言の詳細を私に問い質すのではないかと期待していた。しかし、小絵は相変わらず無言だった。関根が出て行くように小絵に目で促すのが分かった。小絵が腰を浮かせ掛かった。私は慌てたように質問した。

「ちょっとお訊きしたいのですが、福岡にお住まいの方は、『北九州タイムス』をお読みになることが多いのですか?」

私は関根の目を見つめながら訊いた。関根はぽかんとした表情だった。質問の意図が分からないのだろう。それは当然だった。私も、あえて分からないように訊いたのだ。雑談を装って訊いたものの、それが私にとって、その日の一番重要な質問だった。

「まあ福岡では五分五分かも知れないけど、うちは『北九州タイムス』なんて地方紙は読まないね。普通は全国紙の『啓明新聞』ですよ。時々、他の全国紙に変えるけど」

まず、関根が答えた。いかにも権威主義的な口調で、それは私には、日頃の芸術家気取りのひねくれた発言とは裏腹に、関根の俗物性を表しているようにも聞こえた。私は無言で小絵のほうに視線を移した。

「うちも『啓明新聞』ですよ。それが何か？」

小絵が初めて口を開いた。だが、その口調はどこか不機嫌で、挑発的に響いた。声質《せいしつ》も前回とは違っている。

「いや、篠山君事件に関する新聞報道の食い違いで、ちょっと気になることがあるんですよ。ごく客観的な情報であるはずの、篠山君が履いて出かけた靴の形状や色でさえ、新聞によって異なる報道が出ているんです」

「例えば、どんなことでしょう？　そこは具体的に仰ってくださらないと」

小絵の口調が尖った。目も鋭く吊り上がり、私を睨み据えているようにさえ見える。不意に角《つの》を出した闇夜のカタツムリ。そんな言葉が私の脳裏を掠めた。そこに座っているのが本当に小絵なのか、私は自問したくなった。私のまったく知らない女性がそこに座っているような錯覚が生じそうだった。

私が例のことを仄めかそうとしていることを、小絵が察知しているのは明らかだ。部屋の中の雰囲気が一気に張り詰めたように思えた。

「篠山君の靴について、大手新聞三社は『黒のゴム長靴』と報じているんです。その一つの『啓明新聞』もそう書いています。ところが、地元紙の『北九州タイムス』だけが、『青の運動靴』と書いているんです」

ここで私は慎重に言葉を止めた。小絵の緊張した表情は変わっていない。その顔は、それ以上言うなと、伝えているようにも見えた。

確かに、これがギリギリのラインだった。関根の目の前で、私が小絵から聞きだした良縁の最後の言葉に触れるわけにはいかない。今のところ、私は新聞報道について、客観的な事実に言及しているに過ぎないのだ。

「それは大手の全国紙のほうが、正確でしょ。『北九州タイムス』なんて、地方新聞はけっこうデタラメを書きますからね」

関根がまるで嘲るように言った。ただ、関根だけが、私と小絵が共有している文脈を理解していないように思えた。

「ところが、私の調査では、どうも『北九州タイムス』のほうが正しいようなんです。篠山君が行方不明になった日、確かに小雨は降っていたのですが、長靴を履いて出かけるような雨ではなく、青の運動靴を履いて出かけたらしいんです」

関根は意外そうで、どこか不満げな顔つきだった。小絵の表情は一層強張っているように、私の目には映った。少なくとも小絵は私の言おうとしていることを完全に理解していたのだろう。

これ以上のことを私のほうから言うのは危険だった。私は小絵のほうから、さらに踏み込んだ質問が飛んでくるのを待ち構えた。

「新聞報道なんてさまざまで、どれも当てにならないんじゃないですか」

小絵はそれ以上の会話に加わることを拒否するように、怒気を含んだ強い口調で言い放った。

それからさっと立ち上がり、座卓の上の盆を取ると、一度小さく会釈して、足早に部屋の外に出ていった。

あっけに取られた。その素早い身の動きに、会釈を返すことすらできなかった。小絵が私の調査に協力する気を失っているのは明らかに思われた。正直、まるで人格が変わったような対応だ。その間、関根も何も言わなかった。

だが、私はある意味では目的を果たしたとは感じていた。良縁が『啓明新聞』を読んでいたとしたら、それは照幸が「黒のゴム長靴」を履いていたと書いているのだから、やはり青いスニーカーに関する証言は、新聞情報ではなく、見た通りのことを言った可能性が高い。関根に対する私の疑惑は、さらに一ランク上に高まったように思われた。

小絵が廊下を歩く音が遠ざかっていく。私は依然として呆然としていた。関根もしばらくの間、まったく口を利かなかった。やがて、小絵が家の玄関を出る扉の開閉音が聞こえた。

「ところで、前田さん、言っておきたいことがあるんです」

関根が突然、話しだした。その童顔には、関根特有の険が映っている。

「あなたが小絵から聞いた、青いスニーカーに関する良縁君の証言の件ですが、まさか誰にも話していないでしょうね。話しているとしたら、私にも考えがありますよ」

囁くような声だった。関根が蛇のような目つきで、私をなめ回すように見つめている。その濁った視線は、最初に関根に会ったときに感じた、得体の知れなさを再び蘇らせたように思えた。

私は関根がそれを知っていることに、それほど驚いてはいなかった。その日の小絵の言動から、想像できなくはなかったからだ。あるいは、小絵が関根と一緒に住む条件として、青いスニーカーに関する良縁の証言を関根に突きつけ、その説明を求めたのかも知れない。

そして、関根はともかくも、小絵を納得させることに成功したとも考えられる。というか、小絵自身が関根の説明をあえて受け容れることによって、自分自身を無理矢理に納得させたのではないか。そう考えると、その日の小絵の豹変も合理的に説明できるように思われるのだ。

「もちろん、誰にも話していませんよ」

私は上ずった声で答えた。それはもちろん事実ではない。すでに影山には話しているのだ。

しかし、私の本の出版を控えた影山が、そんな極秘情報をみだりに他人《ひと》に話すとも思えなかった。話すとしたら、飯沼に対してだが、編集局長である飯沼の口の堅さは、十分に信用できるだろう。

だが、私はすぐにそんなことを考えても意味がないことに気づいていた。関根が求めているのは、そんなことではない。根拠のない、盲目的な服従と忠誠。一言で言えば、恫喝だ。それこそが、今、関根が私に突きつけている刃《やいば》の本質に思えた。

「警察はおろか、他の誰かにしゃべれば、僕は確実にあなたを殺す！　小絵を苦しめるヤツを、僕は絶対に許せないんだ！」

部屋中に、関根の甲高い声が響き渡った。私は心臓に焼きごてを当てられたように、体が硬直するのを感じていた。関根も、『北九州タイムス』に関する私の質問の意図を、この時点では見抜いていたのだろう。

私を睨み据える関根の視線を感じた。私は必死で睨み返した。同時に、心の中でつぶやいていた。やはり、この男の狂気は死んでいない。

さらに、妄想にも似たとんでもない想念が湧き起こった。果たして、良縁が本当に自殺したのか、分からなくなってきたのだ。

特に私が気になっていたのは、良縁がパソコンを持ち出したと小絵が証言していることだった。そのこと自体は事実なのだろう。しかし、自殺しようという人間が、自分の告白録が入っているパソコンを持ち出すことにそれほどこだわるのは、解せない気がした。

私は小絵から聞いた、良縁が真夜中に家を飛び出していったあとのくだりが、それまでの詳細な説明に比べて、妙に雑駁なのが引っかかっていた。

そのあと、まだいろいろなことが起こったにも拘わらず、そのあたりの説明を小絵が故意に省いたように感じていたのだ。小絵から連絡を受けた関根がイチクラ水産に向かい、逃亡を図ろうとしていた良縁に、小絵のために死ぬことを迫ったのではないかという疑念が、私の脳裏に浮かんでいた。

そこまでしないにしても、良縁はパソコンの処分をすることなく自殺し、パソコンの処分は関根が行ったとも考えられる。そういう行為を小絵が積極的に関根に頼んだとは思えないが、うすうす分かりながら、関根の行為を許容してしまったという解釈も不可能ではない気がした。

私が最初に会ったとき、小絵は事件の真相を積極的に明らかにしようとする強い意志を示しているように見えた。しかし、本音では、夫の死によって、留美の事件の全貌が、未解決という闇の中に溶け込むことを願っていたのかも知れない。それが、残された加害者親族の名誉という視点からは、もっともましな結末であるのは確かだろう。

そうなってくると、青いスニーカーについての、良縁が最後に発した言葉自体の信憑性を問題にする以前に、そもそも本当に良縁がそんなことを言ったのかさえも、怪しくなってくるのだ。小絵が何らかの意図を持って、嘘を吐いた可能性を、私は否定できない心境になっていた。

さらに想像を加えれば、小絵のその嘘の複雑な作用の結果として、二人が一緒に暮らさざるを得なくなったとは考えられないだろうか。そういう思考が、二人の心理的共犯関係を私が疑っているように他人の目に映るのは、私も自覚していた。

私は血の濃さという言葉を思い浮かべた。私の想念は、途方もない方向に向かい始めた。心理的共犯関係どころか、篠山家に最初に掛かってきた女の声の電話は、ひょっとしたら小絵が関根のために掛けたものではないのかという、妄想さえ湧き起こっていたのだ。

馬鹿な。私は思わず苦笑する自分を意識しながら、直ちにその妄想を打ち消した。そんなことがあるはずがなかった。だが、そんな妄想に駆られるほど、今、小絵と関根が一緒に住んでいる、あるいはこれから一緒に住もうとしているという事実は、私にとって不可解だった。そして、関根というよりはむしろ、その日の小絵の豹変がその不可解さを増幅しているように思われたのだ。

良縁の最後の言葉に対して関根が見せた異常な反応で、篠山君事件への関根の関与に関する私の疑惑は、もはや確信に変わっていた。関根が主犯で、響子が共犯であるという私の想定もほぼ当たっているだろう。

私は『週刊流麗』が発売されたあとの関根の反応を想像した。あのインタビュー記事がどうまとめられるかにもよるが、関根が私に対して、どういう行動に出るか、読み切れなかった。裁判を起こすことも十分に考えられるだろう。

いや、裁判という理性的な手段に訴えるとは限らない。関根が今、私に対して言った「殺す」という言葉は、単なる脅しとは思えなかった。一瞬にして、得体の知れない悪寒《おかん》が体内を走り抜けた。関根の狂気に対抗する手段はない。改めて、そんな思いに駆られたのだ。

私は呉を通して、私の事件調査によって得た結論を福岡県警に伝えるつもりだったが、すでに時効が成立している事件で、福岡県警が動くとは思えない。しかし、いかに小絵を苦しめることになろうとも、社会正義の観点からは、私の調査結果を闇に葬り去るわけにはいかないのだ。

私はそれなりの覚悟を決めていた。ただ、それが関根に対する恐怖を克服できるような覚悟であるかは、私にも分からなかった。

不意に雨音が聞こえ始めた。私はいったん興奮が冷めたように不機嫌に黙り込む関根から、右手の窓ガラスの外に見える薄闇に覆われた庭の風景に視線を逸らした。不分明な色域《しきいき》の中、何かの樹木の葉に打ちかかる銀色の雨粒を弾きながら蠢《うごめ》くカタツムリの角が、白く光ったような錯覚が生じていた。

14

私は呉に電話を掛け、私の調査結果を福岡県警に伝えるように頼んだ。「伝えることは伝えるとですよ」と、呉は浮かぬ声で答えた。もうかなりの部分が伝わっているので、今更改めて伝えることもないと言いたげだった。実際、今のところ、県警が私に何かを言ってきたという事実はない。これからも何も言ってこないだろうというのが、私の直感だった。

私が呉から漏れ聞いた県警の見解は、明瞭だった。篠山君事件に関しては、もちろん、三藤響子の単独犯ということには、これまで通り変わりがない。「望月留美さん誘拐事件」は、市倉良縁の、やはり単独犯と見ているようだが、証拠の決定的欠如によって、被疑者死亡による書類送検すら、見送られる可能性が高いとのことだった。

関根は、結局、どちらの事件とも無関係というのが、県警の見解らしい。自殺した良縁に関しては沈黙を守っている県警も、関根については非公式ながらマスコミ各社の個別の質問には答えているようだった。

良縁が自殺してしばらくは、マスコミの動きは鈍かった。行方不明になっている女子中学生の生死に関わる人権問題も絡むため、特に新聞やテレビは慎重だった。ただ、ここに来て担当刑事に張り付いて、良縁の自殺の真相を探り出そうとするマスコミもかなり出てきているようだった。

しかし、良縁の件に関しては、刑事たちの口は一様に重いという。参考人の事情聴取という名目で、実質的に強引な取り調べを行ったことが良縁の自殺を招いたという非難を県警は一番恐れているらしい。やはり、良縁を自殺させてしまったことが、県警側の大きなミスであったのは間違いない。

「望月留美さん誘拐事件」について関根が関与していないことには、私も異論はない。しかし、篠山君事件についてでは、関根が主犯だとする私の確信は相変わらず揺らいでいなかった。

その前提として、私が関根の犯行と見ている水元有里に対する誘拐未遂事件を、県警がどんな風に考えているかは分からなかった。いずれにしてもこの誘拐未遂事件は、とっくに時効が成立しているので、県警が改めてこの事件の検証を行う可能性は、限りなくゼロに近いだろう。

従って、市倉良縁の自殺という大きな出来事があったにも拘わらず、法的な枠組みで見れば、事態にはいささかの変化もなかったことになる。要するに、県警の立場で言えば、理由は異なるものの、篠山君事件と「望月留美さん誘拐事件」のいずれも、形式的には未解決事件のファイルに永遠に収まり続けることになるのだ。

15

響子とのインタビューが『週刊流麗』で発表される前日になって、思わぬ事態が出来《しゅったい》していた。東京在住の女性が、電車内に掲示された『週刊流麗』の中吊り広告を見て、「あれは三藤響子ではない」と電話してきたのだ。

記事のタイトルは、「完黙の女がついに激白！　真犯人は別にいます！」だった。響子がこうはっきりと言ったわけではないのは、私も影山も野田も分かっていた。ただ、このタイトルには、できるだけ扇情的なタイトルを付けたがるデスクの意向も反映されているのだろう。しかし、これはあくまでも人目を惹くための見出しに過ぎないのだ。

私は発売前にゲラになった原稿を見せてもらったが、本文では実際にインタビューに立ち会った野田の見解が、かなりの部分で反映されていた。響子が嘘を吐いた可能性も仄めかしていて、それなりに客観的で、公平な記事になっているのだ。仮名ながら、関根と思われる人物に対する言及もあるが、慎重な言い回しを多用し、訴訟に持ち込まれることを巧みに避けているように見えた。

その中吊り広告には、最後に野田がスマホで撮った、うつむき加減の響子の写真も大きく掲載されていたから、電車の中の乗客にとって、この広告は目立つことこの上なかった。

野田の話では、訴えてきた女性は東京在住で、田上志乃と名乗っているという。響子の実の娘だと言い、東京在住の母親は、重篤な病気で現在都内の病院に入院中で、あのようなインタビューを受けられるはずがないと言っているらしい。

私は愕然としながらも、その話に高い信憑性を感じざるを得なかった。その女性が田上という苗字を名乗っていて、「志乃」という名前が、響子の娘の名前とも一致していることは決定的に思われた。

三藤というのは、最初に結婚した元夫の姓で、響子は三藤という姓に慣れている友人・知人が多いことを理由に、便宜上、一度目の離婚後もその苗字を使っていただけで、響子の旧姓は田上だった。篠山君事件で世間に知れ渡った三藤という苗字を避けて、自分の旧姓を娘に名乗らせるのは、親としては当然だろう。

響子に関する報道が過熱気味になっていたのは、響子が殺人罪で逮捕された一九九八年で、今から二十四年前のことである。その頃、一部の新聞や週刊誌が、響子の生い立ちに関する記事を掲載し、その中で田上という旧姓への言及があったのは確かだった。

だが、赤の他人が二十四年前のそんなマスコミの記事を読んでいて、響子の旧姓を覚えているとしたら、よほどの事情通としか考えられなかった。その上、「志乃」という娘の名前は、さすがにこういう記事でも書かれておらず、私がその名前を知っていたのは、実際に響子の事情聴取を行った棚橋から直接聞いていたからに過ぎない。

田上志乃と称する女性は、電話に出た野田に対して、母親は現在旧姓の田上響子という氏名で入院していると話し、病院名まで教えていた。野田が早速その病院に電話してみたが、病院側は個人情報の守秘義務を楯にとって、情報提供を拒否したらしい。これは病院側の立場としては、当然の対応だろう。

野田が再び連絡を取ると、その女性は、病院の面会時間は午後二時から五時までで、その間なら病棟の受付で親戚・知人と名乗れば、中に入って母親に面会できると言い、病室番号まで告げていた。ただし、面会者が三回目のコロナワクチンの接種をしていることが条件で、人数は一人に限るというのが、病院の規則だという。

その女性は、篠山君事件についても、母親から詳しい話を聞いているらしい。しかし、母親から直接聞いて欲しいというのが、彼女の要望だった。

一方、野田は響子を名乗って私たちのインタビューを受けた女性とは、連絡が取れなくなっていた。何度彼女の携帯に電話を入れても、繋がらないという。

これらの状況を総合的に判断すれば、私も影山も野田も、私たちがインタビューした女性は、響子の贋者だったと判断せざるを得なかった。私はインタビュー終了後、彼女の顔写真を撮ったときのことを思い出していた。

本来なら、こういう場合、専属のカメラマンを入れるのが普通だったが、同席者の人数を絞る必要から、野田がスマホで撮影していた。

女性は野田のスマホが向けられる度に、かなり極端にうつむき、いかにも写真を撮られたくなさそうな雰囲気に見えた。ただ、うつむき加減の暗い表情は、週刊誌側の立場からは、まさに適切なスナップショットであるため、誰もそういう表情に注文を付けなかったのだ。

しかし、こういう状況になって、あの場面を今から思い返してみると、あのときの彼女の態度は、別の意味を帯びてくるように思われるのだ。私は、彼女は過去の事件を知る者に、顔を晒したくないのだろうと単純に考えていた。

だが、彼女が写真を撮られたくなさそうに見えたのは、もっと現実的な理由からではなかったのかと思い始めたのだ。つまり、写真を撮られることによって贋者であることがばれる事態を恐れたのではないか。

だいいち、あれが本物の響子であった場合、これまで長い間、世間の目から逃れて生活してきたことを考えれば、仮にインタビューには答えたとしても、写真の掲載は拒否するのが普通だろう。それなのに、いかにも撮影されるのが嫌そうな素振りを見せながらも、写真の掲載の可否については、何ら言及することがなかったのだ。

撮影終了後、女性はあっという間に引き上げていった。実際、そういう写真などの取り扱いについて、彼女と協議する間もなかったというのが、正確なところだったのだろう。

それに「お答えすることはありません」という台詞は、「完黙の女」と呼ばれた響子の代名詞とされるフレーズを研究してきたというだけでなく、自分の正体を隠す、いかにも都合のいい言葉であったに違いない。答えられる自信がない質問には、すべてこのフレーズと沈黙で乗り切り、ごく限られた質問にだけ答えたとも考えられる。

会話が緊迫した部分に差し掛かると顔が紅潮するという響子の特徴も、考えてみれば、当たり前の生理現象で、多かれ少なかれ、誰にでも当てはまることなのだ。

野田によれば、『週刊流麗』側は、取材対象に対しては通常、謝礼などは支払わないにも拘わらず、今回のケースに限っては、なにがしかの金を支払ったらしい。ただ、その額は常識の範囲に収まるもので、それほどの額ではないという。

加えて、影山の調査でも、新たな、たいへん興味深い事実が判明していた。響子が福岡市内の、水子供養で知られるある寺院に、国家賠償で得た九三〇万という金を全額寄付していることが分かったのだ。

この寺院の意向もあり、寺の名前も影山の調査のプロセスもここで明らかにすることはできないが、この調査がきわめて合理的で、正確なものだったということだけは、記しておきたい。もちろん、この寄付をした女性が、私たちがインタビューした響子と同一人物なのかは、また別問題だった。

ついでに言えば、響子の居所を突き止める調査は、大手調査会社に依頼して行われていた。従って、この追跡調査は週刊誌の記者のみならず、かなり組織的に実施されたもので、その結果突き止められた福岡市内の響子の住所は、間違ってはいなかったのだ。

実は、五年前から響子は体調を崩し、東京に住む娘の所に行き、一緒に暮らし始めていた。確かに住民票上の住所は福岡市になっており、そこには響子の知人女性が管理人として住んでいたらしい。現在、この管理人の行方も分からなくなっているという。

この管理人が響子とどの程度親しかったのかも、分かっていない。単に家の管理を任せられただけで、響子とはそれほど親しくなかった可能性もあるだろう。

逆に、響子と偽って私たちのインタビューを受けた女性が、その管理人だったとしたら、響子とは相当に親しく、花村家の納屋で発見された骨に関する発言は、響子の気持ちを代弁したとも考えられるのだ。その場合でも、二人の間に何らかの連携があったかは、不明だった。

私はこの点について、照幸が行方不明になった日の夜、〈マドンナ〉の客早川孝夫が、響子に頼まれて段ボール箱を響子の知人女性の家に運び込んだという話を思い出していた。そのとき、響子にそういう荷物を持ち込むことを許していた知人女性が、響子と相当に親しかったのは間違いないだろう。私は、このときの知人女性と、現在行方不明になっている響子の家の管理人は、同一人物かも知れないという直感を働かせていた。

しかし、私も影山も、この管理人女性の行方を追うより、まずは東京の病院に入院中である、響子本人らしい人物に会ってみるほうが先決だろうという結論に至っていた。響子の娘志乃を名乗る人物の話は信用でき、病院にいる女性は本物の響子である可能性が高いと、この時点では私も考えていた。

そうなると、私たちがすでにインタビューを終えた贋者と思われる響子の証言に根本的な疑義が生じてくるのは、必然だった。納屋に残されていた骨が響子の子供のものであるかどうかはともかくとしても、関根が照幸の誘拐に関与していること自体の信憑性が揺らいでくるのは、避けられないだろう。

実際、私は照幸の誘拐は響子の単独犯だったかも知れないと改めて思うようになっていた。ただし、営利誘拐ではなく、照幸に対する響子の愛情が、何らかの事情で照幸に拒否されたことによって生じた、偶発的な殺人の可能性を考えていた。

それは響子には自分の子供を死に至らしめた過去があり、照幸がその子供を彷彿とさせる存在だったという仮説に基づいていた。失った子供の面影を宿す照幸を部屋に誘い込んだとき、響子の表情に恐怖を感じたのか、照幸が不意に泣きだしたため、思わず首に手を掛けたことはあり得るように思われたのだ。ただ、関根の関与に執着してきた私にしてみれば、最後の土壇場で、卓袱台《ちゃぶだい》をひっくり返された気分で、けっしてこの説に納得しているわけではなかった。

『週刊流麗』はすでに発売されていたから、今更回収するわけにはいかない。編集長は、入院中の女性に直接会い、彼女の主張を確かめることを野田に指示していた。その結果として、前回インタビューした響子が贋者で、今回の女性が本物と確定した場合は、次号か、その次の号でもう一度篠山君事件を大きく取り上げ、訂正すべき所は訂正して謝罪すると明言していた。

面会できるのが一人だけという規則だったため、私が面会することになった。影山も野田も編集長も、執筆者である私の顔を立ててくれたのだろうが、私はその女性に対してはあくまでも『週刊流麗』の記者を名乗るように言われていた。志乃と称する女性から、『週刊流麗』の記者が取材に来るかも知れないことは伝えられており、その女性も了承しているということだった。

差し障りがあるので、その女性が入院中の病院は、都内にある総合病院とだけ書いておく。影山と野田は、病院まで一緒に付いてきてくれた。入院病棟一階の受付で、影山が改めて訊くと、やはりコロナの感染対策上、面会できるのは一名で、面会時間は十五分に限られるという。

予定通り、私が知人を代表して一人で会うことになり、三回目のワクチン接種証明書を見せた上で、所定の用紙に記入した。そのあとは、三階のナースステーションに行って、看護師に声を掛けるだけでいいらしい。

野田が見舞い用の、ピンクのガーベラが入ったハーバリウムを用意していた。私はあらかじめ包装紙を外して、それを自分のショルダーバッグに詰め込んだ。

影山と野田を一階に残し、エレベーターに乗った。問題の病室に向かうその短い時間の間に、私は響子と称する人物にインタビューしたときの、ある光景を思い出していた。

不意にあの女がインタビューの際に嵌めていた黒い手袋が、私の眼前に浮かんだのだ。小指の欠損という言葉が、私の脳裏で点滅していた。

あの手袋がそれを覆い隠していたのは、間違いない。小指の欠損があるのは右手のほうだというが、私にとって手袋が両手に嵌められていたことが重要だった。

響子を偽った誰かの行動だったとしたら、一部マスコミで報道されていたその事実を際立たせるために、右手にのみ手袋を嵌めたような気がするのだ。ところが、実際はさりげなく両手に手袋をしていたため、私は多少の違和感を覚えたものの、それほどまでに注目することはなかった。

　影山も野田も、響子の右手小指が欠損しているという報道があったことは知っているはずだった。それなのに、響子が帰ったあとの反省会のときにも、誰もあの手袋のことには触れず、現在でも、そのことについての言及はない。

　あの女は、小指の欠損を強調したかったのではなく、隠したかったのかも知れない。そのことは、響子の本物らしさにも繋がっているようにも思われた。

　しかし、それは私の深読みに過ぎず、あの女が両手に手袋を嵌めたまま外さなかったのは、やはり右手小指に欠損があることを伝えたかったのであり、両手に嵌めたのは自然さを装ったためという主張も、十分に蓋然性のあるものなのだ。

　私は再び、迷い始めていた。永遠に解くことができない謎の中で、悪あがきをしているような気分だった。

　本物の響子に会ったところで、真実が明らかになるかどうかは分からない。いや、真実とは所詮、事実という言葉と巧みにすり替えられる妄想のようなものであって、そんなものは初めから存在しないのかも知れない。

　私の脳裏に、関根と小絵の顔が浮かぶ。そのあとに、贋者だったと思われる響子の顔が蜃気楼のように立ち上がった。私は、さらにこれから会おうとしている、もう一人の響子の顔を想像しようとした。

　私は若い頃の報道写真にそっくりな響子が私の目の前に現れることを期待していた。だが、そんな馬鹿なことが起こるはずがないのだ。歳月の経過はそんなに甘いものではない。私は動揺し、再び混乱している自分を意識していた。

〈エピローグ〉

いつの間にか、私はナースステーションの前に立っていた。

「あの――田上響子さんのお見舞いに来たのですが」

私が声を掛けると、すでに受付から連絡を受けていたらしく、若い看護師が部屋番号と行き方を教えてくれた。四人部屋だが、他の入院患者は、現在、外来病棟で検査を受けており、「部屋には田上さんしかいません」と親切に説明してくれた。ただ、ここでも十五分の時間制限を守るように念を押された。

その部屋の扉は開け放たれていた。これもコロナ感染対策の一環なのだろう。私は緊張をほぐすために、そんな分かりきったことを心の中でつぶやいてみた。緊張感は、最高潮に達している。四つあるベッドのうち、一番奥にあるのが、田上響子のベッドだと聞いていた。私はまず戸口で「失礼します」と声を掛け、なるべく音を立てないように奥に進んだ。

響子の症状がどの程度深刻なのか、私には分からなかった。だが、入院中の患者にとって、初対面の人間に会うことは、肉体的にも精神的にもかなりの負担になるはずだから、私も細心の配慮をする必要があった。

ベッドのカーテンは閉まっていなかった。私の視界に、すぐに中高年と思われる女性の姿が映る。その女性は、ベージュのパジャマに薄ピンクのカーディガンを羽織り、半座位の姿勢で、リクライニングベッドの上に座っていた。

布団を腰の辺りまで掛けていて、両手を布団の中に入れている。マスクは着けていない。

「田上響子さんですね。突然お邪魔しまして申し訳ありません。私は『週刊流麗』の前田と申します。少しお訊きしたいことがあり、こんな形で訪問させて頂きました。お話しして頂けるというあなたのご意向は、娘さんから伺っておりましたので」

私はマスクを着けたまま、丁重に話しかけた。私の言葉に、響子はうつむき加減の顔を上げた。それから、小さくうなずいた。一瞬にして、私がかつて報道写真で見た響子の顔に似ていると思った。そして、私たちがインタビューした響子とは別人なのは、明らかだった。

もっとも、容貌の一部にはかなり似ている部分もある。薄い眉と濃いルージュの唇。その不均衡は瓜二つだった。すぐに、直感が働いた。

似ているのではなく、似せたのだ。やはり、私たちがインタビューした女性は、響子のことをよく知っている人物としか思えなかった。

ただ、全体的に与える容姿の印象はかなり違っていた。今私の目の前にいる響子のほうが顔の輪郭がくっきりしていて、それは美的な優越性をはっきりと示していた。だが、顔色は異常に悪い。かなり深刻な病が進行していることを窺わせた。

微妙な倫理観が、私の心に立ち上がっていた。重篤な病に冒されているように見えるこの女性に、いったい何が訊けるというのか。私は自分が途方もなく残酷な人間のような気がし始めていた。

「あなたのことは、娘から聞いております」

響子がか細い声で言った。この声も、贋者の響子の太い声とは違っていた。

「私のほうから二、三質問させて頂きます。まず、関根洋介さんを、ご存じですよね」

私はいささか性急に尋ねた。あくまでも関根にこだわる自分に嫌気が差していた。贋者の響子に対しても、同じ質問をしているのだ。

「関根さんは事件とは関係がありません。関根さんが三幸荘に近いヒカリコーポ警固に住んでいて、私と多少の面識があったために、週刊誌にあんな記事を書かれてしまい、本当に申し訳ないと思っています」

響子が弱々しい声で言った。私は愕然としていた。贋者の響子とは真逆な答えだった。週刊誌というのは、数日前に発売された『週刊流麗』のことなのだろう。娘の志乃がそれを響子に渡していたのであれば、すでにその記事内容を知っていてもおかしくはない。

それはともかく、これで、贋者の響子と本物の響子の間に連携があった可能性は消えたように思えた。同時に、私は結果的に、小絵や関根に嘘を吐いていなかったことになり、皮肉なことに奇妙な安堵を覚えていた。

私は機先を制せられたような気分にもなっていた。関根の関与を冒頭から否定されたのでは、次の質問が難しかった。だが、やはり私が一番こだわっていることを訊くしかなかった。

「そうですか。では、篠山君事件について、根本的なことをお訊きします。花村家の納屋で発見された骨は篠山君のものとお認めになるのでしょうか？」

私はできるだけ柔らかく言ったつもりだった。私の目には、響子は僅かにうなずいたように見えた。ただ、その首の傾斜角度はきわめて微妙で、それが肯定を意味しているのかどうかは、かなり主観的な判断に委ねられるように思えた。私は面会時間が十五分しかないことを改めて意識して、すぐに次の質問に移った。

「だとしたら、あなたが長い間、篠山君の死体や骨を手元に置いて離さなかった理由を知りたいんです」

これも贋者の響子に訊いた質問と基本的には同じだった。私は相似形の質問をして、その答えを見極めることによって、今、私が目の前に見ている女性が本物の響子であることを確信したかったのかも知れない。

「理由は自分でもよく分かりません。でも、何となく手放したくなかったんです」

　相変わらず、か細い声で響子が答えた。そのあと、長い沈黙が続いた。ここで響子が黙り込む意味が、私にはよく分からなかった。

　私はもう一度響子を見つめた。響子はいつの間にか目を閉じ、両手を布団の中に隠すように入れたまま、まるで彫像のように身じろぎしなかった。ただ、その両目から、二筋の涙がゆっくりと流れ落ちているのが分かった。

「つまり、あなたは罪の意識をお持ちなのですね？」

　私は唐突に訊いた。時間切れを恐れたというより、この切迫した長い沈黙に、私自身が耐えられなくなったのだ。

「罪の意識？」

　響子は目を開き、何か意外な言葉を聞いたかのようにその言葉を反復した。しかし、すぐに言葉を繋いだ。

「私は今でも毎日、手を合わせて篠山君のためにお祈りしています。篠山君のために祈ることができるのは、私だけなんです」

　祈ることができるのは、私だけなんです――。私は、この確信に満ちた言葉にたじろいだ。その一瞬の隙を衝くように、響子は振り絞るような声で付け加えた。

「私がこれ以上、何を言っても、真実には届かないんです」

　重い病気で死という問題に直面している響子にとって、状況は私が考えている以上に、切迫しているのかも知れない。「真実には届かない」という言葉には、響子のもどかしい思いが吐露されており、そこに虚偽の影さえ見いだすのは、難しかった。私の使った「罪の意識」という言葉を反復しておきながら、響子が意識的に私の問いに対する答えを避けたように感じられたのも、けっして罪の意識を否定したものではなく、そんな平凡な言葉では、彼女の現在の心境をとうてい反映できないことを示唆したように思えるのだ。

　私は厳粛としか言いようのない気持ちに駆られていた。同時に私の心に、淡い希望の光が差したようにも感じた。これが罪の告白でなくて、何だろう。

　そんな思考が巡ったものの、私が響子の言葉を明白な自白として受け止めるためには、まず今ここにいる響子が本物の響子であるという前提が必要だった。逆に言えば、もしここにいる響子が本物でなかった場合は、その告白にはたちどころに欺瞞の烙印が押されるのだ。

　その前提が揺るぎのないものであると確信できるまでは、私はこの女性のどんな言葉も信用できなかった。そして、合理性のある推理や判断さえをも超越する、具体的かつ可視的な証拠が得られない限り、私はこの堂々巡りの負の連鎖から、永遠に抜け出すことができないように思われるのだ。

　私がこの目で見たいものは、下品で赤裸々な、世俗の垢を存分に呑み込んだ肉体の一部だった。つまり、欠損した小指なのだ。それだけが、この響子が本物か贋者かを分ける明確な基準だった。しかし、私がそれを言い出せるはずはない。

　私はまったく別の言葉を選んだ。

「その言葉を自白と受け止めてよろしいのでしょうか？　私が篠山君事件の調査を通して、何となく、しかしほとんど常に感じていた、あなたの言動に纏《まつ》わる罪の意識のようなものの正体が、今、あなたの言葉を聞いて、分かったような気がしています。それでも、もう少し正確に、事件が起こった日のことを知りたいんです」

　さらに具体的な自白を誘導しようとしているのは、自分でも分かっていた。響子が、照幸をどのような理由で、どのような方法で、死に至らしめたのか、私はあくまで具体的な答えにたどり着きたかった。

私の仮説は真実に迫っているのか。目の前にいる響子は本物の響子なのか。

響子は、床の上に視線を落としている。布団の中に隠れた手は、奥深くに留まったままだ。その姿は、完黙の女が、本来の姿を取り戻したようにさえ見えた。

私はこの一瞬、ある種の啓示のように、影山から受け取っていた手土産をまだ渡していないことに気づいた。

「あっ、忘れていました。これ、お見舞いの品です」

私は左肩に提げたままになっていたショルダーバッグから、ハーバリウムを取り出し、ベッド横の白い小さなサイドテーブルの上に置いた。

「きれいなガーベラ」

響子はごく自然な穏やかな口調で言った。その鮮やかなピンク色が、病床に臥せる人間には、ひときわ清新なものに感じられたのかも知れない。図らずも、私の失念が、奇妙な局面転換の効果を発揮し始めたように感じた。

響子の微妙な上半身の動きに気づいた。響子は両腕の先端を徐々に引き上げ、布団の外に出そうとしていた。ハーバリウムのガラス小瓶を手に取って眺めるつもりなのか。

私は響子の右腕が完全に布団の外に出るのを待った。右手小指の欠損が確認されれば、この女は確実に響子なのだ。そうなれば、私は響子の告白を素直に受け容れることができるように思えた。

私は腕時計にちらりと視線を投げた。午後二時三十分。面会時間は、すでに数分しか残されていない。だが、すぐに結論が出るのだ。

私は響子に視線を戻した。響子の手は、ぴたりと動きを止めている。

響子と私の目が合った。響子の目に意味ありげな笑みが浮かぶ。ふと響子が私の意図を察して、駆け引きを仕掛けているのではないかと感じた。

布団が上下に小さく揺れ始めた。それは、再び動きだした手の動きを微妙に伝えているように見えた。私の心臓が激しい鼓動を刻んでいる。

私は緊張感に耐えられず、フローリングの床に視線を落とした。開き窓から差し込む初冬の弱い午後の陽射しが、いかにも日常的な淡い楕円形の日だまりを作っている。

視線を上げた。響子の手は、まだ布団の中で、僅かに動いている。死人のように青ざめた響子の顔が、私の視界の隅に幻影のように浮かんでいる。

＊この作品は、一九八四年一月十日に北海道の札幌市内で発生した小学生誘拐事件、および一九九一年十月二十七日に千葉県の千葉市内で発生した少女誘拐事件にヒントを得たものので、事実関係については、かなりの細部において実際の事件と一致している箇所が多数あります。しかし、ここで描かれている登場人物や団体・組織はあくまでもフィクションであり、実在するものとは何の関係もないことをここに明確に書き記しておきます。また、この作品が二つの実際の未解決事件に対する筆者の解釈・判断を示すものではなく、あくまでも文学的創造物であることも念のために付け加えておきます。

　ただ、実際の事件の再現性を重視し、裁判記録、新聞の全国紙（地方版も含む）や地方紙、さらには当時の週刊誌の記事も参考にしており、臨場感を出すために、裁判記録・新聞・週刊誌などの文言がそのまま使われている箇所もあります。

　また、札幌市の小学生誘拐事件の調査に当たっては、上條昌史氏の「ドキュメント　黒いホステス」（『新潮45』２０００年８・９月号所収）を特に参考にさせていただいたことを、明記させていただきます。行方不明となった小学生に関する、目撃証言の追跡調査や、当時のＤＮＡ鑑定に関する、専門性の非常に高い、しかも精緻な情報提供は、これぞドキュメンタリーの神髄と呼ぶにふさわしい物で、この作品のいくつかの部分に投影させていただきました。ここに改めて、感謝と御礼を申しあげます。

本作は書き下ろしです。

前川 裕

1951年東京都生まれ。一橋大学法学部卒。東京大学大学院人文科学研究科修了。専門は比較文学、アメリカ文学。法政大学国際文化学部教授を長年務め、現在は名誉教授。2012年『クリーピー』で第15回日本ミステリー文学大賞新人賞を受賞し、作家として本格デビュー。「クリーピー」シリーズのほか、『ハーシュ』『魔物を抱く女—生活安全課刑事・法然隆三—』『号泣』『白昼の絞殺魔 刑事課・桔梗里見の猟奇ファイル』『ビザール学園』『ギニー・ファウル』など著書多数。

完黙《かんもく》の女《おんな》

発　行　2023年5月15日

著　者　前川《まえかわ》裕《ゆたか》

発行者　佐藤隆信
発行所　株式会社新潮社
〒162-8711　東京都新宿区矢来町71
電話　編集部　03-3266-5411
　　　読者係　03-3266-5111
https://www.shinchosha.co.jp

装　幀　新潮社装幀室
写　真　広瀬達郎（新潮社写真部）
（カバー表4、表紙、扉写真）
印刷所　株式会社光邦
製本所　大口製本印刷株式会社

ISBN 978-4-10-335195-5 C0093

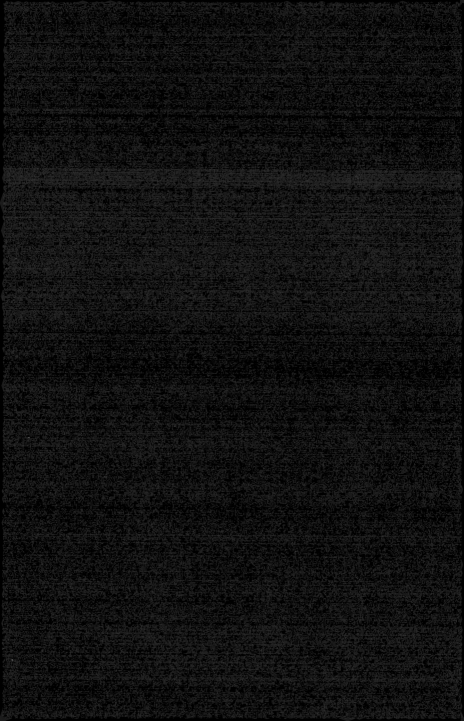